LES
AUTEURS LATINS

EXPLIQUÉS D'APRÈS UNE MÉTHODE NOUVELLE

PAR DEUX TRADUCTIONS FRANÇAISES

L'UNE LITTÉRALE ET JUXTALINÉAIRE PRÉSENTANT LE MOT A MOT FRANÇAIS
EN REGARD DES MOTS LATINS CORRESPONDANTS
L'AUTRE CORRECTE ET FIDÈLE PRÉCÉDÉE DU TEXTE LATIN

avec des sommaires et des notes

PAR UNE SOCIÉTÉ DE PROFESSEURS
ET DE LATINISTES

TACITE

LE Ier LIVRE DES ANNALES

EXPLIQUÉ LITTÉRALEMENT, ANNOTÉ
ET REVU POUR LA TRADUCTION FRANÇAISE

PAR M. MATERNE
Professeur au collége royal de Dijon

PARIS
LIBRAIRIE DE L. HACHETTE ET Cie
RUE PIERRE-SARRAZIN, N° 12

LES

AUTEURS LATINS

EXPLIQUÉS D'APRÈS UNE MÉTHODE NOUVELLE

PAR DEUX TRADUCTIONS FRANÇAISES

Ce livre a été expliqué littéralement, annoté et revu pour la traduction française par M. Materne, professeur au collége royal de Dijon.

DE L'IMPRIMERIE DE CRAPELET, RUE DE VAUGIRARD, 9.

LES
AUTEURS LATINS

EXPLIQUÉS D'APRÈS UNE MÉTHODE NOUVELLE

PAR DEUX TRADUCTIONS FRANÇAISES

L'UNE LITTÉRALE ET JUXTALINÉAIRE PRÉSENTANT LE MOT A MOT FRANÇAIS
EN REGARD DES MOTS LATINS CORRESPONDANTS
L'AUTRE CORRECTE ET FIDÈLE PRÉCÉDÉE DU TEXTE LATIN

avec des sommaires et des notes

PAR UNE SOCIÉTÉ DE PROFESSEURS

ET DE LATINISTES

TACITE

PREMIER LIVRE DES ANNALES

PARIS

LIBRAIRIE DE L. HACHETTE ET Cie

RUE PIERRE-SARRAZIN, N° 12

1846

AVIS.

On a réuni par des traits, dans la traduction juxtalinéaire, les mots français qui traduisent un seul mot latin.

On a imprimé en *italiques* les mots qu'il était nécessaire d'ajouter pour rendre intelligible la traduction littérale, et qui n'avaient pas leur équivalent dans le latin.

Enfin, les mots placés entre parenthèses dans le français doivent être considérés comme une seconde explication, plus intelligible que la version littérale.

ARGUMENT ANALYTIQUE.

I-V. Phases diverses du gouvernement de Rome jusqu'à Auguste. — Auguste empereur : ses dernières mesures, sa mort.

VI-XV. Avénement de Tibère. — Ses feintes irrésolutions. Il cède enfin aux prières du sénat. — Jeux Augustaux.

XVI-XXX. Révolte dans l'armée de Pannonie. — Drusus, envoyé par Tibère, la fait rentrer dans le devoir.

XXXI-XLIX. Les légions de Germanie se révoltent : Germanicus les apaise par quelques concessions. — La sédition se rallume ; Agrippine s'éloigne du camp ; les soldats, rentrés dans le devoir, désignent et punissent eux-mêmes les instigateurs de la révolte. — Plaintes à Rome contre Tibère.

L-LXX. Diverses expéditions en Germanie. — Joie et inquiétude de Tibère. — Mort de Julie, fille d'Auguste. — On crée un collége de prêtres en l'honneur d'Auguste. — Incursion chez les Cattes. — Arminius et Ségeste. — Germanicus rend les derniers devoirs aux restes de Varus et de ses légions. L'armée romaine, attaquée par les Germains au milieu des marais, finit par remporter une victoire complète. — Deux légions sont surprises et presque submergées par une marée d'équinoxe.

LXXI-LXXV. Rétablissement de la loi de majesté. — Falanius, Rubrius et Granius Marcellus accusés en vertu de cette loi. — Quelques traits de générosité de Tibère.

LXXVI-LXXXI. Débordement du Tibre. — Désordres au théâtre ; décrets du sénat pour les réprimer. — Temples érigés à Auguste dans les provinces. — Délibération du sénat sur le projet de détourner les affluents du Tibre. — Tibère tient pour la première fois les comices consulaires.

Ce livre renferme l'espace de deux ans :

Ans de Rome.	Ans de J. C.	Consuls.
767	14	Sextus Pompéius, Sextus Apuléius.
768	15	Drusus César, C. Norbanus Flaccus.

C. C. TACITI

ANNALIUM

LIBER I.

I. Urbem Romam a principio reges habuere. Libertatem et
consulatum L. Brutus instituit. Dictaturæ ad tempus [1] sumebantur; neque decemviralis potestas ultra biennium [2], neque
tribunorum militum consulare jus diu valuit. Non Cinnæ, non
Sullæ longa dominatio; et Pompeii Crassique potentia cito in
Cæsarem, Lepidi atque Antonii arma in Augustum cessere;
qui cuncta discordiis civilibus fessa, nomine principis [3], sub
imperium accepit. Sed veteris populi romani prospera vel adversa claris scriptoribus memorata sunt; temporibusque Augusti dicendis non defuere decora ingenia, donec gliscente

I. Rome fut d'abord gouvernée par des rois. L. Brutus y établit
la liberté et le consulat. Les dictatures n'étaient que passagères; le
pouvoir décemviral ne dura pas plus de deux ans, et les tribuns mi
litaires ne se maintinrent pas longtemps. La domination de Cinna,
celle de Sylla furent courtes; et la puissance de Pompée et de Crassus passa bientôt aux mains de César, les armes de Lépide et d'Antoine aux mains d'Auguste qui, profitant de la lassitude des discordes civiles, se fit accepter pour maître sous le nom de prince. Les
prospérités et les revers de l'ancien peuple romain ont été transmis
à la mémoire par de grands écrivains; le siècle d'Auguste n'a pas
manqué non plus d'historiens célèbres, jusqu'à ce que les progrès
de l'adulation eussent gâté les plus beaux génies. Pour les règnes

C. C. TACITE.

ANNALES.

LIVRE I.

I. Reges habuere
urbem Romam
a principio.
L. Brutus instituit
libertatem et consulatum.
Dictaturæ sumebantur
ad tempus ;
neque potestas
decemviralis
valuit ultra biennium,
neque jus consulare
tribunorum militum
diu.
Dominatio Cinnæ
non longa,
non Sullæ ;
et potentia Pompeii
Crassique
cito in Cæsarem ;
arma Lepidi atque Antonii
cessere in Augustum ;
qui accepit sub imperium,
nomine principis,
cuncta fessa
discordiis civilibus.
Sed prospera vel adversa
veteris populi romani
sunt memorata
claris scriptoribus ;
decoraque ingenia
non defuere
temporibus Augusti
dicendis
donec detererentur

I. Des rois eurent (gouvernèrent)
la ville *de* Rome
dès le commencement.
L. Brutus établit
la liberté et le consulat.
Les dictatures étaient prises
pour un temps *fixé;*
ni le pouvoir
décemviral
n'eut-de-force au-delà de deux-ans,
ni le droit consulaire
des tribuns des soldats
n'eut de force longtemps.
La domination de Cinna
ne *fut* pas longue,
ni *celle* de Sylla ;
et la puissance de Pompée
et de Crassus
passa vite à César ;
les armes de Lépide et d'Antoine
passèrent *vite* à Auguste ;
qui reçut sous *son* empire,
avec le nom de prince,
tout *l'État* fatigué
des discordes civiles.
Mais les *faits* heureux ou malheureux
de l'ancien peuple romain
ont été transmis-à-la-mémoire
par d'illustres écrivains :
et de beaux talents
n'ont pas manqué
aux temps d'Auguste
devant être racontés,
jusqu'à ce qu'ils fussent gâtés

adulatione detererentur '. Tiberii, Caiique, et Claudii, ac Ne-
ronis res, florentibus ipsis, ob metum falsæ; postquam occi-
derant, recentibus odiis compositæ sunt. Inde consilium mihi
pauca de Augusto, et extrema tradere : mox Tiberii principa-
tum, et cetera², sine ira et studio, quorum causas procul
habeo.

II. Postquam, Bruto et Cassio cæsis, nulla jam publica
arma, Pompeius apud Siciliam oppressus³; exutoque Lepido⁴,
interfecto Antonio⁵, ne Julianis quidem partibus nisi Cæsar
dux reliquus : posito triumviri nomine, consulem se ferens, et
ad tuendam plebem tribunitio jure contentum⁶; ubi militem
donis, populum annona, cunctos dulcedine otii pellexit, in-
surgere paulatim, munia senatus, magistratuum, legum in se
trahere, nullo adversante; quum ferocissimi per acies aut
proscriptione cecidissent; ceteri nobilium, quanto quis servitio

de Tibère, de Caius, de Claude et de Néron, la crainte pendant leur
vie, après leur mort des haines récentes ont altéré les faits. C'est
pourquoi, je me propose de tracer rapidement les derniers moments
d'Auguste; ensuite j'écrirai l'histoire de Tibère et des autres princes, sans animosité comme sans flatterie : les motifs en sont loin
de moi.

II. Lorsque la défaite de Cassius et de Brutus eut anéanti le parti
de la république, que Pompée eut succombé en Sicile, que l'abaissement de Lépide et la mort d'Antoine n'eurent plus laissé, même
au parti de César, d'autre chef qu'Auguste, celui-ci, renonçant au
titre de triumvir, se présenta comme simple consul, et se contenta,
pour protéger le peuple, de la puissance tribunitienne. Bientôt après,
ayant gagné les soldats par ses largesses, le peuple par des distri-
butions de blé, tous les ordres de l'Etat par les douceurs de la paix,
on le vit s'enhardir, et attirer insensiblement à lui seul tous les pouvoirs, ceux du sénat, des magistrats, des lois; rien ne lui résista
Les plus fiers citoyens avaient péri dans les combats ou par la proscription; le reste des nobles, voyant les richesses et les honneurs

adulatione gliscente.	par l'adulation croissante.
Res Tiberii,	Les actes de Tibère,
Caiique,	et de Caius *Caligula*
et Claudii, ac Neronis,	et de Claude, et de Néron,
ipsis florentibus,	eux-mêmes *étant* florissants,
falsæ ob metum ;	*ont été* falsifiés par la crainte ;
postquam occiderant,	après qu'ils furent morts,
sunt compositæ	ils ont été arrangés
odiis recentibus.	*au gré de* haines récentes.
Inde consilium mihi	De là dessein *est* à moi
tradere pauca, et extrema	de transmettre peu de *faits*, et les derniers
de Augusto :	sur Auguste :
mox principatum Tiberii,	puis le principat de Tibère,
et cetera,	et le reste (les trois autres règnes),
sine ira et studio,	sans ressentiment et (ni) faveur,
quorum habeo procul	desquels j'ai loin *de moi*
causas.	les motifs.
II. Postquam jam,	II. Après que enfin,
Bruto et Cassio cæsis,	Brutus et Cassius étant défaits,
arma publica nulla,	les armes publiques *furent* nulles,
Pompeius oppressus	*que* Pompée *eut été* abattu
apud Siciliam ;	en Sicile ;
Lepidoque exuto,	et *que* Lépide ayant été dépouillé,
Antonio interfecto,	Antoine ayant été tué,
ne dux reliquus	aucun chef ne *fut* de-reste
nisi Cæsar	si ce n'est César *Auguste*
partibus quidem	au parti même
Julianis :	de-Jules (César) :
nomine triumviri posito,	le nom de triumvir étant déposé,
se ferens consulem,	se portant *comme* consul,
et contentum	et *comme* content
jure tribunitio	du droit tribunitien
ad plebem tuendam ;	pour le peuple devant être défendu ;
ubi pellexit	dès qu'il eut gagné
militem donis,	le soldat par des présents,
populum annona,	le peuple par des denrées,
cunctos dulcedine otii,	tous par la douceur du repos.
insurgere paulatim,	*il se mit* à s'élever peu à peu,
trahere in se	à attirer à lui
munia senatus,	les pouvoirs du sénat,
magistratuum, legum,	des magistrats, des lois,
nullo adversante ;	nul ne s'opposant ;
quum ferocissimi	alors que les plus fiers
cecidissent per acies	étaient tombés dans les batailles
aut proscriptione ;	ou par la proscription :
ceteri nobilium	*que* les autres (le reste) des nobles
extollerentur	étaient élevés

promptior, opibus et honoribus extollerentur; ac, novis ex
rebus aucti, tuta et præsentia, quam vetera et periculosa,
mallent. Neque provinciæ illum rerum statum abnuebant, su-
specto senatus populique imperio ob certamina potentium et
avaritiam magistratuum; invalido legum auxilio., quæ vi, 'ambitu, postremo pecunia turbabantur.

III. Ceterum Augustus subsidia dominationi Claudium Marcellum ', sororis filium, admodum adolescentem, pontificatu
et curuli ædilitate; M. Agrippam, ignobilem loco, bonum militia et victoriæ socium, geminatis consulatibus extulit; mox
defuncto Marcello, generum sumpsit ² : Tiberium Neronem et
Claudium Drusum, privignos, imperatoriis nominibus auxit,
integra etiam tum domo sua. Nam genitos Agrippa, Caium ac
Lucium, in familiam Cæsarum induxerat; necdum posita pue-
rili prætexta, Principes juventutis ³ appellari, destinari con-

payer leur empressement pour la servitude, et trouvant leur avantage dans la révolution, préféraient leur sûreté avec le présent à
des périls avec le passé. Ces changements ne déplaisaient pas non plus
aux provinces, le gouvernement du sénat et du peuple faisant toujours craindre les divisions des grands et la cupidité des magistrats.
qui n'était contenue que par des lois faibles, impuissantes contre la
violence, la brigue et l'argent.

III. Cependant Auguste, pour affermir sa domination, donna à
Marcellus, fils de sa sœur, malgré sa grande jeunesse, le pontificat
et l'édilité curule; et, malgré l'obscure naissance d'Agrippa, il honora ce brave guerrier, compagnon de sa victoire, de deux consulats
successifs; après la mort de Marcellus, il le choisit pour gendre; il
décora du titre d'*imperator* les deux fils de sa femme, Tibère et Drusus, quoiqu'il eût encore alors tous les appuis de sa famille; car il
avait adopté les fils d'Agrippa, Caius et Lucius, qui, même avant
d'avoir quitté la robe de l'enfance, furent nommés Princes de la jeu-

opibus et honoribus,	en richesses et en honneurs
quanto quis	*d'autant plus* que chacun
promptior servitio ;	*était* plus empressé à la servitude ;
ac, aucti	et *que*, grandis
ex rebus novis,	par suite des choses nouvelles
mallent	ils aimaient-mieux
tuta et præsentia,	des choses sûres et présentes
quam vetera et periculosa.	que des choses anciennes et dangereuses.
Neque provinciæ	Et les provinces
abnuebant	ne refusaient pas
illum statum rerum,	cet état de choses,
imperio senatus populique	l'autorité du sénat et du peuple
suspecto	*étant* suspecte
ob certamina potentium	à cause des rivalités des puissants
et avaritiam	et de l'avidité
magistratuum ;	des magistrats ;
auxilio legum invalido,	le secours des lois *étant* impuissant,
quæ turbabantur vi,	*lois* qui étaient troublées par la violence,
ambitu, postremo pecunia.	par la brigue, *et* enfin par l'argent.
III. Ceterum Augustus	III. Au reste Auguste
extulit subsidia	éleva *comme* soutiens
dominationi	à (de) *sa* domination
Claudium Marcellum,	Claudius Marcellus,
filium sororis,	fils de *sa* sœur,
admodum adolescentem,	tout à fait jeune-homme,
pontificatu	au pontificat
et ædilitate curuli ;	et à l'édilité curule ;
M. Agrippam,	M. Agrippa,
ignobilem loco,	obscur d'extraction,
bonum militia	*mais* distingué par le service-militaire
et socium victoriæ,	et compagnon de *sa* victoire,
consulatibus geminatis ;	à des consulats redoublés (deux de suite) ;
mox, Marcello defuncto,	bientôt, Marcellus étant mort,
sumpsit generum :	il *le* prit *pour* gendre :
auxit privignos,	il décora *ses* fils-d'un-premier-lit.
Tiberium Neronem	Tibère Néron
et Claudium Drusum,	et Claude Drusus,
nominibus imperatoriis,	des noms d'-impérator,
sua domo	sa famille
etiam tum integra.	*étant* encore alors entière.
Nam induxerat	Car il avait fait-entrer
in familiam Cæsarum	dans la famille des Césars
Caium ac Lucium,	Caius et Lucius,
genitos Agrippa ;	nés d'Agrippa ;
specie recusantis,	avec l'apparence de *quelqu'un* qui refuse,
cupiverat flagrantissime	il avait désiré très-ardemment
appellari.	*eux* être appelés

sules, specie recusantis, flagrantissime cupiverat. Ut Agrippa
vita concessit[1], L. Cæsarem euntem ad hispanienses exercitus, Caium remeantem Armenia, et vulnere invalidum, mors
fato propera, vel novercæ Liviæ dolus abstulit[2]; Drusoque pridem exstincto[3], Nero solus e privignis erat : illuc cuncta ver-
gere : filius, collega imperii, consors tribunitiæ potestatis adsumitur[4], omnesque per exercitus ostentatur : non obscuris, ut
antea, matris artibus, sed palam hortatu. Nam senem Augustum devinxerat adeo, uti nepotem unicum, Agrippam Postumum, in insulam Planasiam[5] projiceret, rudem sane bonarum
artium, et robore corporis stolide ferocem, nullius tamen fla-
gitii compertum. At hercule Germanicum, Druso ortum, octo
apud Rhenum legionibus imposuit, adsciriquo per adoptionem
a Tiberio jussit, quanquam esset in domo Tiberii filius juve-

nesse, et désignés consuls, distinctions que, malgré ses refus appa-
rents, il avait ardemment désirées pour eux. Lorsqu'il out perdu
Agrippa, que Lucius, en se rendant à l'armée d'Espagne, Caius, en
revenant de l'Arménie, malade d'une blessure, lui eurent été enlevés,
soit naturellement, soit par le crime de leur marâtre Livie, et qu'enfin la mort de Drusus ne lui eut plus laissé de beau-fils que Tibère,
tout reflua vers ce dernier. Il est nommé fils d'Auguste, associé à
l'empire et à la puissance tribunitienne, présenté en pompe à toutes
les armées : sa mère ne se bornait plus, comme autrefois, à d'ob-
scures intrigues ; ses sollicitations étaient publiques. Elle avait tellement captivé la vieillesse d'Auguste, qu'elle lui fit reléguer igno-
minieusement dans l'île de Planasie, son unique petit-fils Agrippa
Postume, jeune homme, il est vrai, d'une ignorance grossière et stu-
pidement enorgueilli de sa force prodigieuse, mais à qui toutefois
on n'avait aucun crime à reprocher. Cependant il mit Germanicus,
fils de Drusus, à la tête de huit légions sur le Rhin ; et, quoique
Tibère eût un fils déjà sorti de l'adolescence, il lui ordonna de

Principes juventutis,	Princes de la jeunesse,
destinari consules,	être désignés consuls,
prætexta puerili	la prétexte de-l'enfance
necdum posita.	n'étant pas encore déposée *par eux.*
Ut Agrippa concessit vita,	Dès qu'Agrippa eut quitté la vie,
mors propera fato,	une mort hâtée par le destin,
vel dolus novercæ Liviæ	ou un piége de *leur* marâtre Livie
abstulit L. Cæsarem	enleva L. César
euntem	qui allait
ad exercitus hispanienses,	aux armées d'-Espagne,
Caium remeantem Armenia,	*et* Caius qui revenait d'Arménie,
et invalidum vulnere;	et *qui était* languissant d'une blessure;
Drusoque	et Drusus
exstincto pridem,	étant mort depuis longtemps,
Nero erat solus	Néron (Tibère) était le seul
e privignis :	de *ses* fils-d'un-premier-lit :
cuncta vergere illuc :	tout *commença* à se tourner là (vers lui) :
adsumitur filius,	il est adopté *comme* fils (d'Auguste',
collega imperii,	*comme* collègue de l'empire,
consors	*comme* associé
potestatis tribunitiæ,	de (à) la puissance tribunitienne.
ostentaturque	et il est montré-souvent
per omnes exercitus :	dans toutes les armées :
artibus matris	les intrigues de *sa* mère
non obscuris, ut antea,	n'*étant* pas obscures, comme auparavant,
sed hortatu palam.	mais *ses* prières *ayant lieu* ouvertement.
Nam devinxerat adeo	Car elle avait enchaîné tellement
Augustum senem,	Auguste *devenu* vieux,
uti projiceret	qu'il fit-jeter
in insulam Planasiam	dans l'île *de* Planasie
unicum nepotem,	*son* unique petit-fils,
Agrippam Postumum,	Agrippa Postume.
rudem sane	ignorant sans doute
artium bonarum,	des arts libéraux,
et stolide ferocem	et stupidement fier
robore corporis,	de *sa* force de corps.
tamen compertum	cependant n'étant convaincu
nullius flagitii.	d'aucune infamie.
At Hercule,	Mais par Hercule,
imposuit octo legionibus	il mit-à-la-tête-de huit légions
apud Rhenum	sur le Rhin
Germanicum,	Germanicus,
ortum Druso,	issu :fils) de Drusus,
jussitque adsciri	et il ordonna *lui* être reçu
per adoptionem a Tiberio,	par adoption par Tibère,
quanquam filius juvenis	quoique un fils jeune
esset in domo Tiberii	fût dans la maison de Tibère :

nis; sed quo pluribus munimentis insisteret. Bellum ea tem-
pestate nullum, nisi adversus Germanos, supererat; abolendæ
magis infamiæ ob amissum cum Quinctilio Varo[1] exercitum,
quam cupidine proferendi imperii, aut dignum ob præmium.
Domi res tranquillæ, eadem magistratuum vocabula, juniores
post Actiacam victoriam, etiam senes plerique inter bella civium nati : quotus quisque reliquus qui rempublicam vidisset?

IV. Igitur, verso civitatis statu, nihil usquam prisci et inte-
gri moris; omnes, exuta æqualitate, jussa principis adspe-
ctare : nulla in præsens formidine, dum Augustus, ætate vali-
dus, seque, et domum, et pacem sustentavit. Postquam provecta
jam senectus ægro et corpore fatigabatur, aderatque finis, et
spes novæ; pauci bona libertatis incassum disserere, plures
bellum pavescere, alii cupere, pars multo maxima imminentes
dominos variis rumoribus differebant : « Trucem Agrippam et

l'adopter, voulant multiplier les soutiens de sa puissance. On n'avait
plus de guerre alors, excepté contre les Germains, pour venger notre
opprobre et la perte de l'armée de Varus, plutôt que par envie de
s'agrandir, ou pour l'importance de la conquête. Au dedans tout
était tranquille : les magistratures conservaient les mêmes noms; la
jeunesse romaine était née depuis la bataille d'Actium, la plupart des
vieillards au milieu des guerres civiles : combien peu en restait-il
qui eussent vu la république?

IV. Aussi, depuis le bouleversement de la constitution, il n'exis-
tait plus de traces des anciennes mœurs, des anciennes vertus; renonçant à l'égalité, tous attendaient les ordres du prince, tranquil-
les pour le moment, tant que la vigueur et la santé d'Auguste surent
maintenir son autorité, sa famille et la paix. Mais, sur le déclin de
sa vie, lorsque les infirmités aggravèrent le poids de sa vieillesse, et
que sa fin prochaine fit naître de nouvelles espérances, on vit se ré-
veiller dans quelques-uns des regrets infructueux sur la perte de la
liberté; dans d'autres, le désir; dans un plus grand nombre, la
crainte de la guerre; dans presque tous, des inquiétudes sur les maîtres dont Rome était menacée. D'un côté, l'on craignait « dans

sed quo insisteret	mais afin qu'il s'appuyât
pluribus munimentis.	de plus de remparts.
Nullum bellum supererat	Aucune guerre ne restait
ea tempestate,	en ce temps-là,
nisi adversus Germanos ;	si ce n'est contre les Germains ;
magis cupidine	plus par le désir
infamiæ abolendæ	de l'infamie devant être effacée
ob exercitum amissum	à cause de l'armée perdue
cum Quinctilio Varo,	avec Quinctilius Varus,
quam proferendi imperii,	que *par le désir* d'étendre l'empire,
aut ob præmium dignum.	ou pour un prix digne *de la peine.*
Domi res tranquillæ,	A l'intérieur les affaires *étaient* calmes,
vocabula magistratuum	les noms des magistratures
eadem,	*étaient* les mêmes,
juniores nati	les plus jeunes *étaient* nés
post victoriam Actiacam,	après la victoire d'-Actium,
plerique senes etiam	la plupart des vieillards même
inter bella civium :	durant les guerres des citoyens (civiles) :
quotus quisque reliquus	combien *étaient* de-reste
qui vidisset rempublicam ?	qui eussent vu la république ?
IV. Igitur,	IV. Donc,
statu civitatis verso,	la situation de l'État étant changée,
nihil usquam	rien *n'était* nulle-part
moris prisci et integri ;	des mœurs anciennes et intègres ;
omnes, æqualitate exuta,	tous, l'égalité étant dépouillée,
adspectare jussa principis :	d'attendre les ordres du prince :
nulla formidine	nulle crainte *n'étant*
in præsens,	pour le *moment* présent,
dum Augustus,	tant qu'Auguste,
validus ætate,	vigoureux d'âge,
sustentavit seque,	soutint et soi,
et domum, et pacem.	et *sa* famille, et la paix.
Postquam senectus	Depuis que *sa* vieillesse
jam provecta	déjà avancée
fatigabatur et	était fatiguée aussi
corpore ægro,	par un corps malade,
finisque aderat,	et *que sa* fin approchait,
et spes novæ ;	et *aussi* des espérances nouvelles ;
pauci disserere incassum	quelques-uns de discuter en-vain
bona libertatis,	sur les avantages de la liberté,
plures	un-plus-grand-nombre
pavescere bellum,	de craindre la guerre,
alii cupere,	d'autres de *la* désirer,
pars multo maxima	une partie de beaucoup la plus grande
differebant dominos	diffamaient les maîtres
imminentes	qui menaçaient
variis rumoribus :	par différents propos :

ignominia accensum, non ætate neque rerum experientia tantæ
moli parem. Tiberium Neronem maturum annis, spectatum
bello, sed vetere atque insita Claudiæ familiæ superbia; multaque indicia sævitiæ, quanquam premantur, erumpere. Hunc
et prima ab infantia eductum in domo regnatrice; congestos
juveni consulatus, triumphos; ne iis quidem annis, quibus
Rhodi specie secessus exsulem egerit[1], aliquid quam iram et
simulationem et secretas libidines meditatum. Accedere matrem muliebri impotentia : serviendum feminæ duobusque in-
super adolescentibus, qui rempublicam interim premant, quandoque distrahant. »

V. Hæc atque talia agitantibus, gravescere valetudo Augusti. Et quidam scelus uxoris suspectabant[2] : quippe rumor
incesserat, paucos ante menses, Augustum, electis consciis,
et comite uno Fabio Maximo, Planasiam vectum ad visendum

Agrippa sa férocité naturelle, irritée par l'ignominie, sa jeunesse,
son inexpérience, inhabile à porter le fardeau d'un si vaste empire;
d'un autre côté, on observait dans Tibère, avec la maturité des années
et l'expérience des armes, l'orgueil héréditaire invétéré des Claudes,
et plusieurs indices d'une cruauté qui perçait à travers le voile dont
il l'enveloppait. On l'avait vu, dès sa première enfance, élevé dans
une famille insatiable de domination; jeune, on avait entassé sur sa
tête les consulats et les triomphes; tout le temps même de sa retraite
de Rhodes, quoiqu'elle couvrît un véritable exil, avait été marqué
par de la colère, par de la dissimulation, par des débauches secrètes.
Ne faudrait-il pas encore essuyer dans la mère l'humeur impérieuse
de son sexe; se voir asservi à une femme, puis à deux jeunes gens,
qui opprimeraient l'État, en attendant qu'ils le démembrassent un
jour? »

V. Tandis qu'on se livrait à ces réflexions, la maladie d'Auguste
s'aggrava, et quelques-uns l'attribuaient à un crime de sa femme. Le
bruit avait couru que, peu de mois auparavant, Auguste, ayant mis
dans sa confidence quelques amis, s'était rendu avec Fabius seule-

« Agrippam trucem
et accensum ignominia,
non parem tantæ moli
ætate
neque experientia rerum.
Tiberium Neronem
maturum annis,
spectatum bello,
sed superbia vetere
atque insita
familiæ Claudiæ ;
multaque indicia sævitiæ
erumpere,
quanquam premantur.
Hunc et ab prima infantia
eductum
in domo regnatrice ;
consulatus, triumphos
congestos juveni ;
ne quidem iis annis,
quibus egerit exsulem
specie secessus Rhodi,
meditatum
aliquid quam iram
et simulationem
et libidines secretas.
Accedere matrem
impotentia muliebri :
serviendum feminæ
insuperque
duobus adolescentibus,
qui premant rempublicam
interim,
quandoque distrahant. »
   V. Agitantibus
hæc atque talia,
valetudo Augusti
gravescere.
Et quidam suspectabant
scelus uxoris :
quippe rumor incesserat
Augustum,
paucos menses ante,
consciis electis,
et uno comite
Fabio Maximo,
vectum Planasiam

« Agrippa *être* féroce
et irrité par l'ignominie,
non égal à un si grand fardeau
ni par l'âge
ni par l'expérience des affaires.
Tibère Néron
être mûr d'années,
distingué par la guerre,
mais d'un orgueil ancien
et inné
dans la famille Claudia ;
et plusieurs indices de cruauté
percer,
quoiqu'ils soient étouffés.
Celui-ci même dès la première enfance
avoir été élevé
dans une famille dominatrice ;
consulats, triomphes
avoir été accumulés sur *lui* jeune ;
pas même dans ces années,
dans lesquelles il fit l'exilé (fut exilé)
avec l'apparence d'une retraite à Rhodes,
lui n'avoir médité
quelque *autre chose* que colère
et dissimulation
et débauches secrètes.
A cela se joindre *sa* mère
avec l'emportement d'-une-femme :
falloir être asservi à une femme
et de plus
à deux jeunes-gens,
qui opprimeraient l'Etat
en-attendant,
un jour *le* démembreraient. »
   V. *Les Romains* agitant
ces *pensées* et de telles,
la *mauvaise* santé d'Auguste
de s'aggraver.
Et certains soupçonnaient
un crime de *son* épouse :
car le bruit s'était répandu
Auguste,
peu de mois avant,
des confidents ayant été choisis,
et un-seul compagnon
Fabius Maximus,
s'*être* transporté à Planasie

Agrippam; multas illic utrinque lacrimas et signa caritatis,
spemque ex eo, fore ut juvenis penatibus avi redderetur : quod
Maximum[1] uxori Marciæ aperuisse, illam Liviæ; gnarum id
Cæsari; neque multo post exstincto Maximo (dubium an quæ-
sita morte), auditos in funere ejus Marciæ gemitus, semet in-
cusantis quod causa exitii marito fuisset. Utcunque se ea res
habuit, vixdum ingressus Illyricum Tiberius, properis matris
litteris accitur : neque satis compertum est, spirantem adhuc
Augustum apud urbem Nolam, an exanimem repererit. Acri-
bus namque custodiis domum et vias sepserat Livia : lætique
interdum nuntii vulgabantur; donec, provisis quæ tempus
monebat, simul excessisse Augustum et rerum potiri Neronem
fama eadem tulit.

VI. Primum facinus novi principatus fuit Postumi Agrippæ
cædes; quem ignarum inermumque, quamvis firmatus animo,

ment, à Planasie, pour y voir son petit-fils, et qu'il y avait eu de
part et d'autre beaucoup de larmes, et des marques de tendresse qui
faisaient croire que le jeune Agrippa reverrait le palais de son
aïeul. On ajouta que Fabius instruisit de ce fait sa femme Marcie,
qui le répéta à Livie; que Tibère en fut informé, et que, peu de
temps après, aux funérailles de Fabius, dont la mort fut soupçonnée
de n'être point naturelle, on entendit Marcie qui s'accusait en pleu-
rant d'avoir été la cause de la perte de son époux. Quoi qu'il en
soit, Tibère entrait à peine dans l'Illyrie, lorsque des lettres pres-
santes de sa mère le rappelèrent à Nole. On ne sait s'il y trouva Auguste
encore en vie, ou déjà mort; car Livie avait distribué autour du
palais des gardes qui en fermaient avec soin toutes les avenues. De
temps en temps on rassurait le peuple sur la santé du prince; et
lorsqu'enfin on eut pris toutes les mesures que les circonstances exi
geaient, un même bruit vint apprendre à la fois qu'Auguste n'était
plus, et que Tibère succédait à son pouvoir.

VI. Le premier acte du nouveau *principat* fut le meurtre de Postume Agrippa. Quoique surpris sans armes et attaqué par un cen-

ad visendum Agrippam ;	pour visiter Agrippa,
illic utrinque	là de part et d'autre
multas lacrimas	*avoir eu lieu* beaucoup de larmes
et signa caritatis,	et de marques de tendresse,
spemque ex eo,	et espoir *être résulté* de cela
fore ut juvenis	qu'il arriverait que le jeune-homme
redderetur penatibus avi :	serait rendu aux pénates de *son* aïeul :
quod Maximum	laquelle chose Maximus
aperuisse uxori Marciæ,	avoir dévoilée à *son* épouse Marcie,
illam Liviæ ;	celle-ci à Livie,
id gnarum Cæsari ;	cela *avoir été* connu à César (Auguste) ;
neque multo post	et non beaucoup après
Maximo exstincto,	Maximus étant mort,
dubium an	*il était* incertain si *c'était*
morte quæsita,	par une mort cherchée (volontaire),
auditos in funere ejus	*avoir été* entendus aux funérailles de lui
gemitus Marciæ,	les gémissements de Marcie,
semet incusantis	qui s'accusait
quod fuisset causa	de ce qu'elle avait été cause
exitii marito.	de perte à *son* mari.
Utcunque ea res	De quelque manière que cette chose
se habuit,	se passa,
Tiberius vixdum ingressus	Tibère à peine entré
Illyricum,	en Illyrie,
accitur	est mandé
litteris properis matris :	par des lettres pressées de *sa* mère :
neque est satis compertum,	et il n'est pas assez su
repererit Augustum	s'il trouva Auguste
spirantem adhuc	respirant encore
apud urbem Nolam,	dans la ville *de* Nole,
an exanimem.	ou sans-vie.
Namque Livia sepserat	Car Livie avait entouré
domum et vias	le palais et les routes
custodiis acribus :	de gardes sévères :
interdumque læti nuntii	et de temps en temps de bonnes nouvelles
vulgabantur ;	étaient publiées ;
donec provisis	jusqu'à ce que *les mesures* ayant été prises
quæ tempus monebat,	lesquelles la circonstance recommandait,
eadem fama tulit simul	la même renommée porta à la fois
Augustum excessisse	Auguste être mort
et Neronem potiri rerum.	et Néron (Tibère) être-maître des affaires.
VI. Primum facinus	VI. Le premier acte
novi principatus	du nouveau principat
fuit cædes	fut le meurtre
Postumi Agrippæ ;	de Postume Agrippa ;
quem ignarum	lequel ignorant *du danger*
inermumque,	et sans-armes,

centurio ægre confecit. Nihil de ea re Tiberius apud senatum
disseruit. Patris jussa simulabat, quibus præscripsisset tribuno custodiæ apposito, ne cunctaretur Agrippam morte affi-
cere, quandoque ipse supremum diem explevisset. Multa sine
dubio sævaque Augustus de moribus adolescentis questus, ut
exsilium ejus senatusconsulto sanciretur perfecerat; ceterum
in nullius unquam suorum necem duravit; neque mortem ne-
poti pro securitate privigni illatam credibile erat. Propius vero,
Tiberium ac Liviam, illum metu, hanc novercalibus odiis,
suspecti et invisi juvenis cædem festinavisse. Nuntianti centurioni, ut mos militiæ, factum esse quod imperasset, neque
imperasse sese, et rationem facti reddendam apud senatum,
respondit. Quod postquam Sallustius Crispus[1], particeps se-
cretorum (is ad tribunum miserat codicillos), comperit, me-
tuens ne reus subderetur, juxta periculoso ficta seu vera
promeret, monuit Liviam, « ne arcana domus, ne consilia

turion intrépide, Postume disputa longtemps sa vie. Tibère ne parla
nullement de cette mort au sénat. Il feignait qu'elle était le résultat
des ordres de son père, et qu'il était enjoint au tribun, préposé à la
garde du jeune homme, de lui donner la mort sans balancer, aussitôt que l'empereur aurait rendu le dernier soupir. Il est vrai qu'Auguste éclata souvent en reproches violents contre Postume, dont il
fit même confirmer l'exil par un sénatus-consulte; mais il respecta
toujours le sang de ses proches; et il n'est point à croire que, pour
la sûreté du fils de sa femme, il eût ordonné la mort de son petit-
fils. Il est plus probable que Tibère et Livie, l'un par crainte, l'autre par haine de marâtre, précipitèrent la mort d'un rival odieux et
suspect. Lorsque le centurion vint, suivant les formes militaires, annoncer à l'empereur qu'on avait exécuté ses ordres, celui-ci se défendit d'en avoir donné, et déclara qu'il faudrait rendre compte au
sénat de cet événement. A cette nouvelle, Sallustius Crispus, qui
était du complot, car lui-même avait écrit le billet au tribun, crai-
gnant d'être impliqué dans une affaire où il serait également dangereux pour lui de dissimuler ou d'avouer la vérité, courut chez

centurio confecit ægre,	un centurion acheva avec-peine,
quamvis firmatus animo.	quoique affermi de cœur.
Tiberius disseruit nihil	Tibère ne dit rien
de ea re apud senatum.	de cette affaire au sénat.
Simulabat jussa patris,	Il feignait des ordres de *son* père,
quibus præscripsisset	par lesquels *celui-ci* aurait prescrit
tribuno apposito	au tribun préposé
custodiæ,	à la garde *du jeune homme,*
ne cunctaretur	qu'il n'hésitât pas
afficere morte Agrippam,	à frapper de mort Agrippa,
quandoque ipse explevisset	dès que lui-même aurait accompli
supremum diem.	*son* dernier jour.
Sine dubio Augustus	Sans doute Auguste
questus	ayant fait-des-plaintes
multa sævaque	nombreuses et violentes
de moribus adolescentis,	sur les mœurs du jeune-homme,
perfecerat ut exsilium ejus	avait obtenu que l'exil de lui
sanciretur	fût sanctionné
senatusconsulto;	par un sénatus-consulte;
ceterum duravit unquam	au reste il ne s'endurcit jamais
in necem nullius suorum;	jusqu'à la mort d'aucun des siens;
neque erat credibile	et il n'était pas croyable
mortem illatam nepoti	la mort *avoir été* donnée à *son* petit-fils
pro securitate privigni.	pour la sécurité d'un fils-de-premier-lit.
Propius vero,	Mais *il est* plus près *de la vérité,*
Tiberium ac Liviam,	Tibère et Livie,
illum metu,	celui-là par crainte,
hanc odiis novercalibus,	celle-ci par des haines de-marâtre,
festinavisse cædem	avoir hâté le meurtre
juvenis suspecti et invisi.	d'un jeune-homme suspect et odieux.
Centurioni nuntianti,	Au centurion qui annonçait,
ut mos militiæ,	comme *c'est* la coutume du service,
quod imperasset	ce qu'avait commandé *l'empereur*
esse factum,	être fait,
respondit	il (Tibère) répondit
neque sese imperasse,	et lui n'avoir pas commandé *cela,*
et rationem facti	et compte du fait
reddendam apud senatum.	devoir être rendu au sénat.
Quod postquam comperit	Laquelle chose lorsqu'eut connue
Sallustius Crispus,	Sallustius Crispus,
particeps secretorum	confident du secret,
(is miserat codicillos	(*c'était* lui *qui* avait envoyé le billet
ad tribunum),	au tribun),
metuens ne subderetur	craignant qu'il ne fût cité
reus,	*comme* accusé,
juxta periculoso	*étant* également dangereux
promeret ficta seu vera,	qu'il révélât des choses feintes ou vraies,

amicorum, ministeria militum vulgarentur; neve Tiberius
vim principatus resolveret, cuncta ad senatum vocando. Eam
conditionem esse imperandi, ut non aliter ratio constet, quam
si uni reddatur. »

VII. At Romæ ruere in servitium consules, patres, eques;
quanto quis illustrior, tanto magis falsi ac festinantes; vultuque composito, ne læti excessu principis, neu tristiores primordio, lacrimas, gaudium, questus, adulationem miscebant.
Sext. Pompeius et Sext. Apuleius, consules, primi in verba
Tiberii Cæsaris juravere[1]; apudque eos Seius Strabo[2], et
C. Turranius, ille prætoriarum cohortium præfectus, hic annonæ; mox senatus milesque et populus. Nam Tiberius cuncta
per consules incipiebat, tanquam vetere republica, et ambiguus imperandi. Ne edictum quidem, quo patres in curiam
vocabat, nisi tribunitiæ potestatis præscriptione posuit, sub

Livie, et lui fit sentir l'importance « de ne point divulguer les my-
stères du palais, les délibérations intimes, les exécutions militaires;
qu'en évoquant tout au sénat, Tibère énerverait la puissance impériale; que c'était le privilége du commandement, qu'on ne rendît
compte qu'à un seul. »

VII. Cependant à Rome, consuls, sénateurs, chevaliers se
précipitent dans la servitude; plus on était d'un rang illustre, plus
on montrait d'empressement et de fausseté : se composant le visage
pour ne laisser voir ni trop de contentement à la mort d'un prince,
ni trop de tristesse à l'avénement d'un autre, tous mêlaient les larmes, la joie, les regrets, l'adulation. Les consuls Sext. Pompéius
et Sext. Apuléius prononcèrent les premiers le serment d'obéissance
absolue à Tibère. Séius Strabon, préfet du prétoire, et C. Turranius,
préfet des vivres, le répétèrent après eux; puis le sénat, les soldats
et le peuple. Car Tibère mettait les consuls en tête de tous les actes,
comme dans l'ancienne république, et comme s'il eût encore douté
d'être empereur. Dans l'édit même par lequel il convoquait le sénat,
il ne s'autorisait que de la puissance tribunitienne, qu'il tenait

monuit Liviam,
« ne arcana domus,
ne consilia amicorum,
ministeria militum
vulgarentur;
neve Tiberius resolveret
vim principatus,
vocando cuncta
ad senatum.
Conditionem imperandi
esse eam,
ut ratio non constet aliter,
quam si reddatur uni. »
   VII. At Romæ
consules, patres, eques
ruere in servitium;
tanto magis falsi
ac festinantes,
quanto quis illustrior;
vultuque composito,
ne læti
excessu principis,
neu tristiores
primordio,
miscebant lacrimas,
gaudium, questus,
adulationem.
Consules, Sext. Pompeius
et Sext. Apuleius,
juravere primi
in verba Tiberii Cæsaris;
apudque eos Seius Strabo,
et Caius Turranius,
ille præfectus
cohortium prætoriarum,
hic annonæ;
mox senatus
milesque et populus.
Nam Tiberius incipiebat
cuncta per consules,
tanquam vetere republica,
et ambiguus imperandi.
Ne posuit quidem edictum,
quo vocabat
patres in curiam,
nisi præscriptione
potestatis tribunitiæ,

il avertit Livie,
« pour que les secrets du palais,
pour que les délibérations des amis,
les commissions des soldats
ne fussent pas divulgués;
et pour que Tibère ne détruisît pas
la force du principat,
en évoquant tout
au sénat.
La condition d'être-empereur
être celle-ci,
qu'un compte n'est-pas-exact autrement,
que s'il est rendu à un-seul.
   VII. Mais à Rome
consuls, sénateurs, chevalier
de se précipiter dans la servitude;
d'autant plus faux
et empressés,
que chacun *était* plus illustre;
et le visage composé,
de peur qu'*ils ne parussent* joyeux
à la mort d'un prince,
ou *qu'ils ne parussent* trop tristes
à l'avénement d'*un autre*,
ils mêlaient les larmes,
la joie, les plaintes,
l'adulation.
Les consuls, Sext. Pompéius
et Sext. Apuléius,
jurèrent les premiers
sur les paroles (ordres) de Tibère César;
et auprès d'eux (ensuite) Séius Strabon,
et Caius Turranius,
celui-là préfet
des cohortes prétoriennes,
celui-ci *préfet* des vivres;
puis le sénat
et le soldat et le peuple.
Car Tibère commençait
tous *ses actes* par les consuls,
comme sous l'ancienne république,
et *comme* incertain d'être-empereur.
Il ne proposa pas même l'édit,
par lequel il convoquait
les sénateurs à la curie,
si ce n'est avec l'inscription
de la puissance tribunitienne,

Augusto acceptæ. Verba edicti fuere pauca, et sensu permo-
desto : « de honoribus parentis consulturum ; neque abscedere
a corpore, idque unum ex publicis muneribus usurpare. » Sed,
defuncto Augusto, signum prætoriis cohortibus, ut imperator,
dederat ; excubiæ, arma, cetera aulæ ; miles in forum, miles
in curiam comitabatur ; litteras ad exercitus tanquam adepto
principatu misit, nusquam cunctabundus, nisi quum in senatu
loqueretur. Causa præcipua ex formidine, ne Germanicus, in
cujus manu tot legiones, immensa sociorum auxilia, mirus
apud populum favor, habere imperium quam exspectare mallet. Dabat et famæ, ut vocatus electusque potius a republica
videretur, quam per uxorium ambitum et senili adoptione ir-
repsisse. Postea cognitum est ad introspiciendas etiam proce-
rum voluntates inductam dubitationem ; nam verba, vultus, in
crimen detorquens recondebat.

VIII. Nihil primo senatus die agi passus, nisi de supremis

d'Auguste. L'édit était court et singulièrement réservé. Il y demandait conseil sur les honneurs dus à Auguste ; il ne se séparerait point
du corps de son père : c'était, des fonctions publiques, la seule qu'il
s'attribuât. Mais aussitôt après la mort d'Auguste, il avait donné
l'ordre, comme empereur, aux cohortes prétoriennes ; il avait pris
des gardes et tout l'appareil de la dignité impériale ; des soldats
l'accompagnaient au forum, l'accompagnaient au sénat ; il avait
écrit aux armées comme étant déjà souverain ; il n'hésitait que dans
ses discours au sénat. Son principal motif fut la crainte que Germanicus, qui avait dans sa main tant de légions, qui commandait
une armée immense d'auxiliaires, qui était adoré du peuple, n'aimât
mieux garder le pouvoir que l'attendre. D'ailleurs il voulait donner
à la réputation, paraître avoir été élevé à l'empire par les suffrages
de la république plutôt que s'y être glissé par les intrigues d'une
femme et l'adoption d'un vieillard. La suite fit voir qu'il s'était encore ménagé cette irrésolution pour démêler les dispositions des
grands ; épiant les discours, les visages, il marquait au fond de son
cœur ses ennemis.

VIII. Tibère exigea que la première séance du sénat fût consacrée

acceptæ sub Augusto.	reçue par *lui* sous Auguste.
Verba edicti fuere pauca ,	Les mots de l'édit furent peu-nombreux,
et sensu permodesto :	et d'un sens très-modeste :
« consulturum	« *lui* devoir délibérer
de honoribus parentis;	sur les honneurs de *son* père;
neque abscedere a corpore ,	et ne pas s'éloigner de *son* corps,
usurpareque id unum	et s'attribuer cette *fonction* seule
ex muneribus publicis. »	des fonctions publiques. »
Sed , Augusto defuncto,	Mais, Auguste étant mort,
dederat signum,	il avait donné l'ordre,
ut imperator,	comme empereur,
cohortibus prætoriis ;	aux cohortes prétoriennes ;
excubiæ, arma ,	des gardes, des armes,
cetera aulæ ;	les autres *marques* d'une cour *l'entouraient*;
miles	un soldat (des soldats)
comitabatur in forum ,	l'accompagnait au forum ,
miles in curiam;	un soldat (des soldats) à la curie ;
misit litteras ad exercitus	il envoya des lettres aux armées
tanquam principatu	comme le principat
adepto ,	ayant été obtenu ,
cunctabundus nusquam ,	n'hésitant nulle part ,
nisi	sinon
quum loqueretur in senatu.	lorsqu'il parlait au sénat.
Causa præcipua	La cause principale
ex formidine,	*venait* de la crainte,
ne Germanicus ,	que Germanicus
in manu cujus tot legiones,	dans la main duquel *étaient* tant de légions,
immensa auxilia sociorum,	d'immenses renforts d'alliés,
mirus favor apud populum,	une singulière faveur auprès du peuple ,
mallet habere imperium	n'aimât-mieux avoir l'empire
quam exspectare.	que l'attendre.
Dabat et famæ,	Il donnait aussi à la renommée,
ut videretur petius	afin qu'il parût plutôt
vocatus electusque	appelé et élu
a republica,	par la république
quam irrepsisse	que s'être glissé *au trône*
per ambitum uxorium	par l'intrigue d'-une-épouse
et adoptione senili.	et par l'adoption d'-un-vieillard
Postea est cognitum	Dans la suite il fut connu
dubitationem inductam	*cette* hésitation *avoir été* imaginée
ad introspiciendas etiam	pour sonder aussi
voluntates procerum ;	les dispositions des grands ;
nam detorquens in crimen	car tournant en crime
verba , vultus ,	les paroles , les visages ,
recondebat.	il *les* cachait *dans son esprit*.
VIII. Passus nihil agi	VIII. Il ne souffrit rien être traité
primo die senatus ,	le premier jour *de séance* du sénat,

Augusti, cujus testamentum [1], illatum per virgines Vestæ, Tiberium et Liviam heredes habuit. Livia in familiam Juliam nomenque Augustæ assumebatur : in spem secundam, nepotes pronepotesque [2]; tertio gradu primores civitatis scripserat, plerosque invisos sibi, sed jactantia gloriaque ad posteros. Legata non ultra civilem modum, nisi quod populo et plebi quadringenties tricies quinquies [3], prætoriarum cohortium militibus singula nummum millia, legionariis aut cohortibus civium romanorum trecenos nummos viritim dedit. Tum consultatum de honoribus, ex quis maxime insignes visi : « ut porta triumphali duceretur funus, » Gallus Asinius; « ut legum latarum tituli, victarum ab eo gentium vocabula anteferrentur, » L. Arruntius censuere. Addebat Messala Valerius renovandum per annos sacramentum in nomen Tiberii ; interrogatusque a Tibe-

---

entièrement à Auguste. Son testament fut apporté par les Vestales. Auguste y nommait Tibère et Livie ses héritiers; Livie était adoptée dans la famille des Jules, et recevait le nom d'Augusta. Après eux, il appelait ses petits-fils et arrière-petits-fils; et à leur défaut, les grands de Rome, la plupart haïs de lui, mais par vaine gloire, et pour se faire un mérite auprès de la postérité. Les legs n'excédaient pas ceux qu'auraient pu faire de simples citoyens, si l'on excepte quarante-trois millions cinq cent mille sesterces qu'il laissait à l'État et au peuple, mille à chaque soldat des cohortes prétoriennes, et trois cents à chaque légionnaire. Ensuite on délibéra sur les honneurs funèbres, dont voici les plus remarquables : Asinius Gallus proposa « de faire passer le convoi par la porte triomphale; » L. Arruntius « de porter devant le corps d'Auguste, les titres des lois qu'il avait promulguées, les noms des nations qu'il avait vaincues; » à quoi Messala Valérius ajouta de renouveler tous les ans à l'empereur le serment d'obéissance absolue; et comme Tibère lui

nisi de supremis Augusti,	sinon des dernières *volontés* d'Auguste,
cujus testamentum,	dont le testament,
illatum per virgines Vestæ,	apporté par les vierges de Vesta,
habuit heredes	eut *pour* héritiers
Tiberium et Liviam.	Tibère et Livie.
Livia assumebatur	Livie était admise
in familiam Juliam	dans la famille Julia
nomenque Augustæ :	et au nom d'Augusta :
scripserat,	il (Auguste) avait inscrit,
in spem secundam,	pour un espoir secondaire,
nepotes pronepotesque ;	*ses* petits-fils et *ses* arrière-petits-fils;
tertio gradu	au troisième degré
primores civitatis,	les principaux de l'État,
plerosque invisos sibi,	la plupart odieux à lui,
sed jactantia gloriaque	mais par jactance et *vaine* gloire
ad posteros.	auprès des descendants.
Legata non ultra	Les legs n'*allaient* pas au-delà
modum civilem,	de la mesure d'un-*simple*-citoyen,
nisi quod dedit	si ce n'est qu'il donna
populo et plebi	au peuple et à la populace
quadringenties tricies	quatre-cent-fois trente-fois
quinquies,	cinq-fois *cent mille sesterces*,
militibus	aux soldats
cohortium prætoriarum	des cohortes prétoriennes
millia nummum singula,	mille écus par-homme,
legionariis aut cohortibus	aux légionnaires ou aux cohortes
civium romanorum	de citoyens romains
trecenos nummos viritim.	trois-cents écus par-tête.
Tum consultatum	Alors *il fut* délibéré
de honoribus,	sur les honneurs *funèbres*,
ex quis	desquels
maxime insignes visi :	les plus remarquables parurent *tels.*
Gallus Asinius,	Gallus Asinius,
L. Arruntius	L. Arruntius
censuere :	furent-d'avis :
« ut funus duceretur	*l'un,* « que le convoi fût conduit
porta triumphali; »	par la porte triomphale, »
« ut tituli	*l'autre,* « que les titres
legum latarum,	des lois portées *par lui,*
vocabula gentium	les noms des nations
victarum ab eo	vaincues par lui
anteferrentur. »	fussent portés-devant. »
Messala Valerius addebat	Messala Valérius ajoutait
sacramentum renovandum	le serment devoir être renouvelé
per annos	*année* par année
in nomen Tiberii ;	sur le nom de Tibère;
interrogatusque a Tiberio,	et interrogé par Tibère,

rio, num, se mandante, eam sententiam prompsisset, « sponte
dixisse, » respondit, « neque in iis quæ ad rempublicam per-
tinerent consilio nisi suo usurum, vel cum periculo offensio-
nis. » Ea sola species adulandi supererat. Conclamant patres
corpus ad rogum humeris senatorum ferendum. Remisit᾽ Cæsar
arroganti moderatione, populumque edicto monuit, « ne, ut
quondam nimiis studiis funus divi Julii turbassent, ita Augustum in foro potius, quam in campo Martis, sede destinata,
cremari vellent. » Die funeris, milites velut præsidio stetere,
multum irridentibus qui ipsi viderant, quique a parentibus
acceperant diem illum crudi adhuc servitii et libertatis im-
prospere repetitæ, quum occisus dictator Cæsar aliis pessi-
mum, aliis pulcherrimum facinus videretur. « Nunc senem
principem, longa potentia, provisis etiam heredum in rempu-

demanda s'il l'avait chargé d'ouvrir cet avis, Valérius répondit que
non ; « mais que, dans tout ce qui concernerait le bien de l'État,
il ne prendrait conseil que de lui seul, au risque même de déplaire. »
C'était la seule tournure de flatterie qui fût encore neuve. Les sénateurs s'écrièrent tout d'une voix qu'ils porteraient le corps au bûcher
sur leurs épaules. Tibère y souscrivit avec une docilité insultante ;
et, dans un édit, il recommanda au peuple « de ne point troubler
par un excès de zèle les funérailles d'Auguste, comme autrefois celles
de César, et de ne point exiger que le corps fût brûlé au forum plutôt qu'au Champ de Mars, lieu fixé pour sa sépulture. » Le jour
des obsèques, les soldats parurent en bataille, comme pour prêter
main-forte. Aussi, tous ceux qui avaient vu ou qui avaient entendu
rappeler à leurs pères ce jour où, d'une servitude encore toute récente, on avait passé brusquement à une liberté si malheureusement
recouvrée ; où les uns regardaient le meurtre de César comme une
action héroïque, les autres comme un forfait exécrable ; et qui alors
comparaient à ce meurtre du dictateur la mort paisible d'un vieux
prince, après une longue puissance, après avoir assuré contre la
république la fortune de ses héritiers, rirent beaucoup de cet appa-

num prompsisset	s'il avait énoncé
eam sententiam,	cet avis,
se mandante,	lui (Tibère) *l'en* chargeant,
respondit, « dixisse sponte,	il répondit, « *l'avoir* dit de-plein-gré,
neque usurum consilio	et ne devoir user de conseil
nisi suo,	si ce n'est du sien,
vel cum periculo offensionis,	même avec risque d'offense,
in iis quæ pertinerent	dans les choses qui avaient-rapport
ad rempublicam. »	à la république. »
Ea sola species adulandi	Cette seule apparence de flatter
supererat.	restait.
Patres conclamant	Les sénateurs s'écrient-ensemble
corpus ferendum ad rogum	le corps devoir être porté au bûcher
humeris senatorum.	sur les épaules des sénateurs.
Cæsar remisit	César (Tibère) *l'*accorda
moderatione arroganti,	avec une modération arrogante,
monuitque populum	et il avertit le peuple
edicto,	par un édit,
« ne, ut quondam	« que, comme autrefois
turbassent nimiis studiis	ils avaient troublé par trop de zèle
funus divi Julij,	les funérailles du divin Jules,
ita vellent	ainsi ils *ne* voulussent *pas*
Augustum cremari	Auguste être brûlé
potius in foro,	plutôt dans le forum
quam in campo Martis,	que dans le champ de Mars,
sede destinata. »	lieu réservé *à sa sépulture.* »
Die funeris,	Le jour des funérailles,
milites stetere	les soldats se tinrent *rangés*
velut præsidio,	comme pour renfort,
irridentibus multum	*ceux-là* se moquant beaucoup
qui ipsi viderant,	qui eux-mêmes avaient vu
quique acceperant	et qui avaient appris
a parentibus	de *leurs* pères
illum diem	ce jour
servitii adhuc crudi	d'une servitude encore récente
et libertatis repetitæ	et d'une liberté recouvrée
improspere,	malheureusement,
quum	lorsque
dictator Cæsar occisus	le dictateur César tué
videretur aliis	paraissait aux uns
pessimum facinus,	le plus méchant acte,
aliis pulcherrimum.	aux autres le plus beau.
« Nunc senem principem	« Maintenant un vieux prince,
longa potentia,	d'une longue puissance,
opibus etiam heredum	la fortune même de *ses* héritiers
provisis in rempublicam,	ayant été assurée contre la république,
tuendum scilicet	*avoir besoin* pour être protégé certes

blicam opibus, auxilio scilicet militari tuendum, ut sepultura
ejus quieta foret. »

IX. Multus hinc ipso de Augusto sermo, plerisque vana mirantibus, « quod idem dies accepti quondam imperii princeps
et vitæ supremus ; quod Nolæ in domo et cubiculo in quo
pater ejus Octavius, vitam finivisset. » Numerus etiam consulatuum celebrabatur, « quo Valerium Corvum et C. Marium
simul æquaverat, continuata per septem et triginta annos tribunitia potestas, nomen imperatoris semel atque vicies par
tum, aliaque honorum multiplicata aut nova[1]. » At apud
prudentes vita ejus varie extollebatur arguebaturve. Hi, « pietate erga parentem, et necessitudine reipublicæ, in qua nullus
tunc legibus locus, ad arma civilia actum, quæ neque parari
possent, neque haberi per bonas artes ; multa Antonio, dum
interfectores patris ulcisceretur, multa Lepido concessisse ;
postquam hic socordia senuerit, ille per libidines pessum datus

reit menaçant, cru si nécessaire pour la tranquillité de ses funérailles.

IX. De là mille discours sur Auguste. La multitude remarqua beaucoup de circonstances frivoles : « Sa mort à pareil jour de son élévation
à l'empire, et à Nole, dans la même maison et dans la même chambre
que son père Octave. On vantait le nombre de ses consulats, égal à
ceux de Valérius Corvinus et de C. Marius réunis ; sa puissance tribunitienne prorogée trente-sept ans ; le titre d'*imperator* obtenu
vingt et une fois, et tant d'autres honneurs créés ou multipliés
pour lui. » Mais, parmi les hommes sensés, sa vie trouvait des pané-
gyristes et des censeurs. Les uns disaient « que la piété filiale et le
malheur d'un État où les lois étaient alors sans pouvoir, l'avaient
seuls entraîné dans des guerres civiles qu'on ne peut entreprendre
ni soutenir par des voies légitimes. Ils rejetaient sur le désir de punir
les meurtriers de son père, ses complaisances pour Lépide et pour
Antoine ; et ses entreprises contre eux sur le mépris qu'excitèrent

auxilio militari ,
ut sepultura ejus
foret quieta. »

d'un secours militaire,
pour que la sépulture de lui
fût tranquille. »

IX. Hinc multus sermo
de Augusto ipso,
plerisque mirantibus vana,
« quod idem dies
princeps imperii
accepti quondam
et supremus vitæ ;
quod finivisset vitam Nolæ
in domo et cubiculo
in quo
pater ejus Octavius. »
Numerus etiam
consulatuum
celebrabatur ,
« quo æquaverat simul
Valerium Corvum
et C. Marium,
potestas tribunitia
continuata
per
triginta et septem annos,
nomen imperatoris partum
vicies atque semel,
aliaque honorum
multiplicata aut nova. »
At apud prudentes
vita ejus extollebatur
arguebaturve varie.
Hi, « pietate
erga parentem,
et necessitudine reipublicæ,
in qua tunc nullus locus
legibus,
actum ad arma civilia ,
quæ possent neque parari,
neque haberi
per bonas artes ;
concessisse multa Antonio,
multa Lepido,
dum ulcisceretur
interfectores patris ;
postquam hic,
senuerit socordia,
ille sit pessum datus

IX. De là beaucoup de propos
sur Augusto lui-même ,
la plupart admirant des choses frivoles,
« que le même jour
avait été le premier de l'empire
reçu *par lui* autrefois
et le dernier de *sa* vie ;
qu'il avait fini *sa* vie à Nole
dans la maison et *dans* la chambre
dans laquelle
le père de lui Octave *avait fini la sienne.*»
Le nombre aussi
de *ses* consulats
était célébré ,
« par lequel il avait égalé à la fois
Valérius Corvus
et C. Marius ,
la puissance tribunitienne
continuée
pendant
trente-sept ans ,
le nom d'impérator obtenu
vingt et une-fois,
et d'autres *titres* d'honneurs
multipliés ou nouveaux. »
Mais parmi les sages
la vie de lui était exaltée
ou était accusée diversement.
Ceux-ci *disaient*, « *lui* par piété
envers *son* père,
et par la nécessité de la république,
dans laquelle alors aucune place
n'était aux lois,
avoir été poussé aux armes civiles,
qui ne pouvaient ni être prises ,
ni être gardées
par de bons moyens ;
lui avoir accordé beaucoup à Antoine,
beaucoup à Lépide ,
pourvu qu'il se vengeât
des meurtriers de *son* père ;
après que celui-ci
eut vieilli par *son* indolence,
et que celui-là se fut perdu

sit, non aliud discordantis patriæ remedium fuisse, quam ut
ab uno regeretur. Non regno tamen, neque dictatura, sed
principis nomine constitutam rempublicam ; mari oceano aut
amnibus longinquis septum imperium ; legiones, provincias,
classes, cuncta inter se connexa ; jus apud cives, modestiam
apud socios ; Urbem ipsam magnifico ornatu ; pauca admodum
vi tractata, quo ceteris quies esset. »

X. Dicebatur contra , « pietatem erga parentem et tempora
reipublicæ obtentui sumpta ; ceterum cupidine dominandi con-
citos per largitionem veteranos, paratum ab adolescente privato
exercitum, corruptas consulis legiones[1], simulatam Pompeia-
narum gratiam partium ; mox ubi decreto patrum fasces et
jus prætoris invaserit, cæsis Hirtio et Pansa (sive hostis
illos[2], seu Pansam venenum vulneri affusum, sui milites Hir-
tium, et machinator doli Cæsar abstulerat), utriusque copias

---

l'imbécillité de l'un, les débauches de l'autre, et sur la nécessité d'un
seul maître pour la paix de tous. D'ailleurs ils le louaient d'avoir
préféré au titre de roi et de dictateur, celui de prince ; d'avoir
donné pour barrière à l'empire l'Océan ou des fleuves éloignés ;
réuni par un lien commun les légions, les flottes, les provinces. Ils
vantaient sa justice pour les citoyens, sa douceur pour les alliés, sa
magnificence même dans les embellissements de Rome ; ils pardon-
naient quelques actes de violence qui avaient assuré le repos général. »

X. On disait d'un autre côté « que sa tendresse pour son père et
les désordres de la république n'étaient que le prétexte dont il avait
coloré son ambition. Du reste, on l'avait vu, jeune et sans emploi,
lever une armée, séduire les vétérans par des largesses, corrompre
les légions d'un consul, et enfin surprendre, par un zèle dissimulé
pour le parti de Pompée, un décret du sénat, les faisceaux et la dignité de préteur. Depuis, à la mort des consuls Hirtius et Pansa
(soit qu'ils eussent péri tous deux par le fer de l'ennemi, ou celui-ci
par le poison versé sur sa plaie, et l'autre de la main de ses propres
soldats excités par Octave), il s'était emparé de leur armée, il avait

per libidines,	pas *ses* débauches,
non aliud remedium fuisse	pas un autre remède n'avoir été
patriæ discordantis,	de '(pour) la patrie divisée,
quam ut regeretur ab uno.	que d'être gouvernée par un-seul.
Rempublicam tamen	L'Etat cependant
non constitutam regno,	n'*avoir* pas *été* constitué en royauté,
neque dictatura,	ni en dictature,
sed nomine principis;	mais avec le nom de prince;
imperium septum	l'empire *avoir été* fermé
mari oceano	par la mer océanique
aut amnibus longinquis;	ou par des fleuves lointains;
legiones, provincias,	légions, provinces,
classes,	flottes,
cuncta connexa inter se;	toutes choses *avoir été* unies entre elles;
jus apud cives,	le droit *avoir régné* chez les citoyens,
modestiam apud socios;	la modération chez les alliés;
Urbem ipsam	la ville (Rome) elle-même *avoir été dotée*
ornatu magnifico;	d'un embellissement magnifique;
admodum pauca	extrêmement peu de choses
tractata vi,	*avoir été* traitées par la violence,
quo quies esset ceteris. »	afin que le repos fût aux autres. »
X. Dicebatur contra,	X. Il était dit d'autre part,
« pietatem erga parentem	« la piété envers *son* père
et tempora reipublicæ	et les intérêts de la république
sumpta obtentui;	*avoir été* pris à (pour) prétexte;
ceterum	du reste
cupidine dominandi	par le désir de dominer
veteranos concitos	les vétérans *avoir été* excités
per largitionem,	au moyen de largesses,
exercitum paratum	une armée levée
ab adolescente privato,	par *lui* jeune-homme sans-emploi,
legiones consulis corruptas,	les légions d'un consul corrompues,
gratiam	le zèle
partium Pompeianarum	pour le parti de-Pompée
simulatam;	simulé;
mox ubi	bientôt dès que
decreto patrum	par un décret des sénateurs
invaserit fasces	il eut surpris les faisceaux
et jus prætoris,	et le droit de préteur,
Hirtio et Pansa cæsis	Hirtius et Pansa ayant été tués
(sive hostis abstulerat illos,	(soit que l'ennemi eût détruit eux,
seu	soit que
venenum affusum vulneri	du poison versé sur *sa* blessure
Pansam,	*eût enlevé* Pansa,
sui milites Hirtium,	*et que* ses soldats *eussent tué* Hirtius
et Cæsar	et *que* César (Octave)
machinator doli),	*eût été* machinateur de la ruse). »

occupavisse ; extortum invito senatu consulatum, armaque
quæ in Antonium acceperit, contra rompublicam versa ; pro-
scriptionem civium, divisiones agrorum, ne ipsis quidem qui
fecere laudatas. Sane Cassii et Brutorum exitus[1] paternis ini-
micitiis datos (quanquam fas sit privata odia publicis utilitatibus remittere) : sed Pompeium imagine pacis, sed Lepidum
specie amicitiæ deceptos ; post, Antonium, Tarentino Brundisinoque fœdere[2] et nuptiis sororis illectum, subdolæ affinitatis
pœnas morte exsolvisse. Pacem sine dubio posthæc, verum
cruentam : Lollianas Varianasque clades[3] ; interfectos Romæ
Varrones, Egnatios, Iulos[4]. » Nec domesticis abstinebatur :
« Abducta Neroni uxor ; et consulti per ludibrium pontifices,
an concepto, necdum edito partu, rite nuberet ; Q. Tedii et
Vedii Pollionis luxus[5] ; postremo Livia, gravis in rempublicam
mater, gravior domui Cæsarum noverca. Nihil deorum honori-

---

extorqué le consulat en dépit du sénat et tourné contre la république
les armes qu'elle lui avait remises pour combattre Antoine ; puis la
proscription, le partage des terres, condamnés même par ceux qu'ils
enrichirent. On convenait qu'il devait peut-être à la mémoire de son
père la mort de Cassius et des Brutus, quoiqu'il eût bien pu, sans
crime, sacrifier à l'intérêt public ses ressentiments particuliers. Mais
comment le justifier d'avoir abusé Sextus par des apparences de
paix, Lépide sous le voile de l'amitié, et depuis, Antoine, qu'il
éblouit par les traités de Tarente et de Brindes et l'hymen de sa sœur,
et auquel il fit payer de sa vie une alliance insidieuse ? La paix sans
doute vint ensuite, mais quelle paix ! Au dehors, les défaites de
Lollius et de Varus ; au dedans, le meurtre des Varron, des Egna-
tius, des Jule. » On ne l'épargnait pas même dans sa vie privée.
« Il avait enlevé à Néron sa femme, et s'était joué des pontifes, en
les consultant sur la légitimité de son mariage avec une femme
enceinte d'un autre. On lui imputait le luxe de Q. Tédius et de Védius Pollion ; les déportements de Livie, mère fatale à la république, marâtre plus fatale aux Césars. Il n'avait laissé aux dieux

occupavisse copias	lui s'être emparé des troupes
utriusque ;	de-l'un-et-de-l'autre ;
consulatum extortum	le consulat *avoir été* extorqué
invito senatu ,	malgré le sénat ,
armaque	et les armes
quæ acceperit in Antonium,	qu'il reçut contre Antoine
versa contra rempublicam;	*avoir été* tournées contre la république ;
proscriptionem civium ,	*avoir suivi* la proscription des citoyens ,
divisiones agrorum ,	des distributions de terres ,
ne laudatas quidem	*qui ne furent* pas louées même
ipsis qui fecere.	de ceux-mêmes qui *les* firent.
Sane exitus	Sans doute les morts
Cassii et Brutorum	de Cassius et des Brutus
datos inimicitiis paternis	*avoir été* données aux haines paternelles
(quanquam sit fas	(quoiqu'il soit permis
remittere odia privata	de sacrifier des haines privées
utilitatibus publicis) :	aux intérêts publics);
sed Pompeium ,	mais Pompée ,
sed Lepidum deceptos	mais Lépide *avoir été* trompés
imagine pacis,	*le premier* par des dehors de paix,
specie amicitiæ ;	*l'autre* par une apparence d'amitié ;
post, Antonium ,	après *cela*, Antoine,
illectum fœdere	séduit par le traité
Tarentino Brundisinoque	de-Tarente et de-Brindes
et nuptiis sororis ,	et par le mariage de *sa* sœur ,
exsolvisse morte	avoir payé de *sa* mort
pœnas affinitatis subdolæ.	les peines d'une alliance perfide.
Post hæc sine dubio	Après cela sans doute
pacem , verum cruentam :	la paix *être venue*, mais sanglante :
clades Lollianas	les désastres de-Lollius
Varianasque ;	et de-Varus ;
Romæ Varrones, Egnatios,	à Rome les Varron, les Egnatius,
Iulos interfectos. »	les Jule mis-à-mort. »
Nec abstinebatur	Et l'on ne s'abstenait pas
domesticis :	des *faits* domestiques :
« Uxor abducta Neroni ;	« L'épouse enlevée à Néron (Tibère) ;
et pontifices consulti	et les pontifes consultés
per ludibrium ,	par dérision ,
an nuberet rite	si elle se mariait légitimement
partu concepto ,	un fruit étant conçu ,
necdum edito ;	et non encore enfanté ;
lùxus Q. Tedii	le luxe de Q. Tédius
et Vedii Pollionis ;	et de Védius Pollion ;
postremo Livia , mater	enfin Livie, mère
gravis in rempublicam ,	fatale à la république,
noverca gravior	marâtre plus fatale
domui Cæsarum.	à la maison des Césars.

bus relictum , quum se templis et effigie numinum , per flamines et sacerdotes , coli vellet. Ne Tiberium quidem caritate aut
reipublicæ cura successorem adscitum; sed, quoniam arro-
gantiam sævitiamque ejus introspexerit, comparatione deterrima sibi gloriam quæsivisse [1]. » Etenim Augustus, paucis ante
annis, quum Tiberio tribuniliam potestatem a patribus rursum postularet, quanquam honora oratione, quædam de habitu cultuque [2] et institutis ejus jecerat, quæ velut excusando
exprobraret.

XI. Ceterum , sepultura more perfecta, templum et cœlestes
religiones decernuntur. Versæ inde ad Tiberium preces : et
ille varie disserebat, de magnitudine imperii, sua modestia [3] :
« Solam divi Augusti mentem tantæ molis capacem; se, in
partem curarum ab illo vocatum, experiendo didicisse quam
arduum, quam subjectum fortunæ regendi cuncta onus; pro-
inde, in civitate tot illustribus viris subnixa, non ad unum

aucune prérogative, exigeant, comme eux, des temples et des statues, des flamines, des prêtres. Enfin Tibère même, on prétendait
qu'il ne l'avait choisi pour successeur ni par tendresse pour lui
ni par intérêt pour l'État, mais par la connaissance secrète qu'il
avait de son arrogance, de sa cruauté, et dans la vue de rehausser
sa gloire par le plus effrayant contraste. » En effet Auguste, quelques années auparavant, demandant une seconde fois au sénat la
puissance tribunitienne pour Tibère, avait, dans un discours destiné
à le louer, jeté sur son extérieur, sur sa figure et sur ses mœurs,
quelques traits qui , sous un air d'apologie, cachaient une satire.

XI. Les solennités de la sépulture achevées, on décerne à Auguste
un temple et les honneurs divins. Ensuite toutes les prières s'adres-
sent à Tibère. Mais lui se répandait en discours vagues sur la grandeur de l'empire, sur son incapacité. « Le génie d'Auguste, disait-il,
pouvait seul embrasser cette immensité de détails ; appelé par lui à
partager les soins du gouvernement, il savait par expérience combien la charge entière avait de difficultés et de danger; dans un État
qui avait pour soutien tant d'hommes distingués, il ne fallait pas

Nihil relictum	Rien n'avait été laissé
honoribus deorum,	aux honneurs des dieux,
quum vellet se coli	puisqu'il avait voulu lui être honoré
templis et effigie numinum,	par des temples et une image de divinités,
per flamines et sacerdotes.	au moyen de flamines et de prêtres.
Ne quidem Tiberium	Pas même Tibère
adscitum successorem	n'avoir été appelé comme successeur
caritate	par tendresse
aut cura reipublicæ;	ou par soin de la république;
sed, quoniam introspexerit	mais, parce qu'il reconnut
arrogantiam	l'arrogance
sævitiamque ejus,	et la cruauté de lui,
quæsivisse sibi gloriam	avoir cherché pour soi de la gloire
deterrima comparatione. »	par le pire contraste. »
Etenim Augustus,	En effet Auguste,
paucis annis ante,	peu d'années auparavant,
quum postularet rursum	comme il demandait une-seconde-fois
a patribus Tiberio	aux sénateurs pour Tibère
potestatem tribunitiam,	la puissance tribunitienne,
quanquam oratione honora,	quoique dans un discours d'-éloge,
jecerat quædam de habitu	avait jeté certains traits sur le maintien
cultuque et institutis ejus.	et l'extérieur et les mœurs de lui,
quæ exprobraret	qu'il blâmait
velut excusando.	comme en les excusant.
XI. Ceterum, sepultura	XI. Du reste, les funérailles
perfecta more,	terminées selon la coutume,
templum	un temple
et religiones cœlestes	et les honneurs divins
decernuntur.	sont décernés à Auguste.
Inde preces versæ	De là les prières furent tournées
ad Tiberium :	vers Tibère :
et ille disserebat varie,	et celui-ci discourait vaguement,
de magnitudine imperii.	sur la grandeur de l'empire
sua modestia :	sur sa propre médiocrité :
« Mentem	« L'âme
divi Augusti solam	du divin Auguste seule
capacem tantæ molis;	avoir été capable d'un si grand fardeau;
se, vocatum ab illo	lui, appelé par celui-ci
in partem curarum,	en partage de ses soins,
didicisse experiendo	avoir appris en l'éprouvant
quam arduum,	combien est difficile,
quam subjectum fortunæ	combien sujet à la fortune
onus regendi cuncta;	le fardeau de gouverner tout;
proinde, in civitate	d'ailleurs, que dans un Etat
subnixa	appuyé
tot viris illustribus,	sur tant d'hommes illustres,
non deferrent omnia	ils ne déférassent pas tout

omnia deferrent; plures facilius munia reipublicæ, sociatis laboribus, exsecuturos. » Plus in oratione tali dignitatis quam
fidei erat; Tiberioque, etiam in rebus quas non occuleret, seu
natura, sive assuetudine, suspensa semper et obscura verba;
tunc vero, nitenti ut sensus suos penitus abderet, in incertum
et ambiguum magis implicabantur. At patres, quibus unus
metus si intelligere viderentur, in questus, lacrimas, vota ef-
fundi; ad deos, ad effigiem Augusti, ad genua ipsius manus
tendere, quum proferri libellum ¹ recitarique jussit. Opes publicæ continebantur : quantum civium sociorumque in armis;
quot classes, regna, provinciæ; tributa aut vectigalia, et ne-
cessitates ac largitiones; quæ cuncta sua manu perscripserat
Augustus, addideratque consilium coercendi intra terminos
imperii; incertum metu, an per invidiam ².

XII. Inter quæ, senatu ad infimas obtestationes procum-

abandonner tout à un seul; en répartissant les travaux sur plusieurs
têtes, la république serait mieux servie. » Il y avait dans ce discours plus d'ostentation que de bonne foi. D'ailleurs Tibère, qui,
lors même qu'il ne dissimulait pas, laissait toujours dans sa phrase,
soit par caractère, soit par habitude, je ne sais quoi d'obscur et
d'incertain, maintenant qu'il redoublait d'efforts pour cacher profondément ses pensées, enveloppait encore plus son discours de
nuages et d'ambiguités. Aussi les sénateurs, qui n'avaient d'autre
crainte que de paraître le pénétrer, s'épuisaient en vœux, en lamentations, en larmes, embrassaient les statues des dieux, l'image d'Auguste, les genoux même de Tibère. Alors il fit apporter un registre,
dont il ordonna la lecture : c'était un état des forces de l'empire,
des citoyens et des alliés sous les armes, des flottes, des provinces,
des royaumes, des tributs et des impôts, des dépenses nécessaires et
des gratifications. Auguste avait écrit le tout de sa propre main; il
y avait ajouté le conseil de ne plus étendre les bornes de l'empire;
on ignore si c'était prudence ou jalousie.

XII. Sur ces entrefaites, le sénat s'abaissant aux plus viles sup-

ad unum ;	à un-seul ;
plures exsecuturos facilius	plusieurs devoir remplir plus facilement
munia reipublicæ,	les charges de l'Etat,
laboribus sociatis. »	*leurs* travaux étant associés. »
In tali oratione	Dans un tel discours
erat plus dignitatis	était plus de dignité
quam fidei ;	que de bonne-foi ;
Tiberioque, etiam in rebus	et à Tibère, même dans les choses
quas non occuleret,	qu'il ne cachait pas,
seu natura,	soit par caractère,
sive assuetudine,	soit par habitude,
verba semper	les mots toujours
suspensa et obscura ;	*étaient* douteux et obscurs ;
tunc vero, nitenti	mais alors, à *lui* s'efforçant
ut abderet	pour qu'il cachât
penitus suos sensus,	à fond ses sentiments,
implicabantur magis	*les mots* s'embarrassaient plus
in incertum et ambiguum.	dans l'incertitude et l'ambiguité.
At patres,	Cependant les sénateurs,
quibus unus metus	à qui une-seule crainte *était*
si viderentur intelligere,	s'ils semblaient comprendre.
effundi in questus,	de se répandre en plaintes.
lacrimas, vota ;	*en* larmes, *en* vœux ;
tendere manus ad deos,	de tendre les mains vers les dieux.
ad effigiem Augusti,	vers l'image d'Auguste,
ad genua ipsius,	vers les genoux de *Tibère* lui-même
quum jussit libellum	lorsqu'il ordonna un registre
proferri recitarique.	être apporté et être lu.
Opes publicæ	Les ressources publiques
continebantur :	y étaient contenues :
quantum civium	combien de citoyens
sociorumque in armis ;	et d'alliés en armes ;
quot classes, regna,	combien de flottes, de royaumes,
provinciæ ;	de provinces ;
tributa aut vectigalia.	les tributs ou les impôts.
et necessitates	et les nécessités
ac largitiones	et les largesses ;
cuncta quæ Augustus	toutes choses qu'Auguste
perscripserat sua manu,	avait écrites-entièrement de sa main,
addideratque consilium	et il avait ajouté le conseil
coercendi imperii	de contenir l'empire
intra terminos ;	dans *ses* bornes ;
incertum metu,	*il est* incertain *si c'était* par crainte.
an per invidiam.	ou par jalousie.
XII. Inter quæ,	XII. Sur ces *entrefaites*.
senatu procumbente	le sénat s'abaissant
ad obtestationes infimas,	aux supplications les plus basses,

bente, dixit forte Tiberius , « se, ut non toti reipublicæ parem,
ita, quæcunque pars sibi mandaretur, ejus tutelam susceptu-
rum. » Tum Asinius Gallus : « Interrogo, » inquit, « Cæsar,
quam partem reipublicæ mandari tibi velis. » Perculsus impro-
visa interrogatione, paulum reticuit; dein, collecto animo, respondit , « nequaquam decorum pudori suo legere aliquid aut
evitare ex eo cui in universum excusari mallet. » Rursum
Gallus (etenim vultu offensionem conjectaverat), « non idcirco
interrogatum , » ait, « ut divideret quæ separari nequirent;
sed ut sua confessione argueretur, unum esse reipublicæ corpus, atque unius animo regendum. » Addidit laudem de Augusto, Tiberiumque ipsum victoriarum suarum, quæque in
toga per tot annos egregie fecisset, admonuit. Nec ideo iram
ejus lenivit, pridem invisus, tanquam, ducta in matrimonium

plications, il échappe à Tibère de dire « qu'il ne pouvait suffire seul
à toute la république ; que cependant, si l'on en détachait quelque
portion, il consentirait à s'en charger. — Dis-nous donc, César, lui
demande aussitôt Asinius Gallus, quelle partie tu veux qu'on te
confie. » Surpris par cette question imprévue , Tibère garde un moment le silence ; puis, se remettant, il répond « que la bienséance
ne lui permet pas de choisir ou de rejeter en partie, lorsque princi-
palement il aimerait mieux qu'on le dispensât de tout. » Gallus, qui
lit sur le visage du prince son mécontentement, réplique que, « s'il
vient de hasarder cette question, ce n'est point pour qu'on sépare ce
qui ne peut être séparé, mais pour le convaincre, par son propre
aveu, que l'État, ne formant qu'un corps, doit être gouverné par une
seule tête. » Il s'étend ensuite sur l'éloge d'Auguste ; il rappelle aussi
à Tibère ses victoires et les détails glorieux de sa longue admini-
stration. Mais il ne peut adoucir le ressentiment de ce prince , qui le
haïssait depuis longtemps , parce qu'en épousant Vipsanie, fille de

Tiberius dixit forte,	Tibère dit par hasard,
« se, ut non parem	« lui, comme non égal
reipublicæ toti,	à l'Etat tout-entier,
ita, quæcunque pars	ainsi, quelque partie qui
mandaretur sibi,	fût confiée à lui,
suscepturum tutelam ejus.»	lui devoir prendre la tutelle d'elle. »
Tum Asinius Gallus :	Alors Asinius Gallus :
« Interrogo, » inquit,	« Je te demande, » dit-il,
« Cæsar,	« César,
quam partem reipublicæ	quelle partie de l'État
velis mandari tibi. »	tu veux être confiée à toi. »
Perculsus	Troublé
interrogatione improvisa,	par cette question imprévue,
reticuit paulum ;	Tibère se tut un peu de temps ;
dein, animo collecto,	puis, ses esprits recueillis,
respondit,	il répondit,
« nequaquam decorum	« n'être point convenable
suæ pudori	à sa modestie
legere aut evitare	de choisir ou d'éviter
aliquid ex eo cui	quelque chose de ce pour quoi
mallet excusari	il aimerait-mieux être excusé
in universum. »	entièrement. »
Rursum Gallus ait	De nouveau Gallus dit
(etenim conjectaverat	(en effet il avait conjecturé
offensionem vultu),	l'offense sur le visage de Tibère),
« non interrogatum	« le prince n'avoir pas été interrogé
idcirco, ut divideret	pour cela, pour qu'il séparât
quæ nequirent separari ;	des choses qui ne-pouvaient être séparées ;
sed ut sua confessione	mais pour que par son aveu
argueretur	il fût convaincu
corpus reipublicæ	le corps de l'Etat
esse unum,	être un,
atque regendum	et devant être régi
animo unius. »	par l'âme d'un-seul. »
Addidit laudem	Il ajouta des éloges
de Augusto,	sur Auguste,
admonuitque	et avertit
Tiberium ipsum	Tibère lui-même
suarum victoriarum,	de ses propres victoires,
quæque fecisset egregie	et de ce qu'il avait fait avec-distinction
in toga per tot annos.	sous la toge pendant tant d'années.
Nec ideo lenivit	Et pour cela il n'adoucit pas
iram ejus,	la colère de lui,
pridem invisus,	depuis longtemps haï,
tanquam,	comme si,
ducta in matrimonium	ayant été prise en mariage
Vipsania,	Vipsanie,

Vipsania, M. Agrippæ filia, quæ quondam Tiberii uxor fuerat,
plus quam civilia agitaret, Pollionisque Asinii patris ferociam
retineret.

XIII. Post quæ, L. Arruntius, haud multum discrepans a
Galli oratione, perinde offendit. Quanquam Tiberio nulla vetus in Arruntium ira, sed divitem, promptum, artibus egre-
giis, et pari fama publice, suspectabat. Quippe Augustus, supremis sermonibus quum tractaret, quinam adipisci principem
locum suffecturi abnuerent, aut impares vellent, vel iidem
possent cuperentque, « M. Lepidum [1] » dixerat « capacem, sed
adspernantem; Gallum Asinium avidum et minorem; L. Arruntium non indignum, et, si casus daretur, ausurum. » De
prioribus consentitur; pro Arruntio quidam Cn. Pisonem [2] tradidere; omnesque, præter Lepidum, variis mox criminibus,
struente Tiberio, circumventi sunt [3]. Etiam Q. Haterius [4] et
Mamercus Scaurus suspicacem animum perstrinxere : Hate-

M. Agrippa, et d'abord femme de Tibère, Gallus avait annoncé des
projets au-dessus d'un simple citoyen, et que de plus il conservait
l'âpreté de Pollion, son père.

XIII. L. Arruntius parla ensuite, à peu près dans le même sens
que Gallus; il déplut également. Ce n'est pas que Tibère eût contre
lui d'anciens ressentiments; mais Arruntius était riche, actif, joi-
gnait à de grands talents une grande réputation, et tout cela le rendait suspect. En effet Auguste, dans ses derniers entretiens, recher-
chant ceux des Romains qui auraient à la fois le talent et le désir de
régner, et ceux qui auraient l'un sans l'autre, dit « qu'il voyait dans
Lépide de la capacité sans ambition, dans Gallus de l'ambition sans
capacité; mais qu'Arruntius n'était pas indigne du trône et oserait
y aspirer, si l'occasion s'en présentait. » On s'accorde sur les deux
premiers : quelques-uns nomment Cn. Pison au lieu d'Arruntius; et,
à l'exception de Lépide, tous furent par la suite enveloppés dans
différentes accusations que suscita Tibère. Q. Hatérius et Mamercus
Scaurus blessèrent encore cet esprit soupçonneux; le premier, pour

filia M. Agrippæ,	fille de M. Agrippa
quæ quondam	laquelle autrefois
fuerat uxor Tiberii,	avait été épouse de Tibère,
agitaret	il méditait *des projets*
plus quam civilia,	plus que de-*simple*-citoyen,
retineretque ferociam	et gardait la fierté
patris Asinii Pollionis.	de *son* père Asinius Pollion.
XIII. Post quæ,	XIII. Après quoi,
L. Arruntius,	L. Arruntius,
haud discrepans multum	ne s'écartant pas beaucoup
ab oratione Galli,	du discours de Gallus,
offendit perinde.	offensa *Tibère* également.
Quanquam nulla vetus ira	Quoique aucun ancien ressentiment
Tiberio in Arruntium,	*ne fût* à Tibère contre Arruntius,
sed suspectabat divitem,	mais il suspectait un *homme* riche,
promptum,	résolu,
artibus egregiis,	de qualités éminentes,
et fama pari publice.	et d'une renommée égale dans-le-public.
Quippe Augustus,	En effet Auguste,
quum supremis sermonibus	comme dans *ses* derniers entretiens
tractaret,	il traitait *ce point, savoir*
quinam suffecturi	quels *hommes* devant y suffire
abnuerent adipisci	refuseraient d'obtenir
principem locum,	la première place,
aut impares vellent,	ou insuffisants *le* voudraient,
vel iidem	ou les mêmes (à la fois)
possent cuperentque,	*le* pourraient et *le* désireraient,
dixerat : « M. Lepidum	avait dit : « M. Lépide
capacem,	*être* capable,
sed adspernantem ;	mais *le* dédaignant ;
Gallum Asinium avidum	Gallus Asinius avide
et minorem ;	et inférieur (incapable) ;
L. Arruntium	L. Arruntius
non indignum,	non indigne,
et, si casus daretur,	et, si la chance *lui* était donnée,
ausurum. »	devoir oser. »
Consentitur de prioribus ;	On s'accorde sur les *deux* premiers ;
pro Arruntio quidam	au lieu d'Arruntius quelques-uns
tradidere Cn. Pisonem ;	ont cité Cn. Pison ;
omnesque,	et tous,
præter Lepidum,	excepté Lépide,
mox sunt circumventi	bientôt furent assaillis
variis criminibus,	de différentes accusations,
Tiberio struente.	Tibère *les* ourdissant.
Q. Haterius etiam	Q. Hatérius aussi
et Mamercus Scaurus	et Mamercus Scaurus
perstrinxere	blessèrent

rius quum dixisset : « Quousque patieris, Cæsar, non adesse
caput reipublicæ ? » Scaurus quia dixerat : « Spem esse ex eo,
non irritas fore senatus preces, quod relationi consulum jure
tribunitiæ potestatis non intercessisset. » In Haterium statim
invectus est ; Scaurum, cui implacabilius irascebatur, silentio
tramisit; fessusque clamore omnium, expostulatione singulorum, flexit paulatim, non ut fateretur suscipi à se imperium,
sed ut negare et rogari desineret. Constat Haterium, quum
deprecandi causa palatium introisset, ambulantisque Tiberii
genua advolveretur, prope a militibus interfectum, quia Tiberius, casu, an manibus ejus impeditus, prociderat; neque tamen periculo talis viri mitigatus est, donec Haterius Augustam
oraret, ejusque curatissimis precibus protegeretur.

XIV. Multa patrum et in Augustam adulatio. Alii Parentem [1], alii Matrem patriæ appellandam ; plerique, ut nomini

avoir dit : « Jusques à quand, César, laisseras-tu la république sans
chef? » et l'autre, « qu'on devait espérer que les prières du sénat ne
seraient pas inutiles auprès de celui qui n'avait point usé des droits
de la puissance tribunitienne pour s'opposer à la délibération des
consuls. » Tibère éclata sur-le-champ contre Hatérius ; mais, quant
à Scaurus, comme il lui gardait une haine plus implacable, il se ren-
ferma dans le silence. Enfin, las des instances de chacun, des clla-
meurs de tous, il céda peu à peu, cessant de refuser et de se faire
prier, sans avouer encore qu'il acceptait. Il est constant qu'Hatérius, étant entré au palais pour solliciter sa grâce, et s'étant jeté aux
genoux de Tibère qui était debout et marchait, pensa être massacré
par les soldats, parce que le prince fit une chute, soit par hasard,
soit embarrassé dans les mains du suppliant. Toutefois le péril qu'a-
vait couru un homme si distingué ne désarma point Tibère : il fallut
qu'Hatérius eût recours à Augusta, dont les instantes prières purent
seules le sauver.

XIV. Les sénateurs n'épargnèrent pas non plus l'adulation à Livie. Les uns voulaient qu'on lui donnât le titre de *Mère*, d'autres

animum suspicacem :
cet esprit soupçonneux :

quum Haterius dixisset :
comme Hatérius avait dit :

« Quousque, Cæsar,
« Jusques à quand, César,

patieris,
souffriras-tu

caput non adesse
une tête ne pas présider

reipublicæ ? »
à la république ? »

Quia Scaurus dixerat,
Et parce que Scaurus avait dit,

« Spem esse preces senatus
« Espoir être les prières du sénat

non fore irritas,
ne pas devoir être vaines,

ex eo quod
par cela que

non intercessisset
il ne s'était point opposé

relationi consulum
au rapport des consuls

jure potestatis tribunitiæ.»
du droit de la puissance tribunitienne. »

Est invectus statim
Il s'emporta aussitôt

in Haterium ;
contre Hatérius ;

tramisit silentio Scaurum,
il passa sous silence Scaurus,

cui irascebatur
contre qui il était irrité

implacabilius ;
plus implacablement ;

fessusque clamore omnium,
et fatigué des clameurs de tous,

expostulatione
des instances

singulorum,
de chacun,

flexit paulatim,
il fléchit peu à peu,

non ut fateretur
non au point qu'il avouât

imperium suscipi a se,
l'empire être accepté par lui,

sed ut desineret
mais au point qu'il cessât

negare et rogari.
de refuser et d'être prié.

Constat Haterium,
Il est-constant Hatérius,

quum introisset palatium
comme il était entré au palais

causa deprecandi,
pour demander-grâce,

advolvereturque genua
et *comme* il se roulait aux genoux

Tiberii ambulantis,
de Tibère se promenant,

prope interfectum
avoir été presque tué

a militibus,
par les soldats,

quia Tiberius, casu,
parce que Tibère, par hasard,

an impeditus
ou embarrassé

manibus ejus,
dans les mains de lui,

prociderat ;
était tombé ;

neque tamen est mitigatus
et cependant il ne fut pas adouci

periculo talis viri,
par le danger d'un tel homme,

donec Haterius
jusqu'à ce qu'Hatérius

oraret Augustam,
priât Augusta,

protegereturque
et fût protégé

precibus curatissimis ejus.
par les prières très-instantes d'elle.

XIV. Multa et adulatio
XIV. Grande aussi *fut* l'adulation

patrum in Augustam.
des sénateurs envers Augusta.

Alii censebant
Les uns étaient-d'-avis

appellandam Parentem,
elle devoir être appelée Mère,

Cæsaris adscriberetur « Juliæ filius, » censebant. Ille « moderandos feminarum honores » dictitans, « eademque se temperantia usurum in iis quæ sibi tribuerentur; » ceterum anxius
invidia, et muliebre fastigium in deminutionem sui accipiens,
ne lictorem quidem ei decerni passus est; aramque adoptionis
et alia hujuscemodi prohibuit. At Germanico Cæsari proconsulare imperium petivit, missique legati qui deferrent, simul
mœstitiam ejus ob excessum Augusti solarentur : quominus
idem pro Druso postularetur, ea causa, quod designatus consul Drusus præsensque erat. Candidatos præturæ duodecim
nominavit, numerum ab Augusto traditum; et, hortante senatu ut augeret, jurejurando obstrinxit se non excessurum.

XV. Tum primum e Campo comitia ad patres translata
sunt¹ ; nam ad eam diem, etsi potissima arbitrio principis.

qu'on l'appelât *Mère de la patrie;* la plupart, qu'on ajoutât au nom
de Tibère, celui de *fils de Julie*. Mais lui, répétant « qu'on ne devait
point prodiguer au sexe des honneurs sur lesquels il se montrerait
lui-même très-réservé, » ne cédant au fond qu'à l'inquiète jalousie
qui lui montrait son abaissement dans l'élévation d'une femme, ne
souffrit même pas qu'on donnât un licteur à sa mère, s'opposa à
l'érection d'un autel de l'adoption et à d'autres distinctions pareilles.
Cependant il demanda le proconsulat pour Germanicus; et une députation fut nommée pour lui porter ce décret et en même temps le
complimenter sur la mort d'Auguste. S'il ne fit pas la même demande pour Drusus, c'est que Drusus était présent et désigné consul.
Tibère nomma douze candidats pour la préture (c'était le nombre
fixé par Auguste); et, loin de se rendre au vœu du sénat, qui le
pressait d'ajouter à ce nombre, il s'engagea par serment à ne jamais l'excéder.

XV. Alors, pour la première fois, les comices passèrent du
Champ de Mars au sénat; car, jusqu'à ce jour, quoique le prince

alii Matrem patriæ ;
plerique,
ut nomini Cæsaris
adscriberetur
« filius Juliæ. »
Ille dictitans :
« Honores feminarum
moderandos,
seque usurum
eadem temperantia
in iis
quæ tribuerentur sibi ; »
ceterum anxius invidia,
et accipiens fastigium
muliebre
in deminutionem sui ,
ne est quidem passus
lictorem decerni ei ;
prohibuitque
aram adoptionis
et alia hujuscemodi.
At petivit
Germanico Cæsari
imperium proconsulare,
legatique missi
qui deferrent,
simul solarentur
mœstitiam ejus
ob excessum Augusti :
causa, quominus idem
postularetur pro Druso,
ea, quod Drusus erat
consul designatus
præsensque.
Nominavit præturæ,
duodecim candidatos,
numerum traditum
ab Augusto ;
et, senatu hortante
ut augeret,
se obstrinxit jurejurando
non excessurum.
XV. Tum primum
comitia sunt translata
e Campo ad patres ;
nam ad eam diem ,
etsi potissima

d'autres Mère de la patrie ;
la plupart,
qu'au nom de César
fût ajouté
« fils de Julie. »
Celui-ci (Tibère) *répondit* répétant :
« Les honneurs des femmes
devoir être modérés,
et lui-même devoir user
de la même modération
dans ceux
qui seraient accordés à lui-*même* ; »
du reste inquiet par jalousie,
et prenant l'élévation
d'-une-femme
en diminution de la sienne,
il ne souffrit même pas
un licteur être voté à elle ;
et il empêcha *être voté*
un autel d'adoption
et autres choses de-cette-sorte.
Mais il demanda
pour Germanicus César
le pouvoir proconsulaire,
et des députés *furent* envoyés
qui *le lui* portassent,
et en même temps consolassent
la tristesse de lui
à cause de la mort d'Auguste :
la cause, pourquoi la même chose
ne fut pas demandée pour Drusus,
est celle-ci, parce que Drusus était
consul désigné
et présent.
Il nomma pour la préture,
douze candidats,
nombre légué
par Auguste ;
et, le sénat *le* pressant
pour qu'il *l'*augmentât,
il s'engagea par serment
à ne pas *le* dépasser.
XV. Alors pour-la-première-fois
les comices furent transférés
du Champ *de Mars* aux sénateurs ;
car jusqu'à ce jour,
quoique les choses les plus importantes

quædam tamen studiis tribuum fiebant. Neque populus adem-
ptum jus questus est, nisi inani rumore ; et senatus , largitio-
nibus ac precibus sordidis exsolutus, libens tenuit, moderante
Tiberio, ne plures quam quatuor candidatos commendaret,
sine repulsa et ambitu designandos. Inter quæ , tribuni plebei
petivere, ut proprio sumptu ederent ludos , qui de nomine
Augusti, fastis additi, Augustales vocarentur [1] ; sed decreta
pecunia ex ærario, utque per circum triumphali veste uteren-
tur : curru vehi haud permissum. Mox celebratio annuum ad
prætorem translata, cui inter cives et peregrinos jurisdictio
evenisset.

XVI. Hic rerum urbanarum status erat, quum pannonicas
legiones seditio incessit; nullis novis causis , nisi quod muta-
tus princeps licentiam turbarum, et, ex civili bello, spem
præmiorum ostendebat. Castris æstivis tres simul legiones ha-

décidât des élections importantes, il y en avait d'autres néanmoins
où l'on consultait le vœu des tribus. Le peuple, dépouillé de son
droit, ne marqua son mécontentement que par de vains murmures ;
et le sénat, dispensé d'acheter ou de mendier bassement les voix, se
réjouit de cette innovation, Tibère se bornant d'ailleurs à ne jamais
recommander que quatre candidats qui devaient être élus sans opposition, sans avoir besoin de sollicitations. Dans le même temps les
tribuns du peuple demandèrent à faire eux-mêmes la dépense des
jeux qu'on venait d'ajouter aux fastes, et qui du nom d'Auguste,
s'appelleraient Augustaux. Mais on assigna pour cet objet des fonds
sur le trésor : on permit aux tribuns de paraître dans le cirque avec
la robe des triomphateurs ; on leur défendit de s'y faire porter sur
un char. Bientôt après, la célébration de ces jeux annuels fut attri-
buée au préteur qui juge les contestations entre les citoyens et les
étrangers.

XVI. Tel était à Rome l'état des choses, lorsque les légions de
Pannonie se portèrent à la révolte, sans autre motif que la facilité
d'exciter des troubles sous un nouveau prince et l'espoir de s'enrichir
dans une guerre civile. Trois légions étaient réunies dans le même

fiebant arbitrio principis,	se fissent au gré du prince,
quædam tamen	quelques-unes cependant
studiis tribuum.	*se faisaient* par les passions des tribus.
Neque populus questus est	Et le peuple ne se plaignit pas
jus ademptum,	de *ce* droit enlevé,
nisi inani rumore;	si ce n'est par une vaine rumeur;
et senatus, exsolutus	et le sénat, délivré
largitionibus	de largesses
ac precibus sordidis,	et de prières humiliantes,
tenuit libens,	*s'en* saisit volontiers,
Tiberio moderante,	Tibère se retenant,
ne commendaret	au point qu'il ne recommandât pas
plures quam	plus que
quatuor candidatos,	quatre candidats,
designandos	qui devaient être désignés
sine repulsa et ambitu.	sans refus et *sans* brigue.
Inter quæ,	Dans lesquelles *circonstances*,
tribuni plebei petivere,	les tribuns du-peuple demandèrent,
ut ederent proprio sumptu	qu'ils donnassent à *leurs* propres frais
ludos, qui, additi fastis,	des jeux, qui, ajoutés aux fastes,
vocarentur Augustales	seraient appelés Augustaux
de nomine Augusti;	du nom d'Auguste;
sed pecunia decreta	mais de l'argent *fut* voté
ex ærario,	sur le trésor,
utque uterentur	et pour qu'ils se servissent
veste triumphali	de la robe triomphale
per circum:	dans le cirque:
haud permissum	*il* ne *leur fut* pas permis
vehi curru.	de se-faire-porter en char.
Mox celebratio	Bientôt la célébration *de ces jeux*
translata	*fut* transportée
ad prætorem annuum,	au préteur annuel,
cui evenisset jurisdictio	auquel serait échu la juridiction
inter cives et peregrinos.	entre les citoyens et les étrangers.
XVI. Status rerum	XVI. L'état des choses
urbanarum	de-la-ville
erat hic,	était celui-ci,
quum seditio incessit	lorsque l'*esprit de* sédition s'empara
legiones pannonicas;	des légions de-Pannonie;
nullis novis causis,	pour aucun nouveau motif,
nisi quod princeps mutatus	si ce n'est que le prince changé
ostendebat licentiam	*leur* montrait licence
turbarum,	de troubles,
et, ex bello civili,	et, par suite d'une guerre civile,
spem præmiorum.	espoir de récompenses.
Tres legiones simul	Trois légions ensemble
habebantur castris æstivis,	étaient tenues dans les quartiers d'-été,

bebantur, præsidente Junio Blæso ; qui , fine Augusti et initiis
Tiberii auditis, ob justitium aut gaudium , intermiserat solita
munia. Eo principio lascivire miles, discordare, pessimi cujusque sermonibus præbere aures , denique luxum et otium
cupere, disciplinam et laborem adspernari. Erat in castris
Percennius quidam , dux olim theatralium operarum ', dein
gregarius miles , procax lingua , et miscere cœtus histrionali
studio doctus. Is' imperitos animos, et quænam post Augustum militiæ conditio ambigentes , impellere paulatim
nocturnis colloquiis, aut, flexo in vesperam die et dilapsis me-
lioribus, deterrimum quemque congregare. Postremo, promp-
tis jam et aliis seditionis ministris , velut concionabundus
interrogabat :

XVII. « Cur paucis centurionibus, paucioribus tribunis , in
modum servorum obedirent? quando ausuros exposcere reme-
dia , nisi novum et nutantem adhuc principem precibus vel

camp d'été, sous le commandement de Junius Blésus. Ce général,
ayant appris la mort d'Auguste et l'avénement de Tibère , avait, en
signe de deuil ou de réjouissance, interrompu les exercices accou-
tumés. Ce fut là la source du mal. Le désœuvrement produisit la
licence et la discorde. Le soldat prête l'oreille aux discours des séditieux, soupire après la mollesse et le repos, se dégoûte de la discipline et du travail. Il y avait dans le camp un certain Percennius,
autrefois chef d'entreprises théâtrales, depuis, simple soldat, discou-
reur effronté , que toutes ces rivalités d'histrions avaient formé à la
faction et à l'intrigue. Remarquant dans ces hommes simples de
l'inquiétude sur le sort des soldats après la mort d'Auguste, il les
anime insensiblement dans des conférences secrètes; il choisissait la
nuit ou le soir, et, lorsque les plus sages s'étaient retirés, il attrou-
pait tous les pervers. Enfin, sûr de nouveaux artisans de sédition, il
prend le ton d'un général qui harangue; il demandait publiquement:
XVII. « Pourquoi ils souffraient qu'un petit nombre de centurions,
moins encore de tribuns, les menassent comme des esclaves? Quand
donc oseraient-ils demander du soulagement, s'ils ne pressaient par
leurs prières ou par leurs armes un prince nouveau , chancelant en-

Junio Blæso præsidente ;	Junius Blésus *les* commandant ;
qui, fine Augusti	lequel, la fin d'Auguste
et initiis Tiberii auditis,	et l'avénement de Tibère étant appris,
intermiserat	avait interrompu
munia solita,	les exercices accoutumés,
ob justitium aut gaudium.	en signe de deuil-public ou de joie.
Eo principio	De ce principe (de là)
miles lascivire,	le soldat de se relâcher,
discordare,	de se-mettre-en-discorde,
præbere aures sermonibus	de prêter l'oreille aux propos
cujusque pessimi,	de chaque plus mauvais,
denique cupere	enfin de désirer
luxum et otium,	la mollesse et le repos,
adspernari	de prendre-en-dégoût
disciplinam et laborem.	la discipline et le travail.
In castris erat	Dans le camp était
quidam Percennius,	un certain Percennius,
olim dux	autrefois chef
operarum theatralium,	de manœuvres de-théâtre,
dein gregarius miles,	puis simple soldat,
procax lingua,	audacieux de langue,
et doctus studio histrionali	et instruit par les cabales des-histrions
miscere cœtus.	à former des conciliabules.
Is impellere paulatim	Celui-ci d'ébranler peu à peu
colloquiis nocturnis	par des entretiens nocturnes
animos imperitos,	*ces* esprits simples,
et ambigentes	et qui-étaient-en-peine
quænam conditio militiæ	quelle *serait* la condition de la milice
post Augustum,	après Auguste,
aut, die flexo in vesperam	ou *bien*, le jour ayant penché vers le soir
et melioribus dilapsis,	et les meilleurs s'étant retirés,
congregare	d'assembler
quemque deterrimum.	chaque plus mauvais.
Postremo, jam et	Enfin, déjà aussi
aliis ministris seditionis	d'autres ministres de sédition
promptis,	étant prêts,
velut concionabundus	comme *un homme* qui-harangue
interrogabat :	il *les* interrogeait :
XVII. « Cur obedirent	XVII. « Pourquoi ils obéissaient
in modum servorum	à la manière d'esclaves
paucis centurionibus,	à un-petit-nombre-de centurions,
paucioribus tribunis?	à un-plus-petit-nombre-de tribuns ?
quando ausuros	quand *eux* devoir oser
exposcere remedia,	réclamer du soulagement,
nisi adirent	s'ils n'allaient-trouver
precibus vel armis	avec des prières ou avec des armes
principem novum	un prince nouveau

armis adirent? Satis per tot annos ignavia peccatum, quod tricena aut quadragena stipendia senes, et plerique truncato ex
vulneribus corpore, tolerent; ne dimissis quidem finem esse
militiæ, sed apud vexillum retentos, alio vocabulo, eosdem
labores perferre; ac, si quis tot casus vita superaverit, trahi
adhuc diversas in terras, ubi, per nomen agrorum, uligines
paludum vel inculta montium accipiant. Enimvero militiam
ipsam gravem, infructuosam : denis in diem assibus[1] animam
et corpus æstimari; hinc vestem, arma, tentoria, hinc sævitiam centurionum et vacationes munerum redimi. At hercule
verbera et vulnera, duram hiemem, exercitas æstates, bellum atrox aut sterilem pacem, sempiterna. Nec aliud levamentum quam si certis sub legibus militia iniretur; ut singulos denarios mererent; sextus decimus stipendii annus finem
afferret[2]; ne ultra sub vexillis tenerentur, sed iisdem in castris

core sur son trône? C'était déjà une assez grande lâcheté d'avoir
souffert si longtemps qu'on exigeât de vieillards, mutilés presque
tous par des blessures, trente ou quarante ans de service. Leur
congé même n'était pas un terme à leurs misères : enchaînés à
l'étendard, ils enduraient, sous un autre nom, les mêmes travaux;
et encore, s'il leur arrivait de survivre à tant de périls, on les trai-
nait dans des régions éloignées, où on leur assignait pour terres des
marais impraticables ou des roches incultes. Le service par lui-
même était dur, infructueux : on évaluait dix as par jour l'âme et
le corps d'un citoyen; sur quoi il fallait payer ses habits, ses armes,
ses tentes, la pitié des centurions et les exemptions de service. Mais
les châtiments et les blessures, les rigueurs de l'hiver, les fatigues
de l'été, une guerre sanglante ou une paix infructueuse, à cela point
de fin. L'unique remède était de fixer eux-mêmes les conditions : un
denier par jour; après seize ans la retraite; plus d'étendard pour
les vétérans; et, dans le camp même leur récompense payée en ar-

et nutantem adhuc.	et chancelant encore.
Satis peccatum ignavia	*Avoir été* assez péché par lâcheté
per tot annos,	pendant tant d'années,
quod senes,	puisque vieux,
et plerique corpore	et la plupart le corps
truncato ex vulneribus,	mutilé par des blessures,
tolerent tricena	ils supportent trente
aut quadragena stipendia;	ou quarante années-de-service;
finem militiæ	la fin du service
ne esse quidem dimissis,	n'être pas même à *eux* congédiés,
sed retentos apud vexillum,	mais *eux* retenus auprès du drapeau,
perferre eosdem labores,	continuer-à-subir les mêmes fatigues,
alio vocabulo;	sous un autre nom;
ac, si vita quis	et, si la vie à quelques-uns
superaverit tot casus,	a surmonté tant de hasards,
trahi adhuc	*eux* être traînés encore
in diversas terras,	en diverses terres,
ubi accipiant,	où ils reçoivent,
per nomen agrorum.	sous le nom de domaines,
uligines paludum	des humidités de marais
vel inculta montium.	ou des *terrains* incultes de montagnes.
Enimvero militiam ipsam	Mais certes le service lui-même
gravem, infructuosam :	*être* pénible, infructueux :
animam et corpus æstimari	l'âme et le corps *du soldat* être estimés
denis assibus in diem;	dix as par jour;
hinc redimi	avec cela être achetés
vestem, arma, tentoria.	habit, armes, tentes,
hinc	avec cela
sævitiam centurionum	la cruauté des centurions
et vacationes munerum.	et les exemptions de charges.
At hercule	Mais par Hercule
verbera et vulnera,	coups-de-fouet et blessures,
duram hiemem,	dur hiver,
æstates exercitas,	étés laborieux,
bellum atrox	guerre terrible
aut pacem sterilem,	ou paix stérile,
sempiterna.	*tout cela être* éternel.
Nec aliud levamentum	Et pas d'autre soulagement *n'être*
quam si militia iniretur	que si le service-militaire était entrepris
sub legibus certis;	sous des lois fixes;
ut mererent	*à condition* qu'ils gagnassent
singulos denarios;	un denier *par jour*;
sextus decimus annus	*que* la seizième année
afferret finem stipendii;	amenât la fin du service;
ne tenerentur ultra	qu'ils ne fussent pas retenus au-delà
sub vexillis.	sous les drapeaux,
sed in iisdem castris	mais *que* dans le même camp

præmium pecunia solveretur. An prætorias cohortes, quæ bi-
nos denarios acciperent[1], quæ post sexdecim annos penatibus
suis reddantur, plus periculorum suscipere? Non obtrectari a
se urbanas excubias : sibi tamen apud horridas gentes e contuberniis hostem adspici. »

XVIII. Adstrepebat vulgus diversis incitamentis : hi verberum notas, illi canitiem, plurimi detrita tegmina et nudum
corpus exprobrantes. Postremo eo furoris venere, ut tres legiones miscere in unam agitaverint : depulsi æmulatione, quia
suæ quisque legioni eum honorem quærebant, alio vertunt,
atque una tres aquilas et signa cohortium locant ; simul con-
gerunt cespites, exstruunt tribunal, quo magis conspicua
sedes foret. Properantibus, Blæsus advenit, increpabatque ac
retinebat singulos, clamitans : « Mea potius cæde imbuite manus ; leviore flagitio legatum interficietis, quam ab imperatore

gent. Les cohortes prétoriennes, qui recevaient deux deniers par
jour, qui, après seize ans, revoyaient leurs pénates, couraient-elles
plus de hasards ? Il n'avait garde de déprécier par envie leur service
efféminé ; mais lui cependant, campé au milieu de nations barbares,
de sa tente, il voyait l'ennemi. »

XVIII. Ce discours excite un frémissement général. Chacun raconte ses griefs ; l'un montre les marques des coups de verges, l'autre
ses cheveux blancs, ceux-ci leurs vêtements en lambeaux et leurs
corps à moitié nus. Enfin, dans l'excès de leur emportement, ils
agitent de réunir les trois légions en une seule. Dégoûtés de ce projet par l'impossibilité de concilier tous les soldats, qui réclamaient
cet honneur chacun pour sa légion, ils prennent un autre parti : ils
placent dans le même lieu les trois aigles et les enseignes des cohortes ; ils entassent des gazons, ils forment une éminence pour y
placer un tribunal qui puisse s'apercevoir de plus loin. Tandis qu'ils
se hâtent, Blésus arrive ; il réprimande, il saisit les travailleurs
l'un après l'autre, il leur crie : « Versez plutôt mon sang ; ce sera
un moindre crime de tuer votre lieutenant que de trahir votre empe-

pecunia præmium	de l'argent *pour* récompense
solveretur.	*leur* fût payé.
An cohortes prætorias,	Est-ce que les cohortes prétoriennes
quæ acciperent	qui recevaient
binos denarios,	deux deniers *par jour,*
quæ reddantur	qui sont rendues
suis penatibus	à leurs pénates
post sexdecim annos,	après seize ans,
suscipere plus periculorum?	prenaient-sur *elles* plus de dangers ?
Excubias urbanas	Les veilles-des-gardes de-la-ville
non obtrectari a se :	n'être pas dépréciées par lui :
sibi tamen hostem adspici	par lui cependant l'ennemi être vu
e contuberniis	des tentes
apud gentes horridas.	chez des nations sauvages. »
XVIII. Vulgus	XVIII. La foule
adstrepebat	applaudissait
diversis incitamentis :	par divers motifs :
hi exprobrantes	ceux-ci montrant-avec-reproche
notas verberum,	les marques des coups-de-fouet,
illi canitiem,	ceux-là *leurs* cheveux-blancs,
plurimi tegmina detrita	la plupart *leurs* vêtements usés
et corpus nudum.	et *leur* corps nu.
Postremo venere	Enfin ils *en* vinrent
eo furoris,	à ce *point* de fureur,
ut agitaverint miscere	qu'ils agitèrent (parlèrent) de mêler
tres legiones in unam :	les trois légions-en une :
depulsi æmulatione,	détournés *de ce dessein* par la rivalité,
quia quærebant	parce qu'ils recherchaient
eum honorem	cet honneur
quisque suæ legioni,	chacun pour sa légion,
vertunt alio,	ils se tournent ailleurs,
atque locant una	et placent ensemble
tres aquilas	les trois aigles
et signa cohortium;	et les enseignes des cohortes ;
simul congerunt cespites,	en même temps ils entassent du gazon,
exstruunt tribunal,	élèvent un tribunal,
quo sedes	afin que le siége
foret magis conspicua.	fût plus en-vue.
Properantibus,	Pendant-qu'ils-se-hâtaient,
Blæsus advenit,	Blésus arriva,
increpabatque	et il gourmandait
ac retinebat singulos,	et arrêtait chacun,
clamitans :	s'écriant-sans-cesse :
« Imbuite potius manus	« Trempez plutôt *vos* mains
mea cæde ;	de mon meurtre (dans mon sang) ;
interficietis legatum	vous tuerez *votre* lieutenant
leviore flagitio,	avec un moindre crime,

desciscitis. Aut incolumis fidem legionum retinebo, aut jugulatus pœnitentiam accelerabo. »

XIX. Aggerebatur nihilominus cespes, jamque pectori usque accreverat, quum tandem pervicacia victi inceptum omisere. Blæsus multa dicendi arte : « Non per seditionem et turbas desideria militum ad Cæsarem ferenda , » ait, « neque veteres ab imperatoribus priscis, neque ipsos a divo Augusto tam nova petivisse; et parum in tempore incipientes principis curas onerari. Si tamen tenderent in pace tentare quæ ne civilium quidem bellorum victores expostulaverint, cur contra morem obsequii, contra fas disciplinæ, vim meditentur? decernerent legatos, seque coram mandata darent. » Acclamavere « ut filius Blæsi tribunus legatione ea fungeretur, peteretque militibus missionem ab sexdecim annis; cetera mandaturos, ubi prima provenissent. » Profecto juvene, modicum otium; sed superbire miles, quod filius legati, orator pu-

reur. Ou ma vie conservera la fidélité de mes légions, ou ma mort accélérera leur repentir. »

XIX. Cependant l'ouvrage n'en avançait pas moins; déjà même on l'avait élevé jusqu'à la hauteur de la poitrine; toutefois ils l'abandonnent, vaincus par l'opiniâtreté de leur lieutenant. Alors Blésus, avec de l'insinuation et de l'adresse, leur représente « que ce n'était point par la révolte que les soldats devaient expliquer leurs désirs à César; que leurs ancêtres, sous les anciens généraux, ni eux-mêmes sous Auguste, n'avaient jamais formé de pareilles demandes. et qu'il était peu convenable de surcharger de nouveaux soins les embarras d'un nouveau règne. S'ils voulaient cependant essayer, s'ils persistaient à exiger en pleine paix ce que ne demandèrent jamais dans les guerres civiles, les vainqueurs les plus intraitables; pourquoi, au mépris de la subordination et de la discipline, employer la violence? ils n'avaient qu'à choisir des députés, et en sa présence expliquer leurs intentions. » Aussitôt ils nomment par acclamation le fils de Blésus, déjà tribun, et le chargent de demander pour les soldats, le congé au bout de seize ans, remettant à s'expliquer sur le reste, lorsqu'ils auraient obtenu ce premier point. Le départ du député rétablit la paix pour un moment, mais il accrut l'insolence du soldat, qui, voyant le fils de son lieutenant devenu l'orateur de

quam desciscitis	que vous ne vous séparez
ab imperatore.	de l'empereur.
Aut incolumis	Ou sain-et-sauf
retinebo fidem legionum,	je maintiendrai la foi des légions,
aut jugulatus	ou égorgé
accelerabo pœnitentiam. »	je hâterai leur repentir. »
XIX. Nihilominus	XIX. Néanmoins
cespes aggerebatur,	le gazon s'amoncelait,
jamque accreverat	et déjà il s'était élevé
usque pectori,	jusqu'à hauteur de poitrine.
quum tandem victi	lorsque enfin vaincus
pervicacia	par l'opiniâtreté de Blésus
omisere inceptum.	ils abandonnèrent l'entreprise.
Blæsus multa arte dicendi,	Blésus avec beaucoup d'art de parler
ait : « Desideria militum	dit : « Les vœux des soldats
non ferenda ad Cæsarem	ne devoir pas être portés à César
per seditionem et turbas,	par la sédition et les troubles,
neque veteres petivisse	ni les anciens avoir demandé
tam nova	des choses si nouvelles
ab priscis imperatoribus,	aux anciens généraux,
neque ipsos a divo Augusto;	ni eux-mêmes au divin Auguste;
et curas incipientes	et les soucis commençant
principis	d'un prince
onerari parum in tempore.	être surchargés peu à propos.
Si tamen tenderent	Si pourtant ils désiraient
tentare in pace quæ	essayer dans la paix ce que
ne expostulaverint quidem	ne demandèrent pas même
victores bellorum civilium,	les vainqueurs des guerres civiles,
cur meditentur vim	pourquoi méditaient-ils de la violence
contra morem obsequii,	contre la coutume de l'obéissance,
contra fas disciplinæ?	contre la loi de la discipline?
decernerent legatos,	qu'ils nommassent des députés,
darentque mandata	et qu'ils leur donnassent des instructions
coram se. »	en présence de lui. »
Acclamavere	Ils s'écrièrent
« ut filius Blæsi tribunus	« que le fils de Blésus tribun
fungeretur ea legatione,	s'acquittât de cette députation,
peteretque militibus	et demandât pour les soldats
missionem	le congé
ab sexdecim annis;	à partir de seize ans;
mandaturos cetera,	eux devoir donner les autres instructions,
ubi prima provenissent. »	dès que les premières auraient réussi. »
Juvene profecto,	Le jeune-homme parti,
otium modicum;	un calme passable eut lieu;
sed miles superbire,	mais le soldat de s'enorgueillir,
quod filius legati,	de ce que le fils de son lieutenant,
orator causæ publicæ,	devenu orateur de la cause publique,

blicæ causæ, satis ostenderet necessitate expressa quæ per modestiam non obtinuissent.

XX. Interea manipuli, ante cœptam seditionem Nauportum [1] missi, ob itinera et pontes, et alios usus, postquam turbatum in castris accepere, vexilla convellunt; direptisque proximis vicis ipsoque Nauporto, quod municipii instar erat, retinentes centuriones irrisu et contumeliis, postremo verberibus, insectantur : præcipua in Aufidienum Rufum, præfectum castrorum[2], ira ; quem, dereptum vehiculo, sarcinis gravant, aguntque primo in agmine, per ludibrium rogitantes, « an tam immensa onera, tam longa itinera libenter ferret. » Quippe Rufus, diu manipularis, dein centurio, mox castris præfectus, antiquam duramque militiam revocabat, vetus operis ac laboris, et eo immitior, quia toleraverat.

XXI. Horum adventu redintegratur seditio, et vagi circumjocta populabantur. Blæsus paucos, maxime præda onustos, ad terrorem ceterorum, affici verberibus, claudi carcere ju-

la cause publique, sentit que les menaces avaient arraché ce que la soumission n'eût jamais obtenu.

XX. Avant l'émeute, on avait envoyé quelques compagnies à Nauport, pour des chemins, des ponts et autres besoins de l'armée. Elles n'eurent pas plutôt appris les troubles qui s'étaient élevés, qu'elles décampèrent précipitamment. Les bourgs voisins, Nauport même, qui était une sorte de ville municipale, furent pillés. Les centurions veulent les retenir; on les accable de huées et d'outrages; on en vient jusqu'à les charger de coups. Ce fut surtout contre le préfet de camp, Aufidiénus Rufus, qu'éclata leur ressentiment. Ils l'arrachent de son chariot, le chargent de leurs bagages, et le font marcher à pied à la tête de la troupe, lui demandant avec une amère ironie « s'il supportait avec plaisir des charges si pesantes et de si longues marches. » Ce Rufus, longtemps simple soldat, puis centurion, enfin préfet de camp, voulait ramener le service à son ancienne austérité. Il avait vieilli dans la peine et le travail, et il exigeait d'autant plus qu'il avait plus souffert.

XXI. L'arrivée de ces mutins rallume la sédition : ils se répandent dans les campagnes environnantes, qu'ils dévastent. Blésus, pour intimider les autres, fait arrêter quelques-uns de ceux qu'il

ostenderet satis
quæ non obtinuissent
per modestiam
expressa necessitate.

XX. Interea manipuli,
missi Nauportum
ante seditionem cœptam,
ob itinera et pontes,
et alios usus,
postquam accepere
turbatum in castris,
convellunt signa;
proximisque vicis direptis
Nauportoque ipso,
quod erat instar municipii,
insectantur
irrisu et contumeliis,
postremo verberibus,
centuriones retinentes:
præcipua ira
in Aufidienum Rufum,
præfectum castrorum;
quem, dereptum vehiculo,
gravant sarcinis,
aguntque in primo agmine,
rogitantes per ludibrium,
« an ferret libenter
tam immensa onera,
tam longa itinera. »
Quippe Rufus,
diu manipularis,
dein centurio,
mox præfectus castris,
revocabat militiam
antiquam duramque,
vetus operis ac laboris,
et immitior eo,
quia toleraverat.

XXI. Adventu horum
seditio redintegratur,
et vagi populabantur
circumjecta.
Blæsus jubet paucos,
maxime onustos præda,
affici verberibus,
claudi carcere,
ad terrorem ceterorum;

montrait assez
les choses qu'ils n'eussent pas obtenues
par la modération
avoir été arrachées par la nécessité.

XX. Cependant des manipules,
envoyés à Nauport
avant la sédition commencée,
pour des chemins et des ponts,
et d'autres besoins,
après qu'ils eurent appris
des-troubles-avoir-eu-lieu au camp,
arrachent les enseignes (partent);
et les plus proches villages pillés
ainsi que Nauport lui-même,
qui était comme un municipe,
il poursuivent
de huées et d'outrages,
enfin de coups,
les centurions qui *les* retenaient:
la principale colère
était contre Aufidiénus Rufus.
préfet de camp;
lequel, arraché de *son* chariot,
ils chargent de bagages,
et poussent aux premiers rangs,
lui demandant-sans-cesse par dérision,
« s'il supportait volontiers
de si énormes fardeaux,
de si longues routes. »
En effet Rufus,
longtemps simple-soldat,
puis centurion,
bientôt préposé à un camp,
ramenait le service
ancien et rigoureux,
homme vieux de peine et de travail
et plus dur par cela,
parce qu'il avait souffert.

XXI. Par l'arrivée de ces *hommes*
la sédition est ranimée,
et courant-çà-et-là ils ravageaient
les alentours.
Blésus ordonne quelques-uns,
les plus chargés de butin,
être accablés de coups-de-fouet,
être renfermés en prison,
pour l'effroi des autres;

bet; nam etiam tum legato a centurionibus et optimo quoque
manipularium parebatur. Illi obniti trahentibus, prensare circumstantium genua, ciere modo nomina singulorum, modo
centuriam quisque cujus manipularis erat, cohortem, legionem, eadem omnibus imminere clamitantes; simul probra in
legatum cumulant, cœlum ac deos obtestantur, nihil reliqui
faciunt quominus invidiam, misericordiam, metum, et iras
permoverent. Accurritur ab universis, et, carcere effracto,
solvunt vincula, desertoresque ac rerum capitalium damnatos
sibi jam miscent.

XXII. Flagrantior inde vis, plures seditioni duces; et Vibulenus quidam, gregarius miles, ante tribunal Blæsi adlevatus circumstantium humeris, apud turbatos et quid pararet
intentos : « Vos quidem, » inquit, « his innocentibus et miserrimis lucem et spiritum reddidistis; sed quis fratri meo vitam,
quis fratrem mihi reddit? quem, missum ad vos a germanico

voit le plus chargés de butin; et ordonne de les battre de verges et
de les mener en prison. Jusqu'alors les centurions et tous les bons
soldats obéissaient encore au lieutenant. Ils saisissent les coupables et
les entraînent. Ceux-ci résistent, s'attachent aux genoux de tous ceux
qu'ils rencontrent, appellent chaque soldat par son nom, invoquent
leur centurie, leur cohorte, leur légion, crient à chacun qu'il est
menacé du même sort, accumulent les imprécations contre le lieutenant, attestent le ciel et les dieux, n'omettent rien pour exciter la
crainte, la pitié, la colère, l'indignation. On accourt de tous côtés,
on enfonce la prison, on délivre tous les déserteurs, tous les mal-
faiteurs condamnés à mort, qui aussitôt se joignent aux autres.

XXII. Alors le désordre augmente; la sédition trouve de nouveaux chefs. Un d'eux, nommé Vibulénus, simple légionnaire, se
fait élever sur les épaules de quelques soldats devant le tribunal de
Blésus, et, en présence de cette multitude ameutée, qui observait
avec attention ce mouvement : « Soldats, s'écrie-t-il, vous avez
rendu la lumière et la vie à ces innocentes victimes; mais qui rendra
le jour à mon frère? qui rendra mon frère à ma tendresse? L'infortuné, député vers vous par les légions de Germanie, pour nos

nam etiam tum parebatur
legato a centurionibus
et quoque optimo
manipularium.
Illi obniti
trahentibus,
prensare genua
circumstantium,
ciere modo nomina
singulorum,
modo centuriam cujus
quisque manipularis erat,
cohortem, legionem,
clamitantes eadem
imminere omnibus :
simul cumulant
probra in legatum,
obtestantur cœlum ac deos,
faciunt nihil reliqui
quominus permoverent
invidiam, misericordiam,
metum, et iras.
Accurritur ab universis,
et, carcere effracto,
solvunt vincula,
miscentque jam sibi
desertores ac damnatos
rerum capitalium.

XXII. Inde
vis flagrantior,
plures duces seditioni ;
et quidam Vibulenus,
gregarius miles,
adlevatus humeris
circumstantium
ante tribunal Blæsi,
apud turbatos et intentos
quid pararet,
« Vos quidem, » inquit,
« reddidistis lucem
et spiritum
his innocentibus
et miserrimis ;
sed quis reddit
meo fratri vitam,
quis mihi fratrem ?
quem, missum ad vos

car même alors il était obéi
au lieutenant par les centurions
et par chaque meilleur
des simples-soldats.
Ceux-là de résister
à ceux qui les entraînent,
de prendre les genoux
de ceux qui-étaient-autour,
d'appeler tantôt les noms
de chacun,
tantôt la centurie de laquelle
chaque simple-soldat était,
la cohorte, la légion de chacun,
criant-sans-cesse les mêmes maux
les menacer tous ;
en même temps ils accumulent
les injures sur le lieutenant,
attestent le ciel et les dieux,
ne font (laissent) rien de-reste
pour qu'ils excitent-entièrement
la haine, la pitié,
la crainte, et la colère.
On accourt de tous côtés,
et, la prison étant forcée,
ils délient leurs liens,
et mêlent déjà à eux
les déserteurs et les condamnés
à la peine capitale.

XXII. De là
violence plus ardente,
plus de chefs à la sédition ;
et un certain Vibulénus,
simple soldat,
soulevé sur les épaules
de ceux qui l'entourent
devant le tribunal de Blésus,
au milieu d'hommes émus et attentifs
à ce qu'il préparait,
« Vous certes, » dit-il,
« vous avez rendu la lumière
et le souffle
à ces hommes innocents
et très-malheureux ;
mais qui rend (rendra)
à mon frère la vie,
qui rendra à moi mon frère ?
lui que, envoyé vers vous

3.

exercitu de communibus commodis, nocte proxima jugulavit
per gladiatores suos[1], quos in exitium militum habet atque
armat. Responde, Blæse, ubi cadaver abjeceris; ne hostes
quidem sepulturæ invident[2]. Quum osculis, quum lacrimis
dolorem meum implovero, me quoque trucidari jube; dum
interfectos, nullum ob scelus, sed quia utilitati legionum consulebamus, hi sepeliant. »

XXIII. Incendebat hæc fletu, et pectus atque os manibus
verberans; mox, disjectis quorum per humeros sustinebatur.
præceps et singulorum pedibus advolutus, tantum consternationis invidiæque concivit, ut pars militum gladiatores qui e
servitio Blæsi erant, pars ceteram ejusdem familiam vincirent.
alii ad quærendum corpus effunderentur. Ac ni propere, neque corpus ullum reperiri, et servos, adhibitis cruciatibus.
abnuere cædem, neque illi fuisse unquam fratrem, pernotuisset, haud multum ab exitio legati aberant. Tribunos tamen

intérêts communs, a été assassiné la nuit dernière par les gladiateurs
que Blésus tient armés près de lui pour la destruction des soldats.
Réponds, Blésus, où as-tu jeté le corps de mon frère ? l'ennemi
même n'envie point la sépulture aux morts. Laisse-moi exhaler ma
douleur par mes baisers, par mes larmes; puis, égorge-moi, j'y
consens, pourvu que ces braves amis, touchés du sort de deux malheureux dont tout le crime est d'avoir cherché le bien des légions,
ne refusent point à notre cendre les derniers honneurs. »

XXIII. Ce discours véhément, Vibulénus l'animait encore par ses
larmes, se frappant le visage et la poitrine ; puis, écartant ceux qui
le portaient, il se précipite, il se roule aux pieds de chaque soldat,
il excite un transport si universel de pitié et de vengeance, qu'une
partie des soldats met aux fers les gladiateurs de Blésus, tandis que
les autres enchaînent ses esclaves, et se répandent de tous côtés
pour chercher le cadavre ; et si l'on n'eût su promptement que le
corps ne se trouvait nulle part, que les esclaves appliqués à la question niaient l'assassinat, et que Vibulénus n'avait jamais eu de frère,
c'en était fait peut-être du lieutenant. Cependant ils chassent les

ab exercitu Germanico
de commodis communibus,
jugulavit nocte proxima
per suos gladiatores,
quos habet atque armat
in exitium militum.
Responde, Blæse,
ubi abjeceris cadaver :
ne quidem hostes
invident sepulturæ.
Quum implevero
meum dolorem osculis,
quum lacrimis,
jube me quoque trucidari ;
dum hi sepeliant
interfectos,
ob nullum scelus,
sed quia consulebamus
utilitati legionum. »

XXIII. Incendebat hæc
fletu, et verberans manibus
pectus atque os ;
mox, disjectis
per humeros quorum
sustinebatur,
præceps et advolutus
pedibus singulorum,
concivit
tantum consternationis
invidiæque,
ut pars militum
vincirent gladiatores
qui erant
e servitio Blæsi,
pars ceteram familiam
ejusdem,
alii effunderentur
ad quærendum corpus.
Ac ni propere pernotuisset,
neque ullum corpus
reperiri,
et, cruciatibus adhibitis,
servos abnuere cædem,
neque unquam fratrem
fuisse illi,
haud multum aberant
ab exitio legati.

par l'armée de-Germanie
pour *nos* intérêts communs,
il (Blésus) a égorgé la nuit dernière
par ses gladiateurs,
lesquels il a et il arme
pour la perte des soldats.
Réponds, Blésus,
où tu as jeté le cadavre ;
pas même les ennemis
n'envient (ne refusent) la sépulture.
Lorsque j'aurai satisfait
ma douleur par des baisers,
lorsque *je l'aurai satisfaite* par des larmes.
ordonne moi aussi être massacré :
pourvu que ceux-ci ensevelissent
nous tués,
pour aucun crime,
mais parce que nous consultions
l'intérêt des légions. »

XXIII. Il animait ces *paroles*
par des pleurs, et frappant de *ses* mains
sa poitrine et *son* visage ;
bientôt, étant écartés
ceux par les épaules desquels
il était soutenu,
se précipitant et se roulant
aux pieds de chacun,
il excita
tant de consternation
et de haine,
qu'une partie des soldats
enchaînait les gladiateurs
qui étaient
de la troupe-d'esclaves de Blésus,
une partie le reste des gens
du même *homme*,
les autres se répandaient çà et là
pour chercher le corps.
Et si promptement il n'eût été connu,
et aucun corps
n'être trouvé,
et, les tortures ayant été employees,
les esclaves nier le meurtre,
et jamais frère
n'avoir été à celui-là (Vibulénus),
ils n'étaient-pas-bien-loin
de la mort (du meurtre) du lieutenant.

ac præfectum castrorum extrusere. Sarcinæ fugientium di-
reptæ; et centurio Lucillius interficitur, cui militaribus faceliis
vocabulum « Cedo alteram » indiderant ; quia, fracta vite in
tergo militis [1], alteram clara voce ac rursus aliam poscebat :
ceteros latebræ texere, uno retento Clemente Julio, qui perfe-
rendis militum mandatis habebatur idoneus, ob promptum
ingenium. Quin ipsæ inter se legiones octava et quintadecima
ferrum parabant, dum centurionem, cognomento Sirpicum [2],
illa morti deposcit, quintadécumani tuentur ; ni miles nonanus
preces, et, adversum adspernantes, minas interjecisset.

XXIV. Hæc audita, quanquam abstrusum et tristissima
quæque maxime occultantem, Tiberium perpulere, ut Drusum
filium, cum primoribus civitatis duabusque prætoriis cohortibus [3], mitteret, nullis satis certis mandatis, ex re consulturum. Et cohortes delecto milite supra solitum firmatæ. Additur

tribuns et le préfet de camp, pillent leurs bagages, massacrent le centurion Lucillius, qu'ils nommaient par dérision « *Encore une*, » parce
que toutes les fois qu'il rompait une verge de sarment sur le dos
d'un soldat, il en demandait *une autre* à haute voix, et *encore une*
autre. Le reste des centurions fut réduit à se cacher. Ils ne retinrent
que Julius Clémens, qui, par la vivacité de son esprit, leur parut
propre à porter la parole pour eux. Enfin la dissension éclate entre
les légions elles-mêmes, la huitième demandant, la quinzième refusant la mort d'un centurion surnommé Sirpicus ; et le sang allait
couler, si la neuvième n'eût interposé ses prières, et, en cas de refus,
ses menaces.

XXIV. A ces nouvelles, Tibère, quoique impénétrable, et accoutumé à couvrir du plus profond secret les plus fâcheux événements,
se détermina à faire partir son fils Drusus avec les premiers de Rome
et deux cohortes prétoriennes. Les instructions n'avaient rien de
précis : les circonstances devaient régler leur conduite. Les cohortes
furent renforcées de surnuméraires choisis. On y ajouta une grande

Extrusere tamen tribunos	Ils chassèrent cependant les tribuns
ac præfectum castrorum.	et le préfet de camp.
Sarcinæ fugientium	Les bagages de *ceux-ci* fuyant
direptæ,	*sont* pillés,
et centurio Lucillius	et le centurion Lucillius
interficitur,	est tué,
cui facetiis militaribus	auquel par plaisanterie militaire
indiderant vocabulum	ils avaient donné *ce* nom
« Cedo alteram; »	« Donne-*m'en* une autre; »
quia, vite	parce que, *sa* verge-de-sarment
fracta in tergo militis,	étant brisée sur le dos d'un soldat,
poscebat voce clara	il *en* demandait d'une voix claire
alteram ac rursus aliam :	une autre et de nouveau une autre :
latebræ texere ceteros,	des refuges cachèrent les autres *centurions*,
Julio Clemente uno	Jules Clémens seul
retento,	ayant été retenu,
qui habebatur idoneus	lequel passait-pour propre
perferendis	à porter
mandatis militum,	les instructions des soldats
ob ingenium promptum.	à cause de *son* esprit facile.
Quin legiones ipsæ	De plus les légions elles-mêmes
octava et quintadecima	la huitième et la quinzième
parabant ferrum inter se,	se préparaient *à tirer* le fer entre elles.
dum illa deposcit morti	lorsque celle-là demande pour la mort
centurionem,	un centurion,
Sirpicum cognomento,	Sirpicus de surnom,
quintadecumani tuentur;	*et que* ceux-de-la-quinzième *le* défendent;
ni miles nonanus	si le soldat de-la-neuvième
interjecisset preces,	n'eût interposé *ses* prières
et, adversum adspernantes,	et, contre *ceux* qui *les* rejetaient,
minas.	*ses* menaces.
XXIV. Hæc audita	XXIV. Ces *nouvelles* apprises
perpulere Tiberium,	décidèrent Tibère,
quanquam abstrusum	quoique profondément-dissimulé
et occultantem maxime	et cachant surtout
quæque tristissima,	toutes les choses les plus tristes,
ut mitteret filium Drusum,	à ce qu'il envoyât *son* fils Drusus,
cum primoribus civitatis	avec les premiers de l'Etat
duabusque cohortibus	et deux cohortes
prætoriis,	prétoriennes,
nullis mandatis satis certis,	*sans* aucunes instructions assez certaines,
consulturum ex re.	devant aviser selon la circonstance.
Et cohortes firmatæ	Les cohortes aussi *furent* renforcées
milite delecto	de soldats choisis
supra solitum.	au-delà du *nombre* accoutumé
Magna pars	Une grande partie
equitis prætoriani	des cavaliers prétoriens

magna pars prætoriani equitis, et robora Germanorum, qui
tum custodes imperatori ' aderant : simul prætorii præfectus,
Ælius Sejanus, collega Straboni, patri suo, datus, magna
apud Tiberium auctoritate, rector juveni, et ceteris periculorum præmiorumque ostentator. Druso propinquanti, quasi per
officium, obviæ fuere legiones, non lætæ, ut assolet, neque
insignibus fulgentes, sed illuvie deformi, et vultu, quanquam
mœstitiam imitarentur, contumaciæ propiores.

XXV. Postquam vallum introiit, portas stationibus firmant,
globos armatorum certis castrorum locis opperiri jubent; ceteri
tribunal ingenti agmine circumveniunt. Stabat Drusus, silentium manu poscens. Illi, quoties oculos ad multitudinem
retulerant, vocibus truculentis strepere; rursum, viso Cæsare,
trepidare : murmur incertum, atrox clamor, et repente quies :
diversis animorum motibus, pavebant, terrebantque. Tandem,

partie de la cavalerie prétorienne et l'élite des Germains, qui alors
composaient la garde de l'empereur. Élius Séjanus, préfet du prétoire, accompagnait Drusus. Il avait été nommé collègue de son
père Strabon, et jouissait déjà d'un grand crédit auprès de Tibère,
qui, dans ce moment, lui confia son fils et ses pouvoirs pour récompenser ou pour punir. A l'approche de Drusus, les légions, par un
reste d'égards, allèrent à sa rencontre, mais sans faire éclater de
transports suivant l'usage, sans étaler leurs décorations, avec un
extérieur négligé, hideux, et d'un air qui, en affectant la tristesse,
approchait de la révolte.

XXV. Lorsqu'il fut entré dans les retranchements, elles s'assurent
des portes et placent des détachements dans différents quartiers du
camp; le reste en foule se range autour du tribunal. Drusus était
debout, faisant signe de la main qu'on l'écoutât. Les soldats,
toutes les fois qu'ils considéraient leur nombre, éclataient en menaces effrayantes; puis, quand ils reportaient les yeux sur César.
ils s'intimidaient; tour à tour se succédaient un murmure sourd.
des cris horribles, un calme soudain; et, suivant les divers mouve-
ments de leurs âmes, ils tremblaient ou faisaient trembler. Enfin,

udditur,	y est ajoutée,
et robora Germanorum,	et les forces (l'élite) des Germains,
qui tum aderant	qui alors se trouvaient
custodes imperatori :	gardes à (de) l'empereur :
simul præfectus prætorii,	en même temps le préfet du prétoire,
Ælius Sejanus,	Elius Séjanus,
datus collega	donné *pour* collègue
Straboni, suo patri,	à Strabon, son père,
magna auctoritate	*jouissant* d'une grande autorité
apud Tiberium,	auprès de Tibère,
rector juveni,	*est choisi pour* guide au jeune *prince*,
et ostentator ceteris	et *pour* indicateur aux autres
periculorum	des dangers
præmiorumque.	et des récompenses.
Legiones fuere obviæ	Les légions se trouvèrent sur-le-passage,
Druso propinquanti,	à (de) Drusus approchant
quasi per officium,	comme par devoir,
non lætæ, ut assolet,	non joyeuses, comme c'est-la-coutume,
neque fulgentes insignibus,	ni brillantes de *leurs* insignes,
sed illuvie deformi,	mais avec une malpropreté hideuse.
et vultu,	et par le visage,
quanquam imitarentur	quoiqu'elles imitassent
mœstitiam,	la tristesse,
propiores contumaciæ.	*paraissant* plus près de la résistance.
XXV. Postquam introiit	XXV. Après qu'il fut entré-dans
vallum,	le retranchement,
firmant portas stationibus,	elles renforcent les portes par des postes,
jubent globos armatorum	ordonnent des pelotons d'*hommes* armés
opperiri	attendre
certis locis castrorum ;	à de certains endroits du camp ;
ceteri circumveniunt	les autres environnent
tribunal ingenti agmine.	le tribunal d'une grande troupe.
Drusus stabat,	Drusus était-debout,
poscens manu silentium.	demandant de la main le silence.
Illi, quoties retulerant	Eux, toutes les fois que ils avaient reporté
oculos ad multitudinem,	les yeux sur *leur* multitude,
strepere	de murmurer
vocibus truculentis ;	avec des voix menaçantes ;
rursum, Cæsare viso,	d'un autre côté, César étant regardé,
trepidare :	de trembler :
murmur incertum,	c'*était* un murmure confus.
clamor atrox,	une clameur horrible,
et repente quies :	et tout à coup du calme :
motibus diversis	par des mouvements divers
animorum.	d'esprits,
pavebant, terrebantque.	ils s'effrayaient, et ils effrayaient.
Tandem,	Enfin,

interrupto tumultu, litteras patris recitat, in quis perscriptum erat, « præcipuam ipsi fortissimarum legionum curam, quibuscum plurima bella toleravisset; ubi primum a luctu requiesset animus, acturum apud patres de postulatis eorum; misisse interim filium, ut sine cunctatione concederet quæ statim tribui possent; cetera senatui servanda, quem neque gratiæ, neque severitatis expertem haberi par esset. »

XXVI. Responsum est a concione, mandata Clementi centurioni quæ perferret. Is orditur « de missione a sexdecim annis; de præmiis finitæ militiæ; ut denarius diurnum stipendium foret; ne veterani sub vexillo haberentur. » Ad ea Drusus, quum arbitrium senatus et patris obtenderet, clamore turbatur : « Cur venisset, neque augendis militum stipendiis, neque allevandis laboribus, denique nulla benefaciendi licentia? at hercule verbera et necem cunctis permitti. Tiberium olim nomine Augusti desideria legionum frustrari solitum;

dans un intervalle de tranquillité, Drusus lit la lettre de son père. Tibère marquait aux soldats « qu'il n'avait rien de plus cher que ses braves légions, qui l'avaient si bien servi dans ses guerres; que, dans les premiers moments de repos que lui laisserait sa douleur, il communiquerait au sénat leurs demandes; qu'en attendant, il envoyait son fils, dont ils obtiendraient sur-le-champ ce qui pouvait s'accorder sans délai; qu'il fallait réserver le reste à la décision du sénat, sans la participation duquel il ne convenait point de décerner des peines ou des grâces. »

XXVI. Les soldats répondirent que le centurion Clémens était chargé de s'expliquer pour tous. Celui-ci, prenant la parole, demande le congé au bout de seize ans, des récompenses à la fin du service, un denier de paye par jour, et la promesse de ne plus retenir les vétérans sous le drapeau. Sur cela, Drusus les renvoyant à la décision du sénat et de son père, on l'interrompt par un cri : « Pourquoi venir, s'il n'augmente point leur solde, s'il ne soulage point leurs maux, enfin s'il n'a aucun pouvoir pour faire du bien? Mais certes ils ont tous le pouvoir de les battre et de les égorger. Jadis Tibère se couvrait toujours du nom d'Auguste pour éluder le vœu

tumultu interrupto , ,	le tumulte étant interrompu ,
recitat litteras patris ,	*Drusus* lit une lettre de *son* père,
in quis erat perscriptum ,	dans laquelle il était écrit,
« præcipuam curam ipsi	« le principal soin à lui-même
legionum fortissimarum ,	*être* pour des légions très-courageuses
quibuscum toleravisset	avec lesquelles il avait soutenu
plurima bella ;	de nombreuses guerres ;
ubi primum animus	aussitôt que *son* esprit
requiesset a luctu ,	se serait reposé du deuil ,
acturum apud patres	devoir s'occuper auprès des sénateurs
de postulatis eorum ;	des demandes d'eux ;
interim misisse filium ,	en-attendant avoir envoyé *son* fils,
ut concederet	pour qu'il accordât
sine cunctatione	sans délai *les choses*
quæ possent tribui statim ;	qui pourraient être accordées aussitôt ;
cetera servanda senatui,	le reste devoir être réservé au sénat.
quem esset par	lequel il était convenable
haberi expertem	n'être tenu en-dehors
neque gratiæ ,	ni de la faveur,
neque severitatis. »	ni de la sévérité. »

XXVI. Est responsum a concione, mandata centurioni Clementi quæ perferret. Is orditur « de missione a sexdecim annis; de præmiis militiæ finitæ; ut denarius foret stipendium diurnum ; ne veterani haberentur sub vexillo. » Ad ea Drusus, quum obtenderet arbitrium senatus et patris, turbatur clamore : « Cur venisset, neque augendis stipendiis militum, neque allevandis laboribus, denique nulla licentia benefaciendi ? at hercule verbera et necem permitti cunctis. Tiberium olim solitum frustrari desideria

XXVI. Il fut répondu par l'assemblée, *avoir été* confiées au centurion Clémens *les demandes* qu'il devait porter. Celui-ci commence *parlant* « du congé au bout de seize ans ; des récompenses du service fini ; *demandant* qu'un denier fût la paie journalière ; que les vétérans ne fussent pas tenus sous le drapeau. » A cela Drusus, comme il opposait la décision du sénat et de *son* père, est interrompu par des cris : « Pourquoi était-il venu, ni pour augmenter les payes des soldats, ni pour alléger *leurs* travaux, enfin sans aucun pouvoir de faire-le-bien ? mais par Hercule les coups et la mort être permis à tous. Tibère autrefois avoir eu-coutume de frustrer les vœux

easdem artes Drusum retulisse : nunquamne ad se nisi filios
familiarum venturos? Novum id plane, quod imperator sola
militis commoda ad senatum rejiciat : eumdem ergo senatum
consulendum quoties supplicia aut prælia indicantur; an præ-
mia sub dominis, pœnas sine arbitro esse ? »

XXVII. Postremo deserunt tribunal, ut quis prætorianorum
militum amicorumve Cæsaris occurreret, manus intentantes,
causam discordiæ et initium armorum, maxime infensi Cn.
Lentulo, quod is ante alios ætate et gloria belli, firmare
Drusum credebatur, et illa militiæ flagitia primus adspernari.
Nec multo post, digredientem cum Cæsare, ac provisu periculi
hiberna castra repetentem, circumsistunt, rogitantes « quo
pergeret : ad imperatorem, an ad patres, ut illic quoque
commodis legionum adversaretur? » Simul ingruunt, saxa

des légions : maintenant Drusus renouvelle les mêmes artifices. Ne
leur enverra t-on jamais que des enfants en tutelle? C'est une chose
étrange que les intérêts des troupes soient le seul objet que l'empereur renvoie à l'autorité du sénat : qu'on le consulte donc, ce même
sénat, toutes les fois qu'on les mène au combat ou au supplice. Re-
connaissait-on une autorité supérieure pour les récompenser, et point
pour les punir ? »

XXVII. Enfin ils quittent le tribunal, menaçant du geste tous les
prétoriens et tous les amis de Drusus qu'ils rencontrent, ne cherchant qu'un prétexte pour commencer la querelle et le combat. Ils
en voulaient surtout à Cn. Lentulus, le plus distingué de tous par
son âge et sa gloire militaire, et, à ce titre, soupçonné d'affermir
Drusus et de mépriser tout le premier ces attentats contre la discipline. Aussi, peu de temps après, comme il se retirait avec César,
et qu'averti du péril il cherchait à regagner le camp d'hiver, ils
l'entourent, en lui demandant « où il va; si c'est vers le sénat ou vers
l'empereur, afin d'y combattre encore les intérêts des légions. » En
même temps, ils fondent sur lui à coups de pierres; déjà son sang

legionum	des légions
nomine Augusti;	sous le nom d'Auguste;
Drusum retulisse	Drusus avoir rapporté
easdem artes :	les mêmes artifices :
nunquamne venturos ad se	est-ce que jamais ne devoir venir à elles
nisi filios familiarum?	d'autres si ce n'est des fils de famille?
Id plane novum,	Cela être tout à fait nouveau,
quod imperator	que l'empereur
rejiciat ad senatum	renvoie au sénat
sola commoda militis :	les seuls avantages du soldat .
ergo eumdem senatum	donc le même sénat
consulendum, quoties	devoir être consulté, toutes les fois que
supplicia aut prælia	des supplices ou des combats
indicantur;	leur sont imposés ;
an præmia	est-ce que les récompenses
esse sub dominis,	être sous des maîtres,
pœnas sine arbitro? »	les châtiments sans arbitre ? »
XXVII. Postremo	XXVII. Enfin
deserunt tribunal,	ils quittent le tribunal,
ut quis militum	selon que quelqu'un des soldats
prætorjanorum	prétoriens
amicorumve Cæsaris	ou des amis de César (Drusus)
occurreret,	se rencontrait,
intentantes manus,	tendant-vers-lui-avec-menace les mains .
causam discordiæ	cause de discorde
et initium armorum :	et prélude d'armes (de combat) :
maxime infensi	surtout hostiles
Cn. Lentulo,	à Cn. Lentulus,
quod is ante alios	parce que celui-ci étant avant les autres
ætate et gloria belli,	par l'âge et la gloire de guerre,
credebatur firmare	était cru affermir
Drusum,	Drusus,
et adspernari primus	et mépriser le premier
illa flagitia militiæ.	ces désordres de la milice.
Nec multo post,	Et non beaucoup après,
circumsistunt	ils entourent.
digredientem cum Cæsare,	lui qui se retirait avec César (Drusus)
ac repetentem castra	et qui regagnait le camp
hiberna	d'-hiver
provisu periculi,	par prévision du danger,
rogitantes « quo pergeret :	lui demandant-souvent « où il allait :
ad imperatorem,	vers l'empereur.
an ad patres,	ou vers les sénateurs,
ut illic quoque	pour que là aussi
adversaretur	il s'opposât
commodis legionum ? »	aux intérêts des légions? »
Simul ingruunt,	En même temps ils fondent sur lui,

jaciunt : jamque lapidis ictu cruentus et exitii certus, accursu multitudinis quæ cum Druso advenerat, protectus est.

XXVIII. Noctem minacem et in scelus erupturam fors lenivit ; nam luna claro repente cœlo visa languescere. Id miles, rationis ignarus, omen præsentium accepit, ac suis laboribus defectionem sideris adsimilans, prospereque cessura quæ pergerent [1], si fulgor et claritudo deæ redderetur. Igitur æris sono [2], tubarum cornuumque concentu strepere ; prout splendidior obscuriorve, lætari aut mœrere ; et postquam ortæ nubes offecere visui, creditumque conditam tenebris, ut sunt mobiles ad superstitionem perculsæ semel mentes, sibi æternum laborem portendi, sua facinora aversari deos lamentantur. Utendum inclinatione ea Cæsar, et quæ casus obtulerat in sapientiam vertenda ratus, circumiri tentoria jubet. Accitur

coulait, et sa perte était infaillible, lorsque la troupe qui accompagnait Drusus accourut pour le dégager.

XXVIII. La nuit était menaçante et aurait amené les plus grands crimes, si le hasard n'eût tout calmé. Au milieu d'un ciel serein, on vit tout à coup la lune pâlir. Le soldat, ignorant la cause de ce phénomène, y cherche un rapport avec sa situation présente, croit voir dans l'éclipse de cet astre un emblème de ses malheurs, et se flatte du succès de son entreprise, si la déesse recouvre sa lumière et son éclat. Ils font donc retentir l'air du bruit de l'airain, du son des clairons et des trompettes ; suivant qu'elle est plus brillante ou plus obscure, on les voit s'affliger ou se réjouir ; enfin, quand des nuages qui s'amassèrent l'eurent dérobée à leur vue, et qu'ils la crurent ensevelie dans les ténèbres, comme l'esprit une fois frappé penche naturellement à la superstition, ils s'écrient tout éplorés que le ciel leur annonce d'éternelles infortunes, et a leurs forfaits en horreur. Drusus, pensant qu'il fallait user de cette disposition et mettre sagement à profit ce qu'offrait le hasard, envoie des émissaires dans les tentes. Il mande le centurion Clémens et tous ceux qui, par des

jaciunt saxa :
jamque cruentus
ictu lapidis
et certus exitii,
est protectus
accursu multitudinis,
quæ advenerat cum Druso.
XXVIII. Fors lenivit
noctem minacem
et erupturam in scelus ;
nam luna repente
visa languescere
cœlo claro.
Miles, ignarus rationis,
accepit id omen
præsentium,
ac adsimilans
suis laboribus
defectionem sideris,
cessuraque prospere
quæ pergerent,
si fulgor et claritudo
redderetur deæ.
Igitur strepere
sono æris,
concentu tubarum
cornuumque ;
lætari aut mœrere,
prout splendidior
obscuriorve ;
et postquam nubes ortæ
offecere visui,
creditumque conditam
tenebris,
ut mentes semel perculsæ
sunt mobiles
ad superstitionem,
lamentantur
laborem æternum
portendi sibi,
deos aversari sua facinora.
Cæsar ratus utendum
ea inclinatione,
et quæ casus obtulerat
vertenda in sapientiam,
jubet tentoria circumiri.
Centurio Clemens accitur

lui jettent des pierres :
et déjà *tout* sanglant
d'un coup de pierre
et sûr de *sa* perte,
il fut protégé
par le concours de la multitude,
qui était arrrivée avec Drusus.
XXVIII. Le hasard calma
la nuit menaçante
et près-d'éclater en crime ;
car la lune tout à coup
parut faiblir
dans un ciel serein.
Le soldat, ignorant de la raison *du fait*,
reçut cela *comme* présage
des choses présentes,
et assimilant
à ses *propres* souffrances
l'éclipse de l'astre,
et *croyant* devoir aller heureusement
les choses qui étaient-en-train,
si l'éclat et la clarté
étaient rendus à la déesse.
Donc de faire-du-brúit
avec le son de l'airain,
avec l'accord des trompettes
et des clairons ;
de se réjouir ou de s'affliger,
selon que *la lune était* plus brillante
ou plus obscure ;
et après que des nuages s'étant élevés
se-furent-mis-devant *leur* vue,
et *qu'il fut* cru *elle être* cachée
dans les ténèbres,
comme les esprits une fois frappés
sont prompts
à la superstition,
ils se lamentent
disant une souffrance éternelle
être présagée à eux,
les dieux avoir-en-horreur leurs forfaits.
César persuadé falloir user
de cette disposition,
et ce que le hasard *lui* avait offert
devoir être tourné à sagesse,
ordonne les tentes être parcourues.
Le centurion Clémens est mandé,

centurio Clemens, et si alii bonis artibus grati in vulgus : ii
vigiliis, stationibus, custodiis portarum se inserunt, spem
offerunt, metum intendunt : « Quousque filium imperatoris
obsidebimus? quis certaminum finis? Percennione et Vibuleno
sacramentum dicturi sumus? Percennius et Vibulenus stipendia
militibus, agros emeritis largientur? denique, pro Neronibus
et Drusis, imperium populi romani capessent? Quin potius,
ut novissimi in culpam, ita primi ad pœnitentiam sumus?
Tarda sunt quæ in commune expostulantur : privatam gratiam
statim mereare, statim recipias. » Commotis per hæc mentibus
et inter se suspectis, tironem a veterano, legionem a legione
dissociant. Tum redire paulatim amor obsequii : omittunt
portas; signa, unum in locum principio seditionis congregata,
suas in sedes referunt.

XXIX. Drusus, orto die, et vocata concione, quanquam
rudis dicendi, nobilitate ingenita, incusat priora, probat

moyens honnêtes, s'étaient rendus agréables à la multitude. Ceux-ci
se mêlent parmi les sentinelles, dans les corps-de-garde, au milieu
des détachements, présentent des espérances, inspirent de la crainte :
« Jusques à quand assiégerons-nous le fils de notre empereur? quel
sera le terme de nos dissensions? prêterons-nous serment à Percennius et à Vibulénus? Sans doute Percennius et Vibulénus donneront
au soldat sa paye, des terres aux vétérans! Enfin, au lieu des Néron
et des Drusus, ils régneront sur le peuple romain! Pourquoi ne pas
être plutôt les premiers à nous repentir, ayant été les derniers à
faillir? On obtient toujours tard ce qu'on demande en commun :
une faveur particulière est obtenue aussitôt que méritée. » Ces discours ébranlent les esprits, y jettent de la défiance; les jeunes soldats
se détachent des vieux, une légion d'une autre. Peu à peu la subordination renaît : ils laissent les portes libres; les enseignes qui, au
commencement de la sédition, avaient été réunies dans le même
lieu, sont reportées chacune à sa place.

XXIX. Drusus, au lever du jour, ayant convoqué les soldats. avec
une dignité naturelle qui supplée en lui à l'éloquence, se plaint du

et si alii artibus bonis | et si d'autres par des moyens honnêtes
grati in vulgus : | *sont* agréables à la multitude :
ii se inserunt vigiliis, | ceux-ci se mêlent aux sentinelles,
stationibus, | aux postes,
custodiis portarum, | aux gardes des portes ;
offerunt spem, | offrent l'espérance,
intendunt metum : | présentent la crainte :
« Quousque obsidebimus | « Jusques à quand assiégerons-nous
filium imperatoris? | le fils de *notre* empereur ?
quis finis certaminum ? | quelle *sera* la fin de *nos* combats ?
Sumusne dicturi | Sommes-nous prêts-à-prêter
sacramentum | serment
Percennio et Vibuleno? | à Percennius et à Vibulénus?
Percennius et Vibulenus | Percennius et Vibulénus
largientur | donneront-ils
stipendia militibus, | la paye aux soldats,
agros emeritis? | des terres à *ceux* qui-ont-fait-*leur*-temps?
denique, | enfin,
pro Neronibus et Drusis, | au lieu des Néron et des Drusus,
capessent imperium | prendront-ils le commandement
populi romani? | du peuple romain ?
Quin sumus potius, | Que ne sommes-nous plutôt,
ut novissimi in culpam, | comme les derniers pour la faute,
ita primi ad pœnitentiam ? | ainsi les premiers pour le repentir ?
Tarda sunt quæ | Tardives sont les choses qui
expostulantur in commune: | sont demandées en commun :
gratiam privatam | une faveur privée
mereare statim, | vous *la* mériteriez aussitôt,
recipias statim. » | vous *la* recevriez aussitôt. »
Mentibus commotis per hæc | Les esprits étant ébranlés par ces *paroles*
et suspectis inter se, | et *devenant* défiants entre eux,
dissociant tironem | ils détachent le jeune-soldat
a veterano, | du vétéran,
legionem a legione. | une légion d'une légion.
Tum amor obsequii | Alors l'amour de l'obéissance
redire paulatim : | de revenir peu à peu :
omittunt portas; | ils laissent les portes;
referunt in suas sedes | ils reportent *chacune* à sa place
signa, | les enseignes,
congregata in unum locum | réunies en un-seul lieu
principio seditionis. | au commencement de la sédition.
XXIX. Die orto, | XXIX. Le jour levé,
et concione vocata, | et l'assemblée convoquée,
Drusus, | Drusus,
quanquam rudis dicendi, | quoique inhabile à parler,
nobilitate ingenita, | *cependant* avec une noblesse naturelle,
incusat priora, | se plaint des premiers *actes*,

præsentia : negat « se terrore et minis vinci ; flexos ad modestiam si videat, si supplices audiat, scripturum patri, ut
placatus legionum preces exciperet. » Orantibus, rursum idem
Blæsus et L. Apronius, eques romanus e cohorte Drusi,
Justusque Catonius, primi ordinis centurio [1], ad Tiberium
mittuntur. Certatum inde sententiis, quum alii « opperiendos
legatos, atque interim comitate permulcendum militem » censerent; alii, « fortioribus remediis agendum : nihil in vulgo
modicum; terrere, ni paveant; ubi pertimuerint, impune
contemni : dum superstitio urgeat, adjiciendos ex duce metus,
sublatis seditionis auctoribus. » Promptum ad asperiora ingenium Druso erat : vocatos Vibulenum et Percennium interfici
jubet. Tradunt plerique intra tabernaculum ducis obrutos,
alii corpora extra vallum abjecta ostentui.

XXX. Tum, ut quisque præcipuus turbator, conquisiti : et,
pars, extra castra palantes, a centurionibus aut prætoriarum

passé, se loue du présent, leur déclare « que les menaces et la terreur
ne peuvent le fléchir, mais que, les voyant respectueux et suppliants,
il écrira à son père d'oublier leurs fautes et de condescendre à leurs
vœux. » Sur leur prière, on députa une seconde fois vers l'empereur
le fils de Blésus avec L. Apronius, chevalier romain de la suite de
Drusus, et Justus Catonius, centurion d'une première compagnie.
Les avis étaient partagés : les uns voulaient qu'on attendît les députés, et que, dans l'intervalle, on achevât de ramener les soldats par
la douceur ; d'autres opinaient pour des remèdes plus violents, disant
« que la multitude est toujours extrême ; qu'elle menace, si elle ne
tremble ; qu'une fois intimidée, on la brave impunément ; qu'aux
terreurs religieuses il fallait ajouter la crainte de l'autorité, et se
défaire des chefs de la révolte. » Les partis rigoureux flattaient le
penchant de Drusus. Il mande Percennius et Vibulénus, et les fait
tuer. Plusieurs rapportent qu'on les enterra secrètement dans la
tente du général ; d'autres, que leurs corps furent exposés hors des
retranchements, à la vue des soldats.

XXX. On rechercha ensuite les principaux artisans des troubles.
Une partie errait hors du camp ; ils furent massacrés par les centu-

probat præsentia :
negat « se vinci
terrore et minis ;
si videat
flexos ad modestiam,
si audiat supplices,
scripturum patri,
ut exciperet placatus
preces legionum. »
Orantibus, idem Blæsus
et L. Apronius,
eques romanus
e cohorte Drusi,
Justusque Catonius,
centurio primi ordinis,
mittuntur rursum
ad Tiberium.
Inde certatum sententiis,
quum alii censerent
« legatos opperiendos,
atque interim militem
permulcendum comitate; »
alii, « agendum,
remediis fortioribus :
nihil modicum in vulgo ;
terrere, ni páveant ;
ubi pertimuerint,
contemni impune :
dum superstitio urgeat,
metus ex duce adjiciendos,
auctoribus seditionis
sublatis. »
Ingenium erat Druso
promptum ad asperiora :
jubet
Vibulenum et Percennium
vocatos interfici.
Plerique tradunt obrutos
intra tabernaculum ducis,
alii corpora abjecta
extra vallum ostentui.
  XXX. Tum conquisiti,
ut quisque
præcipuus turbator :
et pars,
palantes extra castra,
cæsi a centurionibus

approuve *ceux* du-moment :
il dit « lui n'être pas vaincu
par la terreur et les menaces ;
mais s'il voit *eux*
tournés à la modération,
s'il entend *eux* suppliants,
lui devoir écrire à *son* père,
pour qu'il accueillît apaisé
les prières des légions. »
Eux priant, le même Blésus
et L. Apronius,
chevalier romain
de la cohorte de Drusus,
et Justus Catonius,
centurion d'une première compagnie,
sont envoyés une-seconde-fois
vers Tibère.
Ensuite on se partagea d'avis,
puisque les uns opinaient
« les députés devoir être attendus,
et en-attendant le soldat
devoir être gagné par la douceur ;
les autres, « falloir agir
par des remèdes plus violents :
rien de moyen dans la multitude ;
elle effrayer, si elle ne tremble ;
dès qu'elle a eu-peur,
elle être méprisée impunément :
pendant que la superstition presse *eux*,
les craintes du chef devoir être ajoutées,
les auteurs de la sédition
étant exterminés. »
Un caractère était à Drusus
prompt aux *partis* plus violents
il ordonne
Vibulénus et Percennius
étant appelés être tués.
La plupart rapportent *eux avoir été* enfouis
dans la tente du général,
d'autres *leurs* corps *avoir été* jetés
hors du retranchement en spectacle.
  XXX. Alors *furent* recherchés *les autres*,
selon que chacun
avait été le principal moteur-du-trouble :
et une partie,
errant hors du camp,
furent massacrés par les centurions

cohortium militibus cæsi; quosdam ipsi manipuli, documentum
fidei, tradidere. Auxerat militum curas præmatura hiems,
imbribus continuis adeoque sævis, ut non egredi tentoria,
congregari inter se, vix tutari signa possent, quæ turbine
atque unda raptabantur : durabat et formido cœlestis iræ :
« nec frustra adversus impios hebescere sidera, ruere tem-
pestates; non aliud malorum levamentum, quam si linquerent
castra infausta temerataque, et, soluti piaculo, suis quisque
hibernis redderentur. » Primum octava, dein quintadecima
legio, rediere. Nonanus opperiendas Tiberii epistolas clami-
taverat : mox, desolatus aliorum discessione, imminentem
necessitatem sponte prævenit : et Drusus, non exspectato
legatorum regressu, quia præsentia satis consederant, in
Urbem rediit.

XXXI. Iisdem ferme diebus, iisdem causis, germanicæ
legiones turbatæ, quanto plures, tanto violentius; et magna

rions ou par les prétoriens. Les légionnaires eux-mêmes, pour preuve
de leur fidélité, en livrèrent quelques-uns. Cette année, l'hiver fut
prématuré ; des pluies continuelles, impétueuses, empêchaient les
soldats de sortir de leurs tentes, de se rassembler; à peine pouvaient-
ils défendre leurs enseignes contre la violence des ouragans et des
torrents : tout cela redoublait leurs alarmes. Encore frappés de la
crainte du courroux céleste, ils se disaient « que nécessairement des
impies faisaient pâlir les astres, attiraient les tempêtes ; que l'unique
remède était d'abandonner un camp sinistre, souillé par tant de forfaits, et, après les avoir expiés, de regagner chacun leurs quartiers
d'hiver. » La huitième légion partit d'abord ; puis la quinzième. La
neuvième insistait pour qu'on attendît la réponse de Tibère ; mais,
privée d'appui par le départ des autres, elle prévint d'elle-même
une nécessité inévitable ; et Drusus, voyant la tranquillité rétablie,
reprit le chemin de Rome sans attendre le retour des députés.

XXXI. Presque dans le même temps et pour les mêmes causes, les
légions de Germanie s'agitèrent plus violemment encore, étant plus

aut militibus	ou *par les* soldats
cohortium prætoriarum ;	des cohortes prétoriennes ;
manipuli ipsi	les manipules eux-mêmes
tradidere quosdam,	*en* livrèrent quelques-uns,
documentum fidei.	*comme* gage de *leur* fidélité.
Hiems præmatura	Un hiver prématuré
auxerat curas militum,	avait augmenté les alarmes des soldats,
imbribus continuis	par des pluies continuelles
adeoque sævis,	et tellement affreuses,
ut non possent	qu'ils ne pouvaient
egredi tentoria,	sortir des tentes,
congregari inter se,	se rassembler entre eux,
vix tutari signa,	à peine préserver les enseignes,
quæ raptabantur	qui étaient emportées
turbine atque unda :	par les tourbillons et par l'eau :
et formido iræ cœlestis	et la crainte de la colère céleste
durabat :	durait *encore* :
« nec sidera hebescere,	*ils pensaient* « ni les astres s'obscurcir,
tempestates ruere	*ni* les tempêtes se déchaîner
frustra adversus impios ;	en vain contre des impies :
non aliud levamentum	pas d'autre soulagement *n'être*
malorum,	de (à) *leurs* maux,
quam si linquerent castra	que si ils quittaient un camp
infausta temerataque,	funeste et souillé,
et, soluti piaculo,	et *si*, délivrés d'un crime-à-expier,
redderentur quisque	ils étaient rendus chacun
suis hibernis. »	à son quartier-d'hiver. »
Primum octava legio,	D'abord la huitième légion,
dein quintadecima, rediere.	puis la quinzième, revinrent.
Nonanus clamitaverat	Le soldat-de-la-neuvième avait répété
epistolas Tiberii	des lettres de Tibère
opperiendas :	devoir être attendues ;
mox, desolatus	bientôt, laissé-seul,
discessione aliorum,	par le départ des autres,
prævenit sponte	il prévint de *son propre* gré
necessitatem imminentem :	la nécessité qui *le* menaçait :
et Drusus,	et Drusus,
regressu legatorum	le retour des députés
non exspectato,	n'étant point attendu,
quia præsentia	parce que les *circonstances* présentes
consederant satis,	s'étaient calmées assez,
rediit in Urbem.	revint à la ville (à Rome).
XXXI. Ferme	XXXI. Presque
iisdem diebus,	dans les mêmes jours,
iisdem causis,	par les mêmes causes,
legiones Germanicæ	les légions de-Germanie
turbatæ	*furent* troublées

spe, fore ut Germanicus Cæsar imperium alterius pati ne-
quiret, daretque se legionibus vi sua cuncta tracturis. Duo
apud ripam Rheni exercitus erant : cui nomen superiori, sub
C. Silio legato; inferiorem A. Cæcina curabat. Regimen
summæ rei penes Germanicum, agendo Galliarum censui tum
intentum. Sed, quibus Silius moderabatur, mente ambigua
fortunam seditionis alienæ speculabantur; inferioris exercitus
miles in rabiem prolapsus est, orto ab unaetvicesimanis quin-
tanisque initio, et tractis prima quoque ac vicesima legionibus;
nam iisdem æstivis, in finibus Ubiorum, habebantur per
otium aut levia munia. Igitur, audito fine Augusti, vernacula
multitudo¹, nuper acto in Urbe delectu, lasciviæ sueta, laborum
intolerans, implere ceterorum rudes animos². « Venisse tempus, quo veterani maturam missionem, juvenes largiora

---

nombreuses. Elles se flattaient d'ailleurs que Germanicus, trop fier
pour souffrir un maître, se donnerait aux légions, qui par leur force
entraîneraient tout l'empire. Deux armées étaient sur le Rhin : l'une,
appelée supérieure, avait pour chef C. Silius; l'autre, l'inférieure,
obéissait à A. Cécina. Le commandement général appartenait à Germanicus, qu'occupait alors la répartition du tribut des Gaules. L'armée de Silius, encore irrésolue, attendait l'événement; mais, dans
l'autre, le soldat poussa l'emportement jusqu'à la rage. La vingt
et unième et la cinquième légion éclatèrent d'abord, et entraînèrent
la première et la vingtième. Toutes les quatre étaient campées sur les
frontières des Ubiens, désœuvrées ou trop faiblement occupées. Si-
tôt qu'on eut appris la mort d'Auguste, une foule de gens du peuple,
enrôlés depuis peu dans Rome, et qui, accoutumée à la licence d'une
grande ville, ne pouvait supporter le travail, se mit à remplir de
vaines prétentions l'esprit grossier et crédule du soldat. « Le temps
était venu, pour les vétérans, de hâter leur congé; pour les jeunes

tanto violentius,	d'autant plus violemment,
quanto plures ;	qu'elles *étaient* plus nombreuses ;
et magna spe, fore ut	et par le grand espoir, devoir arriver que
Germanicus Cæsar	Germanicus César
nequiret pati	ne-pourrait subir
imperium alterius,	l'autorité d'un autre,
seque darèt legionibus	et se donnerait aux légions
tracturis cuncta sua vi.	qui entraîneraient tout par leur force.
Duo exercitus erant	Deux armées étaient
apud ripam Rheni :	sur la rive du Rhin :
cui nomen superiori,	*celle* à qui *était* le nom *de* supérieure ,
sub legato C. Silio ;	sous le lieutenant C. Silius ;
A. Cæcina curabat	A. Cécina commandait
inferiorem.	*celle dite* inférieure.
Regimen summæ rei	La direction de l'ensemble
penes Germanicum ,	*était* au pouvoir de Germanicus ,
tum intentum	alors occupé
agendo censui Galliarum.	de faire le recensement des Gaules.
Sed, quibus	Mais, *ceux* que
Silius moderabatur,	Silius dirigeait,
speculabantur	observaient
mente ambigua	d'un esprit irrésolu
fortunam seditionis alienæ;	la fortune de la sédition des-autres :
miles exercitus inferioris	*quant au* soldat de l'armée inférieure
prolapsus est in rabiem,	il se-laissa-aller à la rage,
initio orto	le commencement étant venu
ab unaetvicesimanis	de ceux-de-la-vingt-unième
quintanisque,	et de ceux-de-la-cinquième,
et prima quoque	et la première aussi
ac vicesima legionibus	et la vingtième légion
tractis ;	ayant été entraînées ;
nam habebantur	car elles étaient tenues *toutes*
iisdem æstivis,	dans le même *camp* d'-été,
in finibus Ubiorum,	sur les frontières des Ubiens,
per otium	dans l'oisiveté
aut munia levia.	ou dans un service peu-important.
Igitur, fine Augusti	Donc, la mort d'Auguste
audito,	étant apprise,
multitudo vernacula,	une multitude de-gens-du-peuple,
delectu acto nuper	*provenant* d'une levée faite naguère
in Urbe,	dans la ville (à Rome),
sueta lasciviæ,	accoutumée à la licence,
intolerans laborum,	incapable-de-supporter les travaux,
implere	*se mit* à remplir (exciter)
animos rudes ceterorum.	les esprits grossiers des autres.
« Tempus venisse,	« Le temps être venu,
quo veterani exposcerent	où les vétérans devaient demander

stipendia, cuncti modum miseriarum exposcerent, sævitiamque centurionum ulciscerentur. » Non unus hæc, ut pannonicas inter legiones Percennius, nec apud trepidas militum aures, alios validiores exercitus respicientium, sed multa seditionis ora vocesque : « Sua in manu sitam rem romanam, suis victoriis augeri rempublicam, in suum cognomentum adscisci imperatores. »

XXXII. Nec legatus obviam ibat; quippe plurium vecordia constantiam exemerat. Repente lymphati, destrictis gladiis, in centuriones invadunt : ea vetustissima militaribus odiis materies, et sæviendi principium : prostratos verberibus mulctant, sexageni singulos, ut numerum centurionum adæquarent. Tum convulsos laniatosque, et partim exanimos, ante vallum aut in amnem Rhenum projiciunt. Septimius, quum perfugisset ad tribunal pedibusque Cæcinæ advolveretur, eo usque flagitatus est, donec ad exitium dederetur. Cassius Chærea, mox cæde C. Cæsaris memoriam apud

soldats, d'exiger une plus forte paye; pour tous, d'obtenir un terme à leur misère et de punir la cruauté des centurions. » Et ces discours, ce n'était point un seul homme qui les débitait, comme Percennius parmi les légions de Pannonie, à des oreilles craintives, au milieu d'une armée qui en voyait derrière elle de plus puissantes : ici la sédition avait mille bouches, mille voix, qui répétaient « que les légions germaniques faisaient seules le destin de l'empire, que leurs victoires en reculaient les bornes, que les généraux empruntaient d'elles leur surnom. »

XXXII. Et le lieutenant ne s'opposait à rien ; car leur nombre et leur rage lui ôtaient toute sa fermeté. Tout à coup ces furieux se jettent, l'épée à la main, sur les centurions, de tout temps l'objet de la haine du soldat et ses premières victimes, ils les renversent, les chargent de coups, se réunissant soixante contre un seul, parce qu'il y avait soixante centurions par légion; puis ils les déchirent, les mettent en pièces, et les jettent, morts la plupart, devant les retranchements ou dans le Rhin. Septimius s'était réfugié dans le tribunal, et s'y roulait aux pieds de Cécina; les soldats l'y poursuivent avec tant d'acharnement, que le lieutenant fut obligé de le livrer à leur rage. L'intrépide Chéréa, si célèbre depuis dans la postérité

missionem maturam,	un congé prompt,
juvenes stipendia largiora,	les jeunes des payes plus abondantes,
cuncti modum miseriarum,	tous une mesure de (à) *leurs* misères
ulciscerenturque	et devaient se venger
sævitiam centurionum. »	de la cruauté des centurions. »
Non *unus* hæc,	*Ce n'était* pas un-seul *qui disait* cela,
ut Percennius	comme Percennius
inter legiones pannonicas,	parmi les légions de-Pannonie,
nec apud aures trepidas	ni aux oreilles craintives
militum, respicientium	de soldats, qui-voyaient-derrière *eux*
alios exercitus validiores,	d'autres armées plus fortes,
sed multa ora	mais nombreuses *étaient* les bouches
vocesque seditionis:	et les voix de la sédition :
« In sua manu sitam	« Dans leur main *être* placé
rem romanam,	l'empire romain,
suis victoriis augeri	par leurs victoires être agrandie
rempublicam,	la république,
in cognomentum suum	à un surnom tiré-d'eux
adscisci imperatores. »	être admis les généraux. »
XXXII. Nec legatus	XXXII. Et le lieutenant
ibat obviam ;	n'allait pas contre ;
quippe vecordia plurium	car la fureur du plus-grand-nombre
exemerat constantiam.	*lui* avait ôté la fermeté.
Repente lymphati,	Tout à coup furieux,
gladiis destrictis,	les glaives tirés,
invadunt in centuriones :	ils se jettent sur les centurions :
ea vetustissima materies	c'*était* la plus ancienne matière
odiis militaribus,	pour les haines des-soldats,
et principium sæviendi :	et le commencement d'être furieux :
mulctant verberibus	ils frappent de coups
prostratos,	*eux* terrassés,
sexageni singulos,	soixante *en frappent* un,
ut adæquarent	afin qu'ils égalassent
numerum centurionum.	le nombre des centurions.
Tum projiciunt ante vallum	Alors ils jettent devant le retranchement
aut in amnem Rhenum	ou dans le fleuve *du* Rhin
convulsos laniatosque,	*eux* abattus et déchirés,
et partim exanimos.	et en partie sans-vie.
Quum Septimius	Comme Septimius
perfugisset ad tribunal	s'était réfugié vers le tribunal
advolvereturque	et *qu'il* se roulait
pedibus Cæcinæ,	aux pieds de Cécina,
est flagitatus usque eo,	il fut réclamé jusqu'à ce *point*,
donec dederetur	jusqu'à ce qu'il fût livré
ad exitium.	pour la mort.
Cassius Chærea,	Cassius Chéréa,
adeptus mox memoriam	qui acquit bientôt un souvenir

posteros adeptus, tum adolescens' et animi ferox, inter
obstantes et armatos ferro viam patefecit. Non tribunus ultra,
non castrorum præfectus jus obtinuit : vigilias, stationes, et si
qua alia præsens usus indixerat, ipsi partiebantur. Id militares
animos altius conjectantibus præcipuum indicium magni atque
implacabilis motus, quod neque disjecti, nec paucorum in-
stinctu², sed pariter ardescerent, pariter silerent; tanta æqualitate et constantia, ut regi crederes.

XXXIII. Interea Germanico per Gallias, ut diximus, census
accipienti, excessisse Augustum affertur. Neptem ejus Agrippinam in matrimonio, pluresque ex ea liberos habebat. Ipse
Druso, fratre Tiberii, genitus, Augustæ nepos; sed anxius
occultis in se patrui aviæque odiis, quorum causæ acriores,
quia iniquæ³ : quippe Drusi magna apud populum romanum
memoria, credebaturque, si rerum politus foret, libertatem

par le meurtre de C. César, mais jeune alors, se fit jour avec le fer
au milieu des glaives de ces forcenés. Dès ce moment, ils ne recon-
naissent plus ni tribun ni préfet de camp; ils assignent eux-mêmes
tous les postes, placent les sentinelles, et se partagent tous les soins
que leur sûreté demande. Il y avait surtout, pour quiconque connaît
mieux l'esprit du soldat, un indice que l'orage serait violent et du-
rable, c'est qu'au lieu de s'agiter en désordre et à la voix de quelques factieux, tous éclataient, tous se taisaient à la fois, avec un
accord si parfait, si constant, qu'on l'eût cru commandé.

XXXIII. Cependant Germanicus, occupé, comme nous l'avons dit,
à recueillir le tribut des Gaules, reçoit la nouvelle de la mort d'Auguste. Il avait épousé sa petite-fille Agrippine, dont il avait plusieurs
enfants. Il était fils de Drusus, neveu de Tibère, et petit-fils d'Augusta; mais ces titres ne le rassuraient pas contre la haine secrète
de son oncle et de son aïeule, haine d'autant plus ardente qu'elle
était injuste. La mémoire de Drusus était grande auprès des Romains,
et l'on croyait que, s'il fût parvenu à l'empire, il eût rétabli la li-

apud posteros	chez les descendants
cæde C. Cæsaris,	par le meurtre de C. César (Caligula),
tum adolescens	alors jeune
et ferox animi,	et brave de cœur,
patefecit viam ferro	s'ouvrit un chemin par le fer
inter obstantes et armatos.	au milieu d'*eux* s'opposant et armés.
Ultra non tribunus,	Dès lors pas un tribun,
non præfectus castrorum	pas un préfet de camp
obtinuit jus :	ne maintint *son* droit :
partiebantur ipsi	ils distribuaient eux-mêmes
vigilias, stationes,	les sentinelles, les postes,
et si usus præsens	et si le besoin du-moment
indixerat qua alia.	avait prescrit quelques autres *mesures*.
Conjectantibus altius	Pour *ceux* qui devinent plus profondément
animos militares	les esprits des-soldats
id præcipuum indicium	cela *était* le principal indice
motus	d'un mouvement
magni atque implacabilis,	grand et implacable,
quod neque disjecti,	de ce que ni dispersés,
nec instinctu paucorum,	ni à l'instigation d'un-petit-nombre,
sed pariter ardescerent,	mais *tous* à la fois s'échauffaient,
silerent pariter ;	se taisaient à la fois,
tanta æqualitate	avec tant d'uniformité
et constantia,	et de constance,
ut crederes regi.	que vous eussiez cru *eux* être dirigés.
XXXIII. Interea	XXXIII. Cependant
Germanico accipienti	à Germanicus qui recevait
census per Gallias,	les impôts dans les Gaules,
ut diximus,	comme nous avons dit,
affertur	est apportée *la nouvelle*
Augustum excessisse.	Auguste être mort.
Habebat in matrimonio	Il avait en mariage
Agrippinam neptem ejus,	Agrippine petite-fille de lui,
pluresque liberos ex ea.	et plusieurs enfants *nés* d'elle.
Ipse genitus Druso,	Lui-même *était* né de Drusus,
fratre Tiberii,	frère de Tibère,
nepos Augustæ ;	et petit-fils d'Augusta ;
sed anxius odiis occultis	mais inquiet par les haines secrètes
patrui aviæque in se,	de *son* oncle et de *son* aïeule contre lui ;
quorum causæ acriores,	dont les causes *étaient* plus actives,
quia iniquæ :	parce qu'*elles étaient* injustes :
quippe memoria Drusi	en effet la mémoire de Drusus
magna	*était* grande
apud populum romanum,	dans le peuple romain,
credebaturque,	et il était cru,
si foret potitus rerum,	s'il eût été-maître des affaires,
redditurus libertatem ;	avoir dû rendre la liberté ;

4.

redditurus; unde in Germanicum favor, et spes eadem. Nam juveni civile ingenium, mira comitas, et diversa a Tiberii sermone, vultu, arrogantibus et obscuris. Accedebant muliebres offensiones, novercalibus Liviæ in Agrippinam stimulis; atque ipsa Agrippina paulo commotior : nisi quod castitate et mariti amore, quamvis indomitum, animum in bonum vertebat.

XXXIV. Sed Germanicus, quanto summæ spei propior, tanto impensius pro Tiberio niti. Sequanos proximos et Belgarum civitates [1] in verba ejus adigit. Dehinc, audito legionum tumultu, raptim profectus, obvias extra castra habuit, dejectis in terram oculis, velut pœnitentia. Postquam vallum iniit, dissoni questus audiri cœpere : et quidam, prensa manu ejus per speciem osculandi [2], inseruerunt digitos, ut vacua dentibus ora contingeret; alii curvata senio membra ostendebant. Assistentem concionem, quia permixta videbatur, « discedere

berté. De là leur affection pour Germanicus, qui donnait les mêmes espérances. En effet le jeune César avait l'esprit populaire et des manières affables qui contrastaient merveilleusement avec l'air et le langage de Tibère, si hautains et si mystérieux. A cela se joignaient encore quelques ressentiments de femmes, produits par les animosités de la marâtre Livie contre Agrippine; et Agrippine elle-même n'était point exempte d'emportements; mais sa chasteté et son amour pour son mari donnaient à ce caractère indomptable une heureuse direction.

XXXIV. Mais plus Germanicus pouvait prétendre au rang suprême, plus il s'efforçait d'y affermir Tibère. Il lui fit d'abord prêter serment par les cités les plus voisines, celles des Séquanes et des Belges. Puis, apprenant la révolte des légions, il part en diligence. Il rencontre à quelque distance du camp les soldats, dont les regards baissés vers la terre semblaient annoncer le repentir. Dès qu'il est entré dans l'enceinte, des murmures confus commencent à s'élever; quelques-uns lui prennent la main comme pour la baiser, et, mettant ses doigts dans leur bouche, lui font toucher leurs gencives dépouillées de leurs dents; d'autres lui montrent leurs corps courbés par la vieillesse. Tout le monde était assemblé pêle-mêle; il leur

unde favor, et eadem spes in Germanicum.	d'où *même* faveur, et même espérance à l'égard de Germanicus.
Nam juveni ingenium civile, comitas mira, et diversa a sermone, vultu Tiberii, arrogantibus et obscuris.	Car à *ce* jeune *prince* *était* un esprit populaire, une affabilité merveilleuse, et *bien* différente du langage, de l'air de Tibère, *qui étaient* arrogants et mystérieux.
Accedebant offensiones muliebres, stimulis novercalibus Liviæ in Agrippinam; atque Agrippina ipsa paulo commotior: nisi quod castitate et amore mariti vertebat in bonum animum, quamvis indomitum.	Se joignaient à *cela* des ressentiments de-femme, par suite des animosités de-marâtre de Livie contre Agrippine; et Agrippine elle-même *était* un peu trop emportée: si ce n'est que par *sa* chasteté et par *son* amour pour *son* mari elle tournait à bien *ce* caractère, quoique indomptable.
XXXIV. Sed Germanicus niti pro Tiberio tanto impensius, quanto propior summæ spei.	XXXIV. Mais Germanicus de s'efforcer pour Tibère avec-d'autant-plus-d'ardeur, qu'*il était* plus près des plus grandes espérances.
Adigit in verba ejus Sequanos proximos et civitates Belgarum.	Il contraint au serment de lui (Tibère) les Séquanes *qui étaient* les plus proches et les cités des Belges.
Dehinc profectus raptim, tumultu legionum audito, habuit obvias extra castra, oculis dejectis in terram, velut pœnitentia.	Puis parti en hâte, la révolte des légions étant apprise, il *les* eut (trouva) sur-*son*-passage hors du camp, les yeux baissés vers la terre, comme par repentir.
Postquam iniit vallum, questus dissoni cœpere audiri: et quidam, manu ejus prensa per speciem osculandi, inseruerunt digitos, ut contingeret ora vacua dentibus; alii ostendebant membra curvata senio.	Quand il fut entré-dans le retranchement, des plaintes différentes commencèrent à être entendues: et certains, la main de lui étant prise sous prétexte de *la* baiser, insérèrent *ses* doigts *dans leurs bouches*, afin qu'il touchât *leurs* bouches vides de dents; d'autres *lui* montraient *leurs* membres courbés par la vieillesse.
Jubet concionem assistentem, quia videbatur permixta,	Il ordonne l'assemblée qui-était-là, parce qu'elle paraissait confuse,

in manipulos » jubet, « sic melius audituros responsum ; vexilla
præferri ¹, ut id saltem discerneret cohortes : » tarde obtemperavere. Tunc, a veneratione Augusti orsus, flexit ad victorias
triumphosque Tiberii, præcipuis laudibus celebrans quæ apud
Germanias, illis cum legionibus, pulcherrima fecisset. Italiæ
inde consensum, Galliarum fidem extollit ; nil usquam turbidum aut discors.

XXXV. Silentio hæc, vel murmure modico audita sunt : ut
seditionem attigit, ubi modestia militaris, ubi veteris disciplinæ decus, quonam tribunos, quo centuriones exegissent,
rogitans, nudant universi corpora, cicatrices ex vulneribus,
verberum notas exprobrant ; mox, indiscretis vocibus, pretia
vacationum, angustias stipendii, duritiam operum, ac propriis
nominibus incusant vallum, fossas, pabuli, materiæ, lignorum aggestus, et si qua alia ex necessitate aut adversus otium

ordonne « de se former par compagnies ; qu'ils entendront mieux sa
réponse ; de prendre les drapeaux, qu'au moins il distinguera les
cohortes. » On obéit, mais lentement. Alors, commençant par
l'éloge d'Auguste, il passe aux victoires et aux triomphes de Tibère ; il exalte surtout les belles campagnes de son oncle dans cette
même Germanie, avec ces mêmes légions ; il leur peint l'Italie
unanime, les Gaules fidèles, partout la concorde ou la soumission.

XXXV. Ces paroles furent entendues en silence, ou tout au plus
avec un faible murmure. Mais lorsque, venant à la sédition, il leur
demanda ce qu'était devenue la subordination militaire, où était
l'honneur de l'ancienne discipline, ce qu'ils avaient fait de leurs
tribuns, de leurs centurions ; alors, se dépouillant tous à la fois, ils
lui montrent les cicatrices de leurs blessures, les traces des coups
de verges : puis, avec des clameurs confuses, ils se plaignent de la
cherté des exemptions, de la modicité de la solde, de la dureté des
travaux, les spécifiant tous par leur nom : fossés, retranchements,
transports de fourrage, de bois et de matériaux, enfin tous les ouvrages qu'on ordonne pour les besoins du service ou contre l'oisiveté

« discedere in manipulos,
sic audituros melius
responsum ;
vexilla præferri,
ut id saltem
discerneret cohortes : »
obtemperavere tarde.
Tunc, orsus
a veneratione Augusti,
floxit ad victorias
triumphosque Tiberii,
celebrans
præcipuis laudibus
quæ fecisset pulcherrima
apud Germanias,
cum illis legionibus.
Inde extollit
consensum Italiæ,
fidem Galliarum ;
usquam nil turbidum
aut discors.

XXXV. Hæc sunt audita
silentio,
vel modico murmure :
ut attigit seditionem,
rogitans,
ubi modestia militaris,
ubi decus veteris disciplinæ,
quonam exegissent
tribunos,
quo centuriones,
universi nudant corpora,
exprobrant
cicatrices ex vulneribus,
notas verberum ;
mox, vocibus indiscretis,
incusant pretia
vacationum,
angustias stipendii,
duritiam operum,
ac propriis nominibus
vallum, fossas,
aggestus pabuli,
materiæ, lignorum,
et si qua alia quæruntur
ex necessitate
aut adversus otium

« de se séparer en compagnies,
eux ainsi devoir entendre mieux
sa réponse;
les enseignes être portées-en-avant,
afin que cela du moins
distinguât les cohortes : »
ils obéirent lentement.
Alors, ayant commencé
par un hommage de (à) Auguste,
il passa aux victoires
et aux triomphes de Tibère,
célébrant
par les principales louanges
les choses qu'il avait faites les plus belles
dans les Germanies,
avec ces légions-*là*.
Ensuite il exalte
l'accord de l'Italie,
la fidélité des Gaules ;
nulle part rien de troublé
ou de désuni.

XXXV. Ces *paroles* sont écoutées
en silence,
ou avec un léger murmure :
dès qu'il eut touché à la sédition,
demandant-avec-instance,
où *était* la retenue militaire,
où l'honneur de l'ancienne discipline,
où donc ils avaient jeté
les tribuns,
où les centurions,
tous-ensemble mettent-à-nu *leurs* corps,
montrent-avec-reproches
les cicatrices de *leurs* blessures,
les marques des verges;
bientôt, avec des voix confuses
ils accusent les prix
des exemptions,
l'insuffisance de la solde,
la dureté des travaux,
et par *leurs* propres noms
le retranchement, les fossés,
les transports de fourrage,
de matériaux, de bois,
et si quelques autres choses sont exigées
par suite de la nécessité
ou contre l'oisiveté

castrorum quæruntur. Atrocissimus veteranorum clamor orie-
batur, qui, tricena aut supra stipendia numerantes, « mede-
retur fessis, neu mortem in iisdem laboribus, sed finem tam
exercitæ militiæ, neque inopem requiem, » orabant : fuere
etiam qui legatam a divo Augusto pecuniam reposcerent, fau-
stis in Germanicum ominibus ; et, si vellet imperium, promptos ostentavere¹. Tum vero, quasi scelere contaminaretur,.
præceps tribunali desiluit; opposuerunt abeunti arma, mini-
tantes ni regrederetur. At ille, moriturum potius quam fidem
exueret clamitans, ferrum a latere deripuit, elatumque defe-
rebat in pectus, ni proximi prensam dextram vi attinuissent :
extrema et conglobata inter se pars concionis, ac, vix credibile dictu, quidam singuli propius incedentes, feriret horta-
bantur ; et miles, nomine Calusidius, strictum obtulit gladium,
addito acutiorem esse. Sævum id malique moris, etiam furen-

des camps. Les vétérans surtout, ceux qui comptaient trente ans de
service ou au delà, criaient avec le plus d'emportement, qu'on sou-
lageât leurs maux; que la mort ne fût point le terme de travaux
aussi pénibles ; qu'ils obtinssent du moins pour leurs derniers jours
le repos et la subsistance. Il y en eut aussi qui réclamèrent le legs
d'Auguste, en ajoutant des vœux pour Germanicus, et l'offre de
leurs bras, s'il voulait l'empire. A ce mot, comme s'il se fût cru
souillé d'un crime, Germanicus s'élance de son tribunal, et veut
s'éloigner. Les soldats lui présentent la pointe de leurs armes et le
menacent s'il ne remonte ; mais lui, criant qu'il mourra plutôt que
de trahir sa foi, tire son épée, et il allait se l'enfoncer dans la poitrine, si ceux qui l'entouraient n'eussent saisi sa main avec force.
Des séditieux qui se pressaient à l'extrémité de l'assemblée, et dont
plusieurs, chose à peine croyable, s'avancèrent exprès hors de la
foule, l'exhortaient à frapper; et un soldat nommé Calusidius lui
offrit son épée nue, en ajoutant qu'elle était mieux affilée. Le trait

castrorum.	des camps.
Clamor veteranorum	La clameur des vétérans
oriebatur atrocissimus,	s'élevait la plus terrible,
qui, numerantes	*eux* qui, comptant
tricena stipendia	*leurs* trente années-de-service
aut supra,	ou au-delà,
orabant « mederetur fessis,	*le* priaient « qu'il soulageât *eux* fatigués,
neu mortem	et ne pas *venir à eux* la mort
in iisdem laboribus,	dans les mêmes travaux,
sed finem militiæ	mais la fin d'une milice
tam exercitæ,	si laborieuse,
neque requiem inopem : »	et non un repos dénué-de-ressources : »
fuere etiam	il y *en* eut même
qui reposcerent pecuniam	qui réclamaient l'argent
legatam a divo Augusto,	légué par le divin Auguste,
ominibus faustis	avec des présages favorables
in Germanicum;	pour Germanicus;
et ostentavere promptos,	et ils *se* montrèrent prêts *à l'appuyer*,
si vellet imperium.	s'il voulait l'empire.
Tum vero, quasi	Mais alors, comme si
contaminaretur scelere,	il était souillé d'un crime,
desiluit præceps tribunali;	il s'élança précipitamment du tribunal;
opposuerunt arma	ils opposèrent *leurs* armes
abeunti,	à *lui* s'en allant,
minitantes	*le* menaçant
ni regrederetur.	s'il ne rebroussait-chemin.
At ille, clamitans	Mais celui-ci, s'écriant-avec-force
moriturum potius	*lui* devoir mourir plutôt
quam exueret fidem,	qu'il trahît *sa* foi,
deripuit ferrum a latere,	saisit-vivement le fer *pendu à son* côté
deferebatque elatum	et il *le* portait élevé
in pectus,	contre *sa* poitrine,
ni proximi	si les plus proches *de lui*
attinuissent vi	n'eussent retenu de force
dextram prensam :	*sa main* droite saisie :
pars concionis, extrema	une partie de l'assemblée, la plus éloignée
et conglobata inter se,	et *tout* amoncelée entre soi,
ac, vix credibile dictu,	et, chose à peine croyable à être dite,
quidam incedentes propius	quelques-uns s'avançant plus près
singuli, hortabantur,	un-à-un, *l'*exhortaient
feriret;	à ce qu'il *se* frappât;
et miles,	et un soldat,
Calusidius nomine,	Calusidius de nom,
obtulit gladium strictum,	*lui* offrit *son* épée tirée,
addito	*cela* étant ajouté :
esse acutiorem.	*elle* être plus acérée.
Id visum sævum	Ceci parut cruel

tibus, visum; ac spatium fuit quo Cæsar ab amicis in tabernaculum raperetur.

XXXVI. Consultatum ibi de remedio : etenim nuntiabatur
« parari legatos, qui superiorem exercitum ad causam eamdem
traherent; destinatum excidio Ubiorum oppidum [1], imbutasque
præda manus in direptionem Galliarum erupturas. » Augebat
metum gnarus romanæ seditionis, et, si omitteretur ripa, in-
vasurus hostis; at, si auxilia et socii adversum abscedentes
legiones armarentur, civile bellum suscipi : periculosa seve-
ritas, flagitiosa largitio; seu nihil militi, seu omnia concederentur [2], in ancipiti respublica. Igitur, volutatis inter se ratio-
nibus, placitum ut epistolæ nomine principis scriberentur :
« Missionem dari vicena stipendia meritis, exauctorari qui
senadena fecissent, ac retineri sub vexillo, ceterorum immunes, nisi propulsandi hostis; legata quæ petiverant exsolvi
duplicarique. »

parut cruel et révoltant, même aux plus furieux, et il y eut un moment de relâche dont les amis de Germanicus profitèrent pour l'entraîner dans sa tente.

XXXVI. Là on tint conseil sur le choix des remèdes : on annonçait en effet « que les séditieux préparaient une députation pour attirer dans leur parti l'armée du Haut-Rhin, qu'ils projetaient de sac-
cager la ville des Ubiens, et que, les mains une fois souillées de
cette proie, ils se jetteraient sur les Gaules et y porteraient le ra-
vage.» Pour surcroît d'alarmes, l'ennemi, instruit de nos discordes,
menaçait d'une invasion, si l'on abandonnait la rive. D'un autre
côté, en armant les auxiliaires et les alliés contre les légions rebelles,
on allumait la guerre civile. La rigueur était dangereuse, la condescendance honteuse : qu'on accordât ou qu'on refusât tout, l'empire
était également compromis. Enfin, après avoir balancé toutes les
raisons, on prit le parti de supposer une lettre de Tibère, laquelle
« accordait aux soldats le congé absolu après vingt ans, la vétérance
après seize, à condition de rester sous le drapeau, sans autre devoir
que de repousser l'ennemi; quant au legs d'Auguste, qu'ils avaient
réclamé, il serait payé et porté au double. »

malique moris,	et de méchant caractère,
etiam furentibus;	même à *ces* furieux,
ac fuit spatium	et il y eut un intervalle *de temps*
quo Cæsar raperetur	dans lequel César fut entraîné
ab amicis in tabernaculum.	par *ses* amis dans *sa* tente.
XXXVI. Ibi consultatum	XXXVI. Là *il fut* délibéré
de remedio :	sur le remède *à apporter* :
etenim nuntiabatur	en effet il était annoncé
« legatos parari,	« des députés être préparés,
qui traherent	qui entraîneraient
ad eamdem causam	à la même cause
exercitum superiorem;	l'armée supérieure;
oppidum Ubiorum	la ville des Ubiens
destinatum excidio,	*avoir été* réservée à la ruine
manusque imbutas præda	et *ces* bandes souillées de butin
erupturas	devoir déborder
in direptionem	pour le pillage
Galliarum. »	des Gaules. »
Hostis gnarus	L'ennemi instruit
seditionis romanæ,	de la sédition romaine,
et invasurus,	et prêt-à-envahir,
si ripa omitteretur,	si la rive était abandonnée,
augebat metum;	augmentait la crainte ;
at, si auxilia et socii	mais, si les auxiliaires et les alliés
armarentur	étaient armés
adversum legiones	contre les légions
abscedentes,	qui se séparaient,
bellum civile suscipi :	la guerre civile être entreprise :
severitas periculosa,	la sévérité *était* périlleuse,
largitio flagitiosa,	la concession ignominieuse;
seu nihil, seu omnia	soit que rien, soit que tout
concederentur militi,	fût accordé au soldat,
respublica in ancipiti.	la république *était* dans un *état* critique.
Igitur, rationibus	Donc, les raisons
volutatis inter se,	balancées entr'elles,
placitum ut epistolæ	il plut (on fut d'avis) qu'une lettre
scriberentur	serait écrite
nomine principis :	au nom du prince :
« Missionem dari	« Congé être donné
meritis vicena stipendia,	à *ceux* ayant servi vingt années-de-service,
exauctorari	*ceux-là* être réformés
qui fecissent senadena,	qui *en* auraient fait seize,
ac retineri sub vexillo,	et être retenus sous le drapeau
immunes ceterorum,	exempts de *toutes* les autres *charges*,
nisi propulsandi hostis ;	sinon de repousser l'ennemi ;
legata quæ petiverant	les legs qu'ils avaient demandés
exsolvi duplicarique. »	être acquittés et doublés. »

XXXVII. Sensit miles in tempus conficta, statimque flagi-
tavit. Missio per tribunos maturatur; largitio differebatur in
hiberna cujusque. Non abscessere quintani unaetvicesimanique, donec, iisdem in æstivis, contracta ex viatico amicorum
ipsiusque Cæsaris pecunia persolveretur. Primam ac vicesimam legiones Cæcina legatus in civitatem Ubiorum reduxit,
turpi agmine, quum fisci de imperatore rapti inter signa interque aquilas veherentur. Germanicus, superiorem ad exercitum profectus, secundam et tertiamdecimam et sextamdecimam
legiones, nihil cunctatas, sacramento adigit. Quartadecumani
paulum dubitaverant : pecunia et missio, quamvis non flagitantibus, oblata est.

XXXVIII. At in Chaucis cœptavere seditionem præsidium
agitantes vexillarii discordium legionum [1], et præsenti duorum
militum supplicio paulum repressi sunt. Jusserat id Mennius,
castrorum præfectus, bono magis exemplo, quam concesso

XXXVII. Le soldat comprit que c'était une ruse pour gagner du
temps, et demanda à être satisfait sur-le-champ. Les tribuns se hâtent de donner les congés; pour les largesses, on les remettait aux
quartiers d'hiver. Mais la cinquième légion et la vingt et unième ne
se retirèrent qu'après avoir été payées, dans ce même camp d'été,
avec l'argent que César et ses amis avaient apporté pour leurs besoins personnels de voyage. Cécina ramena dans la ville des Ubiens
la première légion et la vingtième : marche honteuse, où l'on portait, au milieu des enseignes et des aigles romaines, le trésor enlevé
au général. Germanicus se rendit à l'armée supérieure pour recevoir
son serment. La seconde légion, la treizième et la seizième le prê-
tèrent sans balancer. La quatorzième hésita quelque temps ; on lui
offrit de l'argent et des congés, quoiqu'elle n'en eût pas demandé.

XXXVIII. Il y eut un commencement de sédition chez les
Chauques, où les vexillaires des légions rebelles étaient en garnison.
Le préfet de camp Mennius la réprima pour le moment, en faisant
exécuter sur-le-champ deux soldats. La nécessité d'un exemple,

XXXVII. Miles sensit
conficta in tempus,
flagitavitque statim.
Missio maturatur
per tribunos;
largitio differebatur
in hiberna cujusque.
Quintani
unaetvicesimanique
non abscessere, donec,
in iisdem æstivis,
persolveretur pecunia
contracta ex viatico
amicorum
Cæsarisque ipsius.
Legatus Cæcina reduxit
in civitatem Ubiorum
primam
ac vicesimam legiones;
agmine turpi,
quum fisci
rapti de imperatore
veherentur inter signa
interque aquilas.
Germanicus, profectus
ad exercitum superiorem,
adigit sacramento
secundam
et tertiamdecimam
et sextamdecimam legiones,
cunctatas nihil.
Quartadecumani
dubitaverant paulum :
pecunia et missio
est oblata,
quamvis non flagitantibus.

XXXVIII. At in Chaucis
vexillarii
legionum discordium
agitantes præsidium
cœptavere seditionem,
et sunt repressi paulum
supplicio præsenti
duorum militum.
Præfectus castrorum,
Mennius jusserat id,
magis bono exemplo,

XXXVII. Le soldat s'aperçut
cela être imaginé pour *gagner* du temps,
et il exigea sur-le-champ.
Le congé est donné-en-hâte
par les tribuns ;
la gratification était différée
jusqu'aux quartiers-d'hiver de chacun.
Ceux-de-la-cinquième
et ceux-de-la-vingt-et-unième
ne se retirèrent pas, jusqu'à ce que,
dans les mêmes quartiers-d'été,
fût acquitté l'argent
qui fut rassemblé sur la bourse-de-voyage
des amis *de César*
et de César lui-même.
Le lieutenant Cécina ramena
dans la cité des Ubiens
la première
et la vingtième légion ;
marche honteuse,
alors que les trésors
enlevés sur le général
étaient traînés au milieu des enseignes
et au milieu des aigles.
Germanicus, étant parti
pour l'armée supérieure,
astreint au serment
la seconde
et la treizième
et la seizième légion,
qui n'hésitèrent *en* rien.
Ceux-de-la-quatorzième
avaient balancé un peu :
l'argent et le congé
leur furent offerts,
quoique ne *le* demandant pas.

XXXVIII. Mais *eux* chez les Chauques
les vexillaires
des legions rebelles
tenant garnison
commencèrent une sédition,
et furent réprimés un peu
par le supplice immédiat
de deux soldats.
Le préfet de camp,
Mennius avait ordonné cela,
plus pour le bon exemple,

jure : deinde, intumescente motu, profugus repertusque, postquam intutæ latebræ præsidium ab audacia mutuatur : « Non
præfectum ab iis, sed Germanicum ducem, sed Tiberium imperatorem violari ; » simul, exterritis qui obstiterant, raptum
vexillum ad ripam vertit ; et, si quis agmine decessisset, pro
desertore fore clamitans, reduxit in hiberna turbidos, et nihil
ausos.

XXXIX. Interea legati ab senatu regressum jam apud Aram
Ubiorum¹ Germanicum adeunt. Duæ ibi legiones, prima atque vicesima, veteranique nuper missi sub vexillo hiemabant.
Pavidos et conscientia vecordes intrat metus, venisse patrum
jussu, qui irrita facerent quæ per seditionem expresserant ;
utque mos vulgo quamvis falsis reum subdere, Munatium
Plancum, consulatu functum, principem legationis, auctorem
senatusconsulti incusant ; et, nocte concubia, vexillum in
domo Germanici situm flagitare occipiunt ; concursuque ad

plus que le pouvoir de sa place, l'y autorisait. Bientôt, l'orage gros-
sissant, il s'enfuit et se cache ; mais, se voyant découvert, il cherche
son salut dans l'audace. « Ce n'est pas, leur dit-il, un préfet qu'ils
attaquent, c'est Germanicus leur général, c'est Tibère leur empereur. » Intimidant ceux qui lui résistent, il saisit l'étendard, tourne
vers le fleuve, et, menaçant de traiter comme déserteur quiconque
s'écartera des rangs, il les ramène à leurs quartiers d'hiver, encore
tout animés, mais n'ayant rien osé.

XXXIX. Cependant les envoyés du sénat trouvèrent Germanicus
déjà revenu à l'Autel des Ubiens. Deux légions, la première et la
vingtième, y étaient en quartier d'hiver, avec les soldats à qui on
venait d'accorder la vétérance. L'inquiétude naturelle à la mauvaise
conscience, leur persuade que le sénat n'envoie ces députés que pour
révoquer les grâces qu'ils avaient extorquées par la sédition ; et,
comme c'est la coutume de la multitude de fixer sur quelqu'un ses
soupçons, même mal fondés, ils accusent le consulaire Munatius
Plancus, chef de la députation, d'être l'auteur du sénatus-consulte.
Vers le milieu de la nuit, ils demandent à grands cris le drapeau
qu'on gardait dans la maison de Germanicus ; ils s'attroupent à sa

quam jure concesso :	que par un droit accordé :
deinde, motu intumescente,	ensuite, le mouvement grossissant,
profugus repertusque,	fugitif et trouvé,
postquam latebræ intutæ,	lorsque les retraites *sont* sans-sûreté,
mutuatur præsidium	il emprunte du secours
ab audacia :	à l'audace :
« Non præfectum	*disant* « Non un préfet
violari ab iis,	être outragé par eux,
sed ducem Germanicum,	mais le général Germanicus,
sed	mais
imperatorem Tiberium ; »	l'empereur Tibère ; »
simul vertit ad ripam	en même temps il tourne vers la rive
vexillum raptum,	le drapeau saisi *par lui*,
qui obstiterant exterritis ;	*ceux* qui avaient résisté ayant été effrayés ;
et clamitans, si quis	et s'écriant, si quelqu'un
decessisset agmine,	avait abandonné la troupe,
fore pro desertore,	*celui-là* devoir être *pris* pour déserteur,
reduxit in hiberna	il ramena dans *leurs* quartiers-d'hiver
turbidos, et ausos nihil.	*eux* qui-avaient-peur et qui n'osèrent rien.
XXXIX. Interea	XXXIX. Cependant
legati ab senatu	les députés du sénat
adeunt Germanicum	arrivent-auprès-de Germanicus
jam regressum	déjà de-retour
apud Aram Ubiorum.	auprès de l'Autel des Ubiens.
Ibi hiemabant	Là hivernaient
duæ legiones,	deux légions,
prima atque vicesima,	la première et la vingtième,
veteranique nuper missi	et les vétérans récemment congédiés
sub vexillo.	*et qui restaient* sous le drapeau.
Metus intrat pavidos	La crainte s'empare d'*eux* tremblants
et vecordes conscientia,	et manquant-de-cœur par remords,
venisse jussu patrum,	être venus par l'ordre des sénateurs,
qui facerent irrita	*des gens* qui rendissent vaines
quæ expresserant	ce qu'ils avaient arraché
per seditionem ;	par sédition ;
utque mos vulgo	et comme *c'est* la coutume à la multitude
subdere reum	de supposer un accusé
quamvis falsis,	quoique pour des choses fausses,
incusant auctorem	ils accusent *d'être* l'auteur
senatusconsulti	du sénatus-consulte,
Munatium Plancum,	Munatius Plancus,
functum consulatu,	qui avait exercé le consulat,
principem legationis ;	*et qui était* chef de l'ambassade ;
et, nocte concubia,	et, la nuit étant avancée,
occipiunt	ils se mettent
flagitare vexillum	à demander le drapeau
situm in domo Germanici ;	placé dans la maison de Germanicus ;

januam facto, moliuntur fores; extractum cubili Cæsarem tradere vexillum, intento mortis metu, subigunt. Mox, vagi per
vias, obvios habuere legatos, audita consternatione, ad Germanicum tendentes. Ingerunt contumelias; cædem parant,
Planco maxime, quem dignitas fuga impediverat; neque aliud
periclitanti subsidium quam castra primæ legionis. Illic, signa
et aquilam amplexus, religione sese tutabatur; ac, ni aquili-
fer Calpurnius vim extremam arcuisset, rarum etiam inter
hostes, legatus populi romani, romanis in castris, sanguine
suo altaria deum commaculavisset. Luce demum, postquam
dux et miles, et facta noscebantur, ingressus castra Germanicus, perduci ad se Plancum imperat, recipitque ' in tribunal.
Tum fatalem increpans rabiem, neque militum, sed deum ira
resurgere, cur venerint legati aperit; jus legationis, atque

porte, l'enfoncent, arrachent Germanicus de son lit, et le forcent,
sous peine de la vie, de leur livrer ce drapeau. Ils se répandent ensuite dans les rues, rencontrent les députés qui, au premier bruit
du tumulte, étaient accourus vers Germanicus; ils les insultent et
veulent les massacrer. Plancus surtout, à qui sa dignité n'avait pas
permis de fuir, court le plus grand danger; il n'a de refuge que le
camp de la première légion. Il s'y jette sur l'aigle et sur les enseignes, qu'il tient embrassées, cherchant un vain appui dans la religion; et sans l'aquilifère Calpurnius, qui empêcha les dernières vio-
lences, on eût vu, ce qui est rare même entre ennemis, dans un
camp romain, un ambassadeur du peuple romain souiller de son
sang les autels des dieux. Lorsque enfin le jour eut mis le général et
les soldats sous les yeux l'un de l'autre, et toutes les actions en vue,
Germanicus entre dans le camp; il se fait amener Plancus, et le reçoit à son tribunal. Là, déplorant le retour de cette rage fatale, dont
il accuse la colère des dieux bien plus que celle des soldats, il leur
apprend le sujet de la députation; il retrace avec une éloquence tou-
chante les priviléges des ambassadeurs, l'injustice et l'indignité du

concursuque facto	et un attroupement s'étant fait
ad januam,	à la porte,
moliuntur fores;	ils tâchent-d'enfoncer les portes :
subigunt Cæsarem	ils forcent César
extractum cubili	arraché du lit
tradere vexillum,	à livrer le drapeau,
metu mortis intento.	la crainte de la mort mise-devant *lui*.
Mox, vagi per vias,	Bientôt, errant par les rues,
habuere obvios legatos,	ils eurent à-*leur*-rencontre les députés,
tendentes ad Germanicum,	qui se rendaient vers Germanicus,
consternatione audita.	le tumulte ayant été entendu.
Ingerunt contumelias ;	Ils lancent-sur *eux* des outrages ;
parant cædem,	ils préparent le meurtre,
maxime Planco,	surtout contre Plancus,
quem dignitas	que *sa* dignité
impediverat fuga ;	avait embarrassé dans *sa* fuite ;
neque aliud subsidium	et pas d'autre refuge
periclitanti ·	*ne fut* à *lui* étant-en danger
quam castra	que le camp
primæ legionis.	de la première légion.
Illic, amplexus	Là, ayant embrassé
signa et aquilam,	les enseignes et l'aigle,
sese tutabatur religione :	il se protégeait par la religion ;
ac, ni aquilifer Calpurnius	et, si le porte-aigle Calpurnius
arcuisset extremam vim,	n'eût écarté *de lui* l'extrême violence,
rarum etiam inter hostes,	chose rare même parmi des ennemis,
legatus populi romani,	un député du peuple romain,
in castris romanis,	dans un camp romain,
commaculavisset	eût souillé
suo sanguine	de son sang
altaria deum.	les autels des dieux.
Luce demum,	Au jour seulement,
postquam dux et miles,	après que chef et soldat,
et facta noscebantur,	et actes se pouvaient connaître,
Germanicus	Germanicus
ingressus castra,	étant entré-dans le camp,
imperat Plancum	commande Plancus
perduci ad se,	être amené vers lui,
recipitque in tribunal.	et *le* reçoit sur *son* tribunal.
Tum increpans	Alors gourmandant
rabiem fatalem,	*cette* rage fatale,
neque resurgere	et *disant elle* ne pas se rallumer
ira militum, sed deum.	par la colère des soldats, mais des dieux,
aperit	il (Germanicus) découvre
cur legati venerint ;	pourquoi les députés sont venus ;
miseratur facunde	il déplore éloquemment
jus legationis	le droit de l'ambassade,

ipsius Planci gravem et immeritum casum, simul quantum dedecoris adierit legio facunde miseratur; attonitaque magis
quam quieta concione, legatos præsidio auxiliarium equitum
dimittit.

XL. Eo in metu arguere Germanicum omnes, « quod non ad
superiorem exercitum pergeret, ubi obsequia, et contra rebelles auxilium. Satis superque missione et pecunia, et mollibus
consultis peccatum ; vel, si vilis ipsi salus, cur filium parvulum, cur gravidam conjugem, inter furentes et omnis humani
juris violatores, haberet? illos saltem avo et reipublicæ redderet. » Diu cunctatus, adspernantem uxorem, quum se divo
Augusto ortam, neque degenerem ad pericula testaretur, postremo, uterum ejus et communem filium multo cum fletu
complexus, ut abiret perpulit. Incedebat muliebre et miserabile agmen, profuga ducis uxor parvulum sinu filium gerens ;
lamentantes circum amicorum conjuges, quæ simul trahebantur ; nec minus tristes qui manebant.

traitement que vient d'essuyer Plancus, l'opprobre dont la légion
s'est couverte ; et, profitant du calme, ou plutôt de la stupeur générale, il renvoie les députés avec une escorte de cavalerie auxiliaire.

XL. En ces moments critiques, tout le monde blâmait Germanicus
« de ne point se rendre à l'armée supérieure, où il trouverait de
l'obéissance et du secours contre les rebelles. Les largesses, les
congés, sa molle condescendance, n'avaient, disait-on, que trop
enhardi leur audace. S'il méprisait le soin de sa vie, pourquoi laisser
sa femme enceinte, son fils en bas âge, à la merci d'une troupe de
furieux, qui violaient les droits les plus saints ? Qu'il les rendît au
moins à son aïeul, à l'État. » Germanicus balança longtemps.
Agrippine repoussait l'idée de fuir, protestant qu'aucun péril n'était
capable d'étonner une petite-fille d'Auguste. Enfin, après bien des
larmes, après mille embrassements donnés à sa femme et à son fils,
Germanicus la décide à partir. On vit alors un spectacle digne de
pitié : l'épouse d'un général, fugitive et emportant son enfant dans
ses bras, autour d'elle les femmes éplorées de leurs amis qu'elle
entraînait dans sa fuite, et ceux qui restaient non moins tristes que
les autres.

atque casum gravem
et immeritum
Planci ipsius,
simul quantum dedecoris
legio adierit;
concioneque attonita
magis quam quieta,
dimittit legatos præsidio
equitum auxiliarium.

et l'accident grave
et immérité
de Plancus lui-même,
en même temps combien de déshonneur
la légion a essuyé;
et l'assemblée étant stupéfaite
plus que calmée,
il renvoie les députés avec une escorte
de cavaliers auxiliaires.

XL. Omnes in eo metu
arguere Germanicum,
« quod non pergeret
ad exercitum superiorem,
ubi obsequia,
et auxilium contra rebelles.
Satis superque peccatum
missione et pecunia,
et mollibus consultis;
vel, si salus vilis ipsi,
cur haberet
filium parvulum,
cur conjugem gravidam,
inter furentes et violatores
omnis juris humani?
redderet illos saltem
avo et reipublicæ. »
Cunctatus diu,
postremo complexus
cum multo fletu
uterum ejus
et filium communem,
perpulit ut abiret
uxorem adspernantem,
quum testaretur
se ortam divo Augusto,
neque degenerem
ad pericula.
Agmen muliebre
et miserabile incedebat,
uxor profuga ducis
gerens sinu
filium parvulum;
conjuges amicorum
lamentantes circum,
quæ trahebantur simul;
nec minus tristes
qui manebant.

XL. Tous dans cette crainte
d'accuser Germanicus,
« de ce qu'il ne continuait pas *sa route*
vers l'armée supérieure,
où *il trouverait* de l'obéissance
et du secours contre les rebelles.
Assez et trop *avoir été* péché
par le congé et l'argent,
et par de molles mesures;
ou, si la vie *était* de-peu-de-prix pour lui,
pourquoi avait-il
son fils en-bas-âge,
pourquoi *son* épouse enceinte,
parmi des furieux et des profanateurs
de tout droit humain?
qu'il rendît ceux-là du moins
à *son* aïeul et à l'État. »
Ayant hésité longtemps,
à la fin ayant embrassé
avec beaucoup de larmes
le sein d'elle
et *leur* fils commun,
il détermina à ce qu'elle partît
son épouse qui rejetait *cette idée*,
en protestant
elle *être* issue du divin Auguste,
et non dégénérée
pour les dangers.
Une troupe de-femmes
et digne-de-piété s'avançait,
l'épouse fugitive d'un général
portant sur *son* sein
son fils tout-petit;
les épouses de *ses* amis
se lamentant autour d'*elle*,
lesquelles étaient entraînées ensemble;
et non moins tristes *étaient*
ceux qui restaient.

XLI. Non florentis Cæsaris, neque suis in castris, sed velut
in urbe victa, facies gemitusque ac planctus, etiam militum
aures oraque advertere. Progrediuntur contuberniis : « Quis
ille flebilis sonus? quod tam triste? feminas illustres, non centurionem ad tutelam, non militem, nihil imperatoriæ uxoris,
aut comitatus soliti, pergere ad Treveros, et externæ fidei. »
Pudor inde et miseratio, et patris Agrippæ, Augusti avi memoria; socer Drusus; ipsa insigni fecunditate, præclara pudicitia; jam infans in castris genitus [1], in contubernio legionum
eductus, quem militari vocabulo Caligulam appellabant, quia
plerumque, ad concilianda vulgi studia, eo tegmine pedum [2]
induebatur. Sed nihil æque flexit, quam invidia in Treveros :
orant, obsistunt rediret, maneret; pars Agrippinæ occursantes, plurimi ad Germanicum regressi. Isque, ut erat recens
dolore et ira, apud circumfusos ita cœpit :

XLI. Cet aspect d'un César dépouillé de sa splendeur, non plus
dans son camp, mais pour ainsi dire dans une ville prise ; ces pleurs,
ces gémissements frappent les yeux et les oreilles des soldats eux-
mêmes. Ils sortent de leurs tentes. « Quels sont ces cris lamentables?
quel malheur est-il donc arrivé? Des femmes d'un si haut rang, et
pas un centurion, pas un soldat pour les défendre! La femme de
leur général sans suite, sans aucune des marques de sa grandeur!
et c'est à Trèves qu'elle se réfugie, chez des étrangers! » Alors la
honte, la pitié, le souvenir de son père Agrippa, de son aïeul
Auguste, de son beau-père Drusus, l'heureuse fécondité d'Agrippine elle-même et son admirable chasteté, cet enfant né sous la
tente, élevé au milieu des légions, qui lui avaient donné le surnom
militaire de Caligula, parce que, afin de le rendre agréable aux
soldats, on lui faisait souvent porter leur chaussure, tout cela les
émeut. Mais rien ne les ramène comme la jalousie qu'ils conçoivent
contre les Trévères. Ils courent après Agrippine, ils l'arrêtent, ils
la supplient de revenir, de rester parmi eux. Une partie demeure
auprès d'elle; les autres retournent auprès de Germanicus. Lui,
encore plein de douleur et de colère, parle ainsi à ceux qui l'envi-
ronnent :

XLI. Facies Cæsaris
non florentis,
neque in suis castris,
sed velut in urbe victa,
gemitusque ac planctus
advertere aures oraque
etiam militum.
Progrediuntur
contuberniis :
« Quis ille sonus flebilis?
quod tam triste ?
feminas illustres,
non centurionem
ad tutelam, non militem,
nihil uxoris imperatoriæ,
aut comitatus soliti,
pergere ad Treveros,
et fidei externæ. »
Inde pudor et miseratio,
et memoria patris Agrippæ,
avi Augusti;
socer Drusus;
ipsa fecunditate insigni,
præclara pudicitia;
jam infans
genitus in castris,
eductus in contubernio
legionum,
quem vocabulo militari
appellabant Caligulam,
quia plerumque,
ad concilianda studia vulgi,
induebatur
eo tegmine pedum.
Sed nihil flexit æque,
quam invidia
in Treveros :
orant, obsistunt
rediret, maneret;
pars occursantes
Agrippinæ,
plurimi regressi
ad Germanicum.
Iaque, ut erat recens
dolore et ira,
cœpit ita
apud circumfusos :

XLI. L'aspect d'un César
non florissant,
ni *maître* dans son camp,
mais comme dans une ville vaincue,
et *ces* gémissements et *ces* lamentations
tournèrent les oreilles et les regards
même des soldats.
Ils s'avancent
hors des tentes :
« Quel *est* ce bruit lamentable ?
quelle chose si triste *est arrivée?*
des femmes illustres,
pas un centurion
pour garde, pas un soldat,
rien de *digne de* l'épouse d'un-général,
ou du cortége accoutumé,
se diriger vers les Trévères,
et *se confier* à une foi étrangère. »
De là honte et compassion,
et souvenir de *son* père Agrippa,
de *son* aïeul Auguste;
on se rappelle son beau-père Drusus;
elle-même avec*sa* fécondité remarquable,
avec *sa* noble pudeur ;
enfin *cet* enfant
né dans le camp,
élevé dans la tente
des légions ,
lequel par un surnom militaire
ils appelaient Caligula,
parceque le plus souvent,
pour gagner l'affection de la masse ,
il était chaussé
de cette chaussure.
Mais rien ne *les* émut autant,
que *leur* envie
contre les Trévères :
ils *la* supplient, se-mettent-devant *elle*
pour qu'elle revint, qu'elle restât;
une partie courant-au-devant
d'Agrippine,
la plupart étant revenus
vers Germanicus.
Et celui-ci, comme il était nouveau
de douleur et de colère,
commença (parla) ainsi
devant *eux* répandus-autour-de *lui* :

XLII. « Non mihi uxor aut filius patre et republica cariores
sunt ; sed illum quidem sua majestas, imperium romanum ceteri exercitus defendent : conjugem et liberos meos, quos pro
gloria vestra libens ad exitium offerrem, nunc procul a furentibus sommoveo, ut quidquid istuc sceleris imminet, meo tantum sanguine pietur, neve occisus Augusti pronepos, interfecta
Tiberii nurus, nocentiores vos faciat. Quid enim per hos dies
inausum intemeratumve vobis ? quod nomen huic cœtui dabo¹ ?
militesne appellem, qui filium imperatoris vestri vallo et armis
circumsedistis ? an cives, quibus tam projecta senatus auctoritas ? Hostium quoque jus, et sacra legationis, et fas gentium
rupistis. Divus Julius seditionem exercitus verbo uno compe-
scuit², Quirites vocando qui sacramentum ejus detrectabant.
Divus Augustus vultu et adspectu Actiacas legiones exterruit :

XLII. « Mon épouse et mon fils ne me sont pas plus chers que mon
père et la république ; mais mon père a pour le défendre sa propre
majesté ; l'empire, d'autres armées. Sans doute j'immolerais pour
votre gloire et ma femme et mon fils ; mais je les soustrais aujour-
d'hui à votre fureur, afin que mon sang seul expie tous les crimes
que vous préparez, afin que vous n'ajoutiez pas à vos forfaits le
meurtre de l'arrière-petit-fils d'Auguste, et l'assassinat de la bru de
Tibère. En effet, que n'avez-vous point osé dans ces derniers jours ?
que n'avez-vous point violé ? quel nom donner à cette foule qui
m'entoure ? Vous appellerai-je soldats, vous qui avez assiégé dans
son camp le fils de votre empereur ? citoyens ? vous qui foulez aux
pieds l'autorité du sénat ? Les lois mêmes de la guerre, le caractère
sacré d'ambassadeur, le droit des gens, vous avez tout méconnu.
Jules César, d'un seul mot, apaisa la sédition de son armée, en appelant *Quirites* des hommes qui lui refusaient le serment. Auguste,
d'un seul de ses regards, intimida les légions d'Actium. Et moi, le

XLII. « Uxor aut filius non sunt cariores mihi patre et republica ; sed illum quidem sua majestas, imperium romanum ceteri exercitus defendent : conjugem et meos liberos, quos libens offerrem ad exitium pro vestra gloria, nunc summoveo procul a furentibus, ut quidquid imminet sceleris istuc, pietur tantum meo sanguine ; neve pronepos Augusti occisus, nurus Tiberii interfecta, faciat vos nocentiores. Quid enim per hos dies inausum intemeratumve vobis ? quod nomen dabo huic cœtui ? appellemne milites, qui circumsedistis vallo et armis filium vestri imperatoris ? an cives, quibus auctoritas senatus tam projecta ? Rupistis quoque jus hostium, et sacra legationis, et fas gentium. Divus Julius compescuit uno verbo seditionem exercitus, vocando Quirites, qui detrectabant sacramentum ejus. Divus Augustus exterruit vultu et adspectu legiones Actiacas : nos ortos ex illis,

XLII. « Une épouse ou un fils ne sont pas plus chers à moi qu'un père et que la république ; mais lui certes sa majesté *le défendra*, l'empire romain les autres armées *le* défendront : *quant à mon épouse et à mes enfants*, lesquels volontiers j'offrirais à la mort pour votre gloire, maintenant je *les* éloigne loin de furieux, afin que tout ce qui menace de crime ici soit expié seulement par mon sang ; et pour que l'arrière-petit-fils d'Auguste étant tué, la bru de Tibère étant massacrée, ne fassent pas vous plus coupables. Quoi en effet pendant ces jours-*ci* *a été* non-osé ou non-souillé par vous ? quel nom donnerai-je à cette réunion ? *vous* appellerai-je soldats *vous* qui avez entouré d'un retranchement et d'armes le fils de votre empereur ? ou *vous appellerai-je* citoyens, *vous* par qui l'autorité du sénat *a été* si méprisée ? Vous avez violé aussi le droit des ennemis, et les *caractères* sacrés d'une ambassade, et le droit des nations. Le divin Jules (César) réprima d'un-seul mot une sédition de *son* armée, en appelant Quirites, ceux qui rétractaient le serment de (juré à) lui. Le divin Auguste effraya du visage et du regard les légions d'-Actium : nous issus de ces *grands hommes*,

nos, ut nondum eosdem, ita ex illis ortos, si Hispaniæ Syriæve miles adspernaretur, tamen mirum et indignum erat: primane et vicesima legiones, illa signis a Tiberio acceptis, tu tot præliorum socia, tot præmiis aucta, egregiam duci vestro gratiam refertis? Hunc ego nuntium patri, læta omnia aliis a provinciis audienti, feram, ipsius tirones, ipsius veteranos, non missione, non pecunia satiatos; hic tantum interfici centuriones, ejici tribunos, includi legatos; infecta sanguine castra, flumina; meque precariam animam inter infensos trahere?

XLIII. « Cur enim, primo concionis die, ferrum illud, quod pectori meo infigere parabam, detraxistis, o improvidi amici? melius et amantius ille qui gladium offerebat: cecidissem certe nondum tot flagitiorum exercitui meo conscius; legissetis ducem, qui meam quidem mortem impunitam sineret, Vari tamen et trium legionum ulcisceretur. Neque enim dii sinant, ut

descendant du moins, sinon l'égal de ces héros, me verrait-on sans étonnement, sans indignation, exposé aux mépris du soldat d'Espagne ou de Syrie? Et vous, première légion, qui devez vos enseignes à Tibère; vous, vingtième légion, qui l'avez suivi dans tant de combats, qu'il a enrichie par tant de victoires, est-ce là l'insigne reconnaissance dont vous payez votre général? Tandis que les autres provinces ne donnent à mon père que des sujets de joie, irai-je lui apprendre, moi, que ses propres soldats, nouveaux ou anciens, ne se rassasient ni de congés, ni d'argent; qu'ici seulement on tue les centurions, on chasse les tribuns, on emprisonne les ambassadeurs; que les camps, que les fleuves sont inondés de sang, et que moi-même je traîne une vie précaire au milieu de furieux?

XLIII. « Ah! pourquoi donc, le premier jour de l'assemblée, m'arrachiez-vous le fer que je voulais m'enfoncer dans le sein, trop aveugles amis? Il me servait, il m'aimait bien plus que vous, celui qui m'offrait son épée. J'aurais péri du moins avant d'avoir vu la honte de mon armée. Vous auriez choisi un autre chef qui sans doute eût laissé ma mort impunie, mais qui eût vengé le massacre de Varus et de ses trois légions. Car fassent les dieux que jamais les Belges,

ita ut nondum	ainsi comme n'*étant* pas encore
eosdem ,	les mêmes (leurs égaux) ,
si miles Hispaniæ Syriæve	si le soldat d'Espagne ou de Syrie
adspernaretur,	*nous* méprisait ,
tamen erat	cependant c'était (ce serait)
mirum et indignum :	étonnant et indigne :
prima et vicesima legiones,	première et vingtième légion ,
illa signis acceptis	celle-là *ses* enseignes ayant été reçues
a Tiberio ,	de Tibère ,
tu socia tot præliorum ,	toi compagne de tant de combats ,
aucta tot præmiis ,	enrichie de tant de récompenses ,
refertisne vestro duci	rendez-vous à votre chef
egregiam gratiam ?	*cette* noble reconnaissance ?
Ego feram patri ,	Moi porterai-je à *mon* père
audienti omnia læta	qui apprend toutes choses favorables
ab aliis provinciis ,	des autres provinces ,
hunc nuntium ,	cette nouvelle ,
tirones ipsius,	les jeunes-soldats de lui-même ,
veteranos ipsius ,	les vétérans de lui-même ,
non satiatos missione ,	n'*avoir* pas *été* rassasiés de congés ,
non pecunia ;	ne l'*avoir* pas *été* d'argent ;
hic tantum	ici seulement
centuriones interfici ,	les centurions être tués ,
tribunos ejici ,	les tribuns être chassés ,
legatos includi ;	les députés être enfermés ;
castra, flumina ,	les camps , les fleuves ,
infecta sanguine ;	*être* souillés de sang ;
meque trahere	et moi traîner
animam precariam	une vie précaire
inter infensos ?	parmi des *ennemis* acharnés ?
XLIII. « Cur enim ,	XLIII. « Car pourquoi ,
primo die concionis ,	le premier jour de l'assemblée ,
detraxistis illud ferrum ,	arrachâtes-vous ce fer,
quod parabam infigere	que je me préparais à enfoncer
meo pectori ,	dans ma poitrine ,
o amici improvidi ?	ô amis imprévoyants ?
ille qui offerebat gladium	celui-là qui m'offrait *son* épée
melius et amantius :	*agissait* mieux et avec plus-d'affection :
cecidissem certe	je serais tombé du moins
nondum conscius	non encore témoin
tot flagitiorum	de tant d'opprobres
meo exercitui ;	à (de) mon armée ;
legissetis ducem ,	vous auriez choisi un chef ,
qui sineret quidem	qui laisserait sans doute
meam mortem impunitam,	ma mort impunie
ulcisceretur tamen	*mais qui* vengerait cependant
Vari et legionum.	*celle* de Varus et de *ses* légions.

Belgarum [1], quanquam offerentium, decus istud et claritudo sit, subvenisse romano nomini, compressisse Germaniæ populos. Tua, dive Auguste, cœlo recepta mens; tua, pater Druse, imago, tui memoria, iisdem istis cum militibus, quos jam pudor et gloria intrat, eluant hanc maculam, irasque civiles in exitium hostibus vertant! Vos quoque, quorum alia nunc ora, alia pectora contueor, si legatos senatui, obsequium imperatori, si mihi conjugem et filium redditis, discedite a contactu, ac dividite turbidos : id stabile ad pœnitentiam, id fidei vinculum erit. »

XLIV. Supplices ad hæc, et vera exprobrari fatentes, orabant, « puniret noxios, ignosceret lapsis, et duceret in hostem ; revocaretur conjux, rediret legionum alumnus, neve obses Gallis traderetur. » Reditum Agrippinæ excusavit, ob imminentem partum et hiemem : venturum filium; cetera ipsi exsequerentur. Discurrunt mutati, et seditiosissimum quem-

---

malgré leurs offres, n'acquièrent l'honneur éclatant d'avoir relevé la gloire du nom romain et dompté les peuples de la Germanie! Ame du grand Auguste, reçue au séjour des immortels, image de mon père Drusus, toujours présente à nos yeux, venez avec ces mêmes soldats, sur qui l'honneur et la vertu reprennent leurs premiers droits, venez effacer la honte des Romains et tourner contre l'ennemi les fureurs qui les armaient contre eux-mêmes. Et vous, dont les visages m'annoncent le changement de vos cœurs, si vous voulez rendre au sénat ses députés, à l'empereur ses soldats, à moi ma femme et mon fils, fuyez la contagion, séparez-vous des séditieux : ce sera le garant de votre repentir, le gage de votre fidélité. »

XLIV. Ce discours les fait tomber à ses pieds; ils conviennent de la vérité de ses reproches, et le conjurent « de punir les coupables, de pardonner aux faibles, de les mener à l'ennemi, de rappeler sa femme et le nourrisson des légions, de ne point livrer aux Gaulois un ôtage si précieux. » Germanicus allégua contre le retour d'Agrippine l'hiver et sa grossesse trop avancée, promit son fils, remettant le reste entre leurs mains : devenus d'autres hommes, ils courent arrêter les plus séditieux, et les traînent enchaînés devant C. Cétro-

Neque enim dii sinant,	Et en effet que les dieux ne permettent pas,
ut istud decus et claritudo	que cet honneur et *cette* gloire
sit Belgarum,	soit des (aux) Belges,
quanquam offerentium,	quoique *s'offrant,*
subvenisse nomini romano,	d'avoir soutenu le nom romain,
compressisse	d'avoir comprimé
populos Germaniæ.	les peuples de la Germanie.
Tua mens, dive Auguste,	Que ton âme, divin Auguste,
recepta cœlo,	reçue dans le ciel,
tua imago, Druse pater,	que ton image, Drusus *mon* père,
memoria tui,	que la mémoire de toi,
eluant hanc maculam	lavent cette tache
cum istis iisdem militibus,	avec ces mêmes soldats,
quos intrat jam pudor	lesquels pénètrent déjà la honte
et gloria,	et la gloire,
vertantque iras civiles	et tournent *ces* colères domestiques
in exitium hostibus!	en ruine aux ennemis!
Vos quoque, quorum nunc	Vous aussi, dont maintenant
contueor alia ora,	j'aperçois d'autres visages,
alia pectora,	d'autres cœurs,
si redditis senatui legatos,	si vous rendez au sénat *ses* députés,
imperatori obsequium,	à l'empereur l'obéissance,
si mihi conjugem et filium,	si *vous* me *rendez mon* épouse et *mon* fils,
discedite a contactu,	retirez-vous de la contagion,
ac dividite turbidos :	et séparez *de vous* les turbulents :
id erit stabile	ce sera *un gage* durable
ad pœnitentiam,	pour le repentir,
id vinculum fidei. »	ce *sera* le lien de *votre* fidélité. »
XLIV. Ad hæc supplices,	XLIV. A ces *paroles* suppliants
et fatentes vera	et avouant des choses vraies
exprobrari, orabant,	*leur* être reprochées, ils *le* priaient
« puniret noxios,	« qu'il punit les coupables,
ignosceret lapsis,	qu'il pardonnât à *ceux* qui avaient cédé,
et duceret in hostem ;	et qu'il *les* menât à l'ennemi ;
conjux revocaretur,	que *son* épouse fut rappelée,
alumnus legionum rediret,	que le nourrisson des légions revînt,
neve traderetur	et ne fût pas livré
obses Gallis. »	*en* ôtage aux Gaulois. »
Excusavit	Il *s'excusa*
reditum Agrippinæ,	le (du) retour d'Agrippine
ob partum imminentem	à cause d'un accouchement imminent
et hiemem :	et de l'hiver :
filium venturum ;	*mais son* fils devoir revenir,
ipsi exsequerentur cetera.	qu'eux-mêmes exécutassent le reste.
Discurrunt mutati,	Ils courent-çà-et-là *tout* changés,
et trahunt vinctos	et traînent enchaînés
quemque seditiosissimum	tous les plus séditieux

que vinctos trahunt ad legatum legionis primæ [1], C. Cetro-
nium, qui judicium et pœnas de singulis in hunc modum
exercuit. Stabant pro concione legiones, destrictis gladiis :
reus in suggestu per tribunum ostendebatur : si nocentem
adclamaverant, præceps datus trucidabatur. Et gaudebat cæ-
dibus miles, tanquam semet absolveret : nec Cæsar arcebat,
quando, nullo ipsius jussu, penes eosdem sævitia facti, et
invidia erat. Secuti exemplum veterani, haud multo post in
Rhætiam mittuntur, specie defendendæ provinciæ ob imminentes Suevos ; ceterum ut avellerentur castris, trucibus
adhuc non minus asperitate remedii quam sceleris memoria.
Centurionatum [2] inde egit : citatus ab imperatore nomen, ordinem, patriam, numerum stipendiorum, quæ strenue in
præliis fecisset, et cui erant dona militaria, edebat : si tribuni, si legio, industriam innocentiamque approbaverant,

nius, lieutenant de la première légion, qui les fit juger et punir de
cette manière. Les légions, l'épée nue, entouraient le tribunal ; chaque
prisonnier y montait successivement ; un tribun le montrait aux soldats ; s'ils le déclaraient coupable, on le précipitait en bas, où il
était massacré. Les légionnaires versaient ce sang avec joie, croyant
par là s'absoudre eux-mêmes, et Germanicus ne s'y opposait point,
satisfait qu'on ne pût lui imputer une rigueur dont tout l'odieux re-
tombait sur le soldat. Les vétérans suivirent cet exemple. Peu de
temps après, on les fit partir pour la Rhétie, sous prétexte de défendre
la province menacée par les Suèves, mais dans le fond pour les arra-
cher d'un camp non moins exécrable par la violence du remède que
par l'atrocité du crime. On fit ensuite la revue des centurions. Chacun d'eux, cité par le général, déclarait son nom, sa compagnie,
son pays, ses années de service, les belles actions qu'il avait faites,
les récompenses militaires qu'il avait reçues. Si les tribuns et la légion attestaient son mérite et sa probité, on lui conservait sa com-

ad C. Cetronium,	vers C. Cétronius,
legatum primæ legionis,	lieutenant de la première légion,
qui exercuit de singulis	qui exerça (tira) de chacun
judicium et pœnas	jugement et châtiment
in hunc modum.	de cette manière.
Legiones stabant	Les légions se tenaient
pro concione,	devant le tribunal,
gladiis districtis :	les épées tirées :
reus ostendebatur	*chaque* accusé était montré
per tribunum in suggestu :	par un tribun sur l'estrade :
si adclamaverant	si *les soldats* avaient crié
nocentem,	*lui être* coupable,
datus præceps	*celui-ci* précipité
trucidabatur.	était massacré.
Et miles gaudebat	Et le soldat se réjouissait
cædibus,	de *ces* meurtres,
tanquam absolveret semet :	comme s'il *s'*absolvait lui-même :
nec Cæsar arcebat,	et César (Germanicus) n'empêchait pas,
quando,	puisque,
nullo jussu ipsius,	sans aucun ordre de lui-même,
sævitia facti, et invidia	la cruauté de l'acte, et l'odieux
erat penes eosdem.	était aux mêmes *soldats*.
Veterani secuti exemplum,	Les vétérans ayant suivi *cet* exemple,
mittuntur in Rhætiam	sont envoyés en Rhétie
haud-multo post,	non beaucoup après,
specie	sous prétexte
defendendæ provinciæ	de défendre la province
ob Suevos imminentes ;	à cause des Suèves qui *la* menaçaient ;
ceterum	*mais* d'ailleurs
ut avellerentur castris,	pour qu'ils fussent arrachés d'un camp,
trucibus non minus adhuc	horrible non moins encore
asperitate remedii	par la rigueur du remède
quam memoria sceleris.	que par le souvenir du crime.
Inde egit centurionatum :	Ensuite il fit la revue-des-centurions :
citatus ab imperatore	*chacun* cité par le général
edebat nomen,	déclarait *son* nom,
ordinem, patriam,	*sa* compagnie, *sa* patrie,
numerum stipendiorum,	le nombre de *ses* années-de-service,
quæ fecisset strenue	les choses qu'il avait faites vaillamment
in præliis,	dans les combats,
et cui	et *celui* à qui
erant dona militaria :	étaient des dons militaires *le disait*
si tribuni,	si les tribuns,
si legio,	si la légion,
approbaverant industriam	avaient approuvé *son* mérite
innocentiamque,	et *sa* probité,
retinebat ordinem ;	il conservait *sa* compagnie :

retinebat ordinem; ubi avaritiam aut crudelitatem consensu objectavissent, solvebatur militia.

XLV. Sic compositis præsentibus, haud minor moles supererat, ob ferociam quintæ et unaetvicesimæ legionum, sexagesimum apud lapidem (loco *Vetera* nomen est) hibernantium : nam primi seditionem cœptaverant : atrocissimum quodque facinus horum manibus patratum : nec pœna commilitonum exterriti, nec pœnitentia conversi, iras retinebant. Igitur Cæsar arma, classem, socios demittere Rheno parat, si imperium detrectetur, bello certaturus.

XLVI. At Romæ, nondum cognito qui fuisset exitus in Illyrico, et legionum germanicarum motu audito, trepida civitas incusare Tiberium, « quod, dum patres et plebem, invalida et inermia, cunctatione ficta ludificetur, dissideat interim miles, neque duorum adolescentium nondum adulta auctori—

pagnie; on le cassait, si le cri public l'accusait de cruauté ou d'avarice.

XLV. L'ordre ainsi rétabli de ce côté, restait un autre péril aussi grand dans l'obstination de la cinquième et de la vingt et unième légion., en quartier d'hiver à soixante milles de là, dans un lieu nommé Vétéra. Par elles en effet avait commencé la révolte, par elles s'étaient commis les plus grands excès : et dans ce moment même, loin d'être intimidées par le supplice, ou touchées par le repentir des autres légions, elles persistaient dans leurs fureurs. Germanicus se prépare donc à descendre le Rhin avec une flotte chargée d'armes et de troupes alliées, résolu, si l'on méconnaissait son autorité, de recourir à la force.

XLVI. Cependant à Rome, où l'on ignorait encore l'issue des troubles d'Illyrie, et où l'on apprit le soulèvement des légions germaniques, les habitants, s'abandonnant aux alarmes, accusaient Tibère « de ce qu'avec ses feintes irrésolutions, il ne s'occupait qu'à jouer un sénat et un peuple sans pouvoir et sans armes, tandis que le soldat se révoltait, sans que l'autorité trop jeune encore de deux ado-

ubi objectavissent	dès qu'ils *lui* avaient reproché
consensu	d'un *commun* accord
avaritiam	*son* avarice
aut crudelitatem,	ou *sa* cruauté,
solvebatur militia.	il était cassé du service.

XLV. Præsentibus   XLV. Les *affaires* présentes

sic compositis,	étant ainsi arrangées,
haud minor moles	une non moindre charge
supererat,	restait,
ob ferociam quintæ	à cause de l'obstination de la cinquième
et unaetvicesimæ	et de la vingt-et-unième
legionum,	légion,
hibernantium	qui hivernaient
apud sexagesimum	vers la soixantième
lapidem	pierre
(Vetera est nomen loco) :	(Vétéra est le nom à ce lieu) :
nam primi cœptaverant	car les premiers ils avaient commencé
seditionem :	la sédition :
quodque facinus	tous les actes
atrocissimum	les plus violents
patratum manibus horum :	*avaient été* commis par les mains d'eux :
nec exterriti pœna	n'étant ni effrayés du châtiment
commilitonum,	de *leurs* compagnons-d'armes,
nec conversi pœnitentia,	ni changés par le repentir,
retinebant iras.	ils gardaient *leurs* emportements.
Igitur Cæsar parat	Donc César *se* prépare
demittere Rheno	à faire-descendre par le Rhin
arma, classem, socios,	des armes, une flotte, des alliés,
certaturus bello,	prêt-à-lutter par la guerre,
si imperium detrectetur.	si *son* autorité est méconnue.

XLVI. At Romæ,   XLVI. Mais à Rome,

nondum cognito	n'étant pas encore connu
qui fuisset exitus	quelle avait été l'issue
in Illyrico,	en Illyrie,
et motu	et le mouvement
legionum germanicarum	des légions de-Germanie
audito,	ayant été appris,
civitas trepida	la cité alarmée
incusare Tiberium,	*se met* à accuser Tibère,
« quod, dum ludificetur	« de ce que, pendant qu'il amuse
cunctatione ficta	par une irrésolution feinte
patres et plebem,	les sénateurs et le peuple,
invalida et inermia,	*corps* sans-force et sans-armes,
miles interim dissideat,	le soldat pendant ce temps se révolte,
neque queat comprimi	et ne peut être comprimé
auctoritate nondum adulta	par l'autorité non encore mûrie
duorum adolescentium :	de deux jeunes-gens :

tate comprimi queat : ire ipsum et opponere majestatem
imperatoriam debuisse, cessuris, ubi principem longa experientia, eumdemque severitatis et munificentiæ summum
vidissent. An Augustum fessa ætate toties in Germanias commeare potuisse, Tiberium, vigentem annis, sedere in senatu,
verba patrum cavillantem? Satis prospectum urbanæ servituti; militaribus animis adhibenda fomenta, ut ferre pacem
velint. »

XLVII. Immotum adversus eos sermones fixumque Tiberio
fuit, non omittere caput rerum, neque se remque publicam in
casum dare. Multa quippe et diversa angebant : « Validior per
Germaniam exercitus; propior apud Pannoniam : ille Galliarum opibus subnixus, hic Italiæ imminens : quos igitur anteferret? ac, ne postpositi contumelia incenderentur. At per
filios pariter adiri, majestate salva; cui major e longinquo
reverentia; simul adolescentibus excusatum quædam ad patrem rejicere : resistentesque Germanico aut Druso posse a se

lescents pût le réprimer. Ne devait-il pas se montrer lui-même, et
opposer la majesté impériale à des rebelles qui ne soutiendraient
pas l'ascendant de sa longue expérience et les regards du suprême
arbitre des châtiments et des grâces? Quelle honte qu'Auguste,
affaibli par les années, eût fait tant de voyages en Germanie; et que
Tibère, dans la vigueur de l'âge, se tînt renfermé au sénat pour s'y
railler des paroles de quelques sénateurs! On avait assez pourvu à
l'esclavage de Rome : il fallait remédier à l'indocilité du soldat, et
lui apprendre à supporter la paix. »

XLVII. Tibère, malgré ces rumeurs, persista dans la ferme résolution de ne point s'éloigner du centre des affaires, et de ne point
mettre au hasard l'État et lui. En effet mille considérations diverses
le tenaient en suspens. « L'armée de Germanie était plus forte, celle
d'Illyrie plus proche : l'une s'appuyait sur toutes les forces des
Gaules, l'autre menaçait l'Italie. Laquelle préférer? et comment leur
orgueil supporterait-il l'affront d'une préférence? Par ses enfants
au contraire, il pouvait les visiter toutes deux à la fois, sans compro-
mettre la majesté suprême, qui de loin impose plus de respect. D'ailleurs on pardonnerait à des jeunes gens de n'oser tout décider sans
leur père; et, si l'on résistait à Germanicus ou à Drusus, il pourrait

debuisse ire ipsum
et opponere
majestatem imperatoriam,
cessuris,
ubi vidissent principem
longa experientia,
eumdemque summum
severitatis et munificentiæ.
An Augustum ætate fessa
potuisse toties
commeare in Germanias,
Tiberium,
vigentem annis,
sedere in senatu,
cavillantem verba patrum?
Satis prospectum
servituti urbanæ;
fomenta adhibenda
animis militaribus,
ut velint ferre pacem. »

lui avoir dû aller lui-même
et opposer
la majesté impériale
à des soldats qui auraient cédé,
dès qu'ils auraient vu un prince
d'une longue expérience,
et le même arbitre souverain
de la sévérité et de la munificence.
Est-ce que Auguste dans un âge fatigué
avoir pu tant de fois
passer dans les Germanies,
tandis que Tibère,
qui-est-dans-la-vigueur des années,
rester dans le sénat,
raillant les paroles des sénateurs?
Assez avoir été pourvu
à l'esclavage de-la-ville;
des calmants devoir être employés
pour l'esprit des-soldats,
afin qu'ils veuillent supporter la paix. »

XLVII. Fuit immotum
fixumque Tiberio
adversus eos sermones,
non omittere caput rerum,
neque dare in casum
se remque publicam.
Quippe multa et diversa
angebant :
« Exercitus validior
per Germaniam;
apud Pannoniam propior :
ille subnixus
opibus Galliarum,
hic imminens Italiæ :
quos igitur anteferret?
ac, ne postpositi
incenderentur contumelia.
At per filios
adiri pariter,
majestate salva;
cui major reverentia
e longinquo;
simul excusatum
adolescentibus
rejicere quædam
ad patrem :
resistentesque

XLVII. La résolution fut inébranlable
et fixe à Tibère,
contre ces propos,
de ne pas quitter la capitale de l'empire,
et de ne pas livrer au hasard
lui et la chose publique.
En effet de nombreuses et diverses pensées
le tourmentaient :
« L'armée était plus forte
dans la Germanie;
en Pannonie elle était plus proche :
celle-là était appuyée
sur les forces des Gaules,
celle-ci était menaçant l'Italie :
lesquels donc préférerait-il?
et, il craignait que ceux mis-après
ne fussent irrités de cet affront.
Mais par ses fils
elles pouvaient être visitées à la fois,
la majesté suprême étant sauve :
à laquelle un plus grand respect
est de loin;
en même temps il serait excusable
pour des jeunes-gens
de renvoyer certaines choses
à leur père :
et ceux qui résistaient

mitigari vel infringi : quod aliud subsidium , si imperatorem sprevissent? » Ceterum , ut jam jamque iturus, legit comites, conquisivit impedimenta, adornavit naves; mox hiemem aut negotia varie causatus, primo prudentes, dein vulgum, diutissime provincias fefellit.

XLVIII. At Germanicus, quanquam contracto exercitu, et parata in defectores ultione , dandum adhuc spatium ratus, si recenti exemplo sibi ipsi consulerent, præmittit litteras ad Cæcinam, venire se valida manu, ac, ni supplicium in malos præsumant, usurum promiscua cæde. Eas Cæcina aquiliferis signiferisque , et quod maxime castrorum sincerum erat, occulte recitat, utque cunctos infamiæ, se ipsos morti eximant, hortatur : « nam in pace causas et merita spectari ; ubi bellum ingruat, innocentes ac noxios juxta cadere. » Illi, tentatis

encore, lui, apaiser les rebelles ou les réduire : mais quelle ressource resterait-il, s'ils avaient une fois méprisé l'empereur ? » Au reste, comme s'il eût dû partir à chaque instant, il choisit sa suite, fit rassembler des bagages, équiper des vaisseaux ; puis, prétextant tour à tour la saison et les affaires, il trompa d'abord jusqu'aux plus politiques, ensuite la multitude, et très-longtemps les provinces. »

XLVIII. Germanicus avait déjà rassemblé son armée , et tout était prêt pour le châtiment des rebelles. Voulant toutefois leur donner le temps d'imiter un exemple récent et de prendre eux-mêmes leur parti, il écrit à Cécina qu'il arrive avec des forces imposantes, et que , si l'on ne prévient sa justice par le supplice des coupables, il n'épargnera personne. Cécina rassemble secrètement les aquilifères, les porte-enseignes, tous ceux qui faisaient la portion la plus saine des légions ; il leur lit la lettre et les exhorte à sauver l'armée de l'infamie, à se sauver eux-mêmes de la mort : « Car en paix, leur dit-il, on pèse les motifs et les mérites ; une fois la guerre allumée, l'innocent et le coupable périssent également. » Ceux-ci, ayant sondé

Germanico aut Druso	à Germanicus ou à Drusus
posse mitigari	pouvoir être apaisés
vel infringi a se :	ou être brisés par lui :
quod aliud subsidium ,	quelle autre ressource,
si sprevissent	s'ils avaient méprisé
imperatorem? »	l'empereur? »
Ceterum ,	D'ailleurs ,
ut iturus jam jamque,	comme devant partir incessamment,
legit comites,	il choisit des compagnons ,
conquisivit impedimenta,	rassembla des bagages ,
adornavit naves;	équipa des vaisseaux ;
mox causatus varie	bientôt ayant prétexté diversement
hiemem aut negotia,	l'hiver ou les affaires,
fefellit primo prudentes ,	il trompa d'abord les clairvoyants ,
dein vulgum ,	puis la multitude ,
diutissime provincias.	très-longtemps les provinces.
XLVIII. At Germanicus,	XLVIII. Mais Germanicus .
quanquam exercitu	quoique *son* armée
contracto ,	étant rassemblée,
et ultione parata	et la vengeance prête
in defectores ,	contre les rebelles ,
ratus spatium	persuadé un espace *de temps*
dandum adhuc ,	devoir *leur* être donné encore :
si exemplo recenti	si par l'exemple récent
ipsi consulerent sibi ,	eux-mêmes prenaient-parti pour eux ,
præmittit	il envoie-en-avant
litteras ad Cæcinam,	une lettre à Cécina ,
se venire manu valida ,	qu'il vient avec une troupe forte ,
ac, ni præsumant	et que, s'ils n'anticipent
supplicium in malos ,	le supplice contre les coupables,
usurum cæde promiscua.	il usera d'un massacre sans-distinction.
Cæcina recitat eas occulte	Cécina lit cette *lettre* secrètement
aquiliferis signiferisque ,	aux porte-aigles et aux porte-enseignes ,
et quod erat	et à ce qui était
maxime sincerum	le plus pur
castrorum,	du camp ,
hortaturque ut eximant	et il *les* exhorte à ce qu'ils arrachent
cunctos infamiæ,	tous à l'infamie ,
se ipsos morti :	eux-mêmes à la mort :
« Nam in pace	« Car dans la paix
causas et merita	les raisons et les services
spectari ;	être regardés (appréciés) :
ubi bellum ingruat ,	dès que la guerre s'allume ,
innocentes ac noxios	innocents et coupables
cadere juxta.	tomber pareillement. »
Illi, tentatis	Eux , *ceux-là* ayant été sondés
quos rebantur idoneos ,	lesquels ils pensaient propres *à ceder*,

quos idoneos rebantur, postquam majorem legionum partem
in officio vident, de sententia legati, statuunt tempus quo fœdissimum quemque et seditioni promptum ferro invadant.
Tunc, signo inter se dato, irrumpunt contubernia[1], trucidant
ignaros : nullo, nisi consciis, noscente quod cædis initium,
quis finis.

XLIX. Diversa omnium, quæ unquam accidere, civilium
armorum facies. Non prælio, non adversis e castris, sed iisdem e cubilibus, quos simul vescentes dies, simul quietos
nox habuerat, discedunt in partes, ingerunt tela : clamor,
vulnera, sanguis palam : causa in occulto. Cetera fors regit ;
et quidam bonorum cæsi, postquam, intellecto in quos sæviretur, pessimi quoque arma rapuerant : neque legatus aut
tribunus moderator adfuit ; permissa vulgo licentia atque ultio
et satietas. Mox ingressus castra Germanicus, non medicinam
illud, plurimis cum lacrimis, sed cladem appellans, cremari

prudemment les esprits, et voyant la plus grande partie des légions
rangée à son devoir, fixent un jour avec le lieutenant, pour fondre,
l'épée à la main, sur les pervers, toujours prêts à souffler la sédition. Le jour arrivé, au signal convenu, ils se jettent dans les tentes,
surprennent leurs victimes, les égorgent sans peine ; tous, excepté
ceux qui étaient dans le secret, ignorent comment le massacre a
commencé, et quand il finira.

XLIX. De toutes les guerres civiles, aucune n'offrit un spectacle pareil. Ce n'était point ici une bataille entre deux armées
opposées. Dans les mêmes tentes, des amis qui, la veille, la
nuit même, s'étaient vus réunis à la même table et dans le même
lit, se séparent pour s'égorger. Les traits volent, on entend les
cris, on voit le sang et les blessures ; la cause, on l'ignore. Le
hasard conduit le reste, et il y eut des innocents qui périrent,
parce qu'à la fin les coupables, comprenant que c'était eux qu'on
voulait punir, prirent les armes. Ni lieutenant, ni tribun n'intervint pour modérer le carnage ; on permit, sans restriction, à
la multitude d'assouvir sa vengeance jusqu'à la satiété. Germanicus
arriva bientôt après. En revoyant son camp, ses yeux se remplissent
de larmes ; il s'écrie que ce n'est point là un remède au mal, mais
un véritable désastre, et ordonne de brûler les morts. La férocité

postquam vident in officio
majorem partem legionum,
de sententia legati,
statuunt tempus
quo invadant ferro
quemque fœdissimum
et promptum seditioni.
Tunc, signo dato inter se,
irrumpunt contubernia,
trucidant ignaros :
nullo, nisi consciis,
noscente
quod initium cædis,
quis finis.

   XLIX. Facies
armorum civilium
diversa omnium,
quæ unquam accidere.
Non prælio,
non e castris adversis,
sed ex iisdem cubilibus,
quos dies habuerat
vescentes simul,
nox quietos simul,
discedunt in partes,
ingerunt tela :
clamor, vulnera,
sanguis palam :
causa in occulto.
Fors regit cetera ;
et quidam bonorum cæsi,
postquam pessimi quoque
rapuerant arma,
intellecto
in quos sæviretur :
neque legatus aut tribunus
adfuit moderator ;
licentia atque ultio
et satietas
permissa vulgo.
Mox Germanicus
ingressus castra,
appellans illud
non medicinam,
sed cladem,
cum plurimis lacrimis,
jubet corpora cremari.

lorsqu'ils voient dans le devoir
la majeure partie des légions,
sur l'avis du lieutenant,
ils fixent un temps
dans lequel ils se jetteront avec le fer
sur tous les plus souillés
et prêts à la sédition.
Alors, le signal étant donné entre eux,
ils envahissent les tentes,
massacrent *ceux-ci* ignorant *leur dessein* :
aucun, sinon les complices,
ne connaissant
quel *était* le commencement du massacre.
quelle *en serait* la fin.

   XLIX. Le spectacle
de *cette* guerre civile
fut différent de toutes *celles*,
qui jamais arrivèrent.
Non par un combat,
non de camps opposés,
mais des mêmes lits,
des hommes que le jour avait eus
mangeant ensemble,
la nuit en-repos ensemble,
se séparent en *deux* partis,
se lancent des traits :
ce sont des cris, des blessures,
du sang ouvertement :
la cause *en est* dans le secret.
Le hasard conduit le reste ;
et quelques-uns des bons *furent* massacrés,
après que les plus mauvais aussi
eurent pris les armes,
cela étant compris
contre qui on sévissait :
et pas un lieutenant ou un tribun
n'intervint *comme* modérateur ;
la licence et la vengeance,
et la satiété
furent permises à la masse.
Bientôt Germanicus
étant entré-dans le camp,
appelant cela
non un remède,
mais un désastre,
avec beaucoup de larmes,
ordonne les corps *morts* être brûlés.

corpora jubet. Truces etiam tum animos cupido involat eundi
in hostem, piaculum furoris; nec aliter posse placari commilitonum manes, quam si pectoribus impiis honesta vulnera
accepissent. Sequitur ardorem militum Cæsar, junctoque ponte
tramittit duodecim millia e legionibus, sex et viginti socias
cohortes, octo equitum alas, quarum ea seditione intemerata
modestia fuit.

L. Læti neque procul Germani agitabant, dum justitio ob
amissum Augustum, post discordiis attinemur. At Romanus
agmine propero silvam Cæsiam¹ limitemque a Tiberio cœ-
ptum² scindit; castra in limite locat, frontem ac tergum vallo,
latera concædibus munitus. Inde saltus obscuros permeat,
consultatque, ex duobus itineribus, breve et solitum sequatur,
an impeditius et intentatum, eoque hostibus incautum. Delecta longiore via, cetera accelerantur : etenim attulerant

des soldats change alors d'objet; ils veulent tous marcher à l'ennemi pour expier leur fureur, pour apaiser les mânes de leurs cama-
rades, en offrant leur sein sacrilége à de glorieuses blessures. Germanicus profite de cette ardeur; il jette un pont sur le Rhin, et
passe le fleuve avec douze mille légionnaires, vingt-six cohortes
alliées, et huit ailes de cavalerie, qui, dans cette sédition, étaient
restées soumises et irréprochables.

L. Non loin de nous, les Germains avaient passé dans les réjouis-
sances tout le temps que le deuil d'Auguste, et, depuis, nos
discordes nous retinrent dans l'inaction. L'armée romaine, après
une marche rapide, perce la forêt Césia, ouvre le rempart construit
par Tibère, et campe sur ce rempart même, couverte en avant et
en arrière par des retranchements, et sur les deux flancs par des
abattis d'arbres. De là elle s'avance à travers des bois épais. On délibère si, de deux routes, on prendra la plus courte et la plus fré-
quentée, ou l'autre plus difficile, non frayée, et que par cette raison
l'ennemi ne surveillait point. On choisit le chemin le plus long,
mais on redoubla de célérité; car les éclaireurs avaient rapporté que

Cupido eundi in hostem,
piaculum furoris,
involat animos
etiam tum truces;
nec manes commilitonum
posse placari aliter,
quam si accepissent
pectoribus impiis
honesta vulnera.
Cæsar sequitur
ardorem militum,
ponteque juncto
tramittit duodecim millia
e legionibus,
viginti et sex cohortes
socias,
octo alas equitum,
quarum modestia
fuit intemerata
ea seditione.

Le désir d'aller à l'ennemi,
comme expiation de leur fureur,
s'empare de ces cœurs
même alors farouches;
et ils disent les mânes de leurs compagnons
ne pouvoir être apaisés autrement,
que s'ils avaient reçu
dans leurs cœurs impies
d'honorables blessures.
César (Germanicus) suit
l'ardeur des soldats,
et un pont étant formé
il fait-passer douze mille hommes
des légions,
vingt-six cohortes
alliées,
huit ailes de cavaliers,
desquelles la modération
fut inviolable
dans cette sédition.

L. Germani agitabant
læti neque procul,
dum attinemur
justitio
ob Augustum amissum,
post discordiis.
At Romanus
agmine propero
scindit silvam Cæsiam
limitemque
cœptum a Tiberio;
locat castra in limite,
munitus vallo
frontem ac tergum.
concædibus latera.
Inde permeat
saltus obscuros,
cōnsultatque,
ex duobus itineribus,
sequatur breve et solitum,
an impeditius
et intentatum,
eoque incautum hostibus.
Via longiore delecta,
cetera accelerantur:
atenim exploratores
attulerant eam noctem

L. Les Germains demeuraient
joyeux et non loin,
pendant que nous étions retenus
par le deuil-public
à cause d'Auguste perdu.
et ensuite par les discordes.
Mais le Romain
par une marche rapide
perce la forêt Césia
et le rempart
commencé par Tibère;
il place son camp sur ce rempart,
défendu par un retranchement
de front et par derrière,
et d'abattis-d'arbres sur les flancs.
De là il traverse
des bois obscurs,
et délibère,
de deux chemins,
s'il suivra le court et ordinaire,
ou le plus difficile
et non-frayé,
et pour cela non-gardé par les ennemis.
La route la plus longue étant choisie,
le reste est accéléré:
en effet les éclaireurs
avaient rapporté cette nuit-là

exploratores festam eam Germanis noctem, ac solennibus
epulis ludicram. Cæcina cum expeditis cohortibus præire, et
obstantia silvarum amoliri jubetur : legiones modico intervallo
sequuntur. Juvit nox sideribus illustris ; ventumque ad vicos
Marsorum, et circumdatæ stationes, stratis etiam tum per
cubilia propterque mensas, nullo metu, non antepositis vigiliis : adeo cuncta incuria disjecta erant ; neque belli timor ; ac
ne pax quidem, nisi languida et soluta, inter temulentos.

LI. Cæsar avidas legiones, quo latior populatio foret,
quatuor in cuneos dispertit : quinquaginta millium spatium
ferro flammisque pervastat. Non sexus, non ætas miserationem
attulit ; profana simul et sacra, et celeberrimum illis gentibus
templum quod Tanfanæ vocabant[1], solo æquantur. Sine vulnere milites, qui semisomnos, inermos aut palantes cecide-
rant. Excivit ea cædes Bructeros, Tubantes, Usipetes[2]; •
saltusque, per quos exercitui regressus, insedere : quod gna-

---

la nuit suivante était pour les Germains une nuit de fête, qu'ils cé-
lébraient par des festins solennels. Cécina prend les devants avec des
troupes légères, pour aplanir tous les obstacles dans la forêt : les
légions suivent à peu de distance. La clarté des astres, pendant la
nuit, favorisa la marche. On arriva aux villages des Marses, et l'on
investit tous les postes. Les Barbares étaient encore étendus sur leurs
lits ou autour des tables ; nulles précautions, nulles gardes avancées ;
une sécurité profonde, un abandon général ; ils ne songeaient point
à la guerre, et ils jouissaient moins de la paix que de cette languis-
sante inertie qui est le propre de l'ivresse.

LI. César, pour donner à ses légions impatientes plus de pays à
ravager, les partage en quatre corps. Il met à feu et à sang un
espace de cinquante milles. Ni le sexe ni l'âge ne trouvent de pitié ;
on n'épargne ni le sacré ni le profane, et le temple le plus célèbre
de ces contrées, celui de Tanfana, est entièrement détruit : les Romains revinrent sans blessures ; ils n'avaient eu qu'à égorger des
hommes à moitié endormis, sans armes ou dispersés. Ce massacre
réveilla les Bructères, les Tubantes, les Usipètes ; ils occupèrent les

festam Germanis,	*être* de-fête pour les Germains,
ac ludicram	et égayée
epulis solennibus.	par des repas solennels.
Cæcina jubetur præire	Cécina est commandé-pour aller-en-avant
cum cohortibus expeditis,	avec les cohortes légères,
et amoliri	et pour détruire
obstantia silvarum :	les obstacles des forêts :
legiones sequuntur	les légions suivent
modico intervallo.	à un faible intervalle.
Nox illustris sideribus	Une nuit brillante d'astres
juvit ;	aida *la marche*,
ventumque	et on arriva
ad vicos Marsorum,	aux villages des Marses,
et stationes circumdatæ,	et les postes *furent* enveloppés,
stratis etiam tum	*ceux-ci* étant étendus encore alors
per cubilia	sur les lits
propterque mensas,	et près des tables,
nullo metu,	sans aucune crainte,
vigiliis non antepositis :	des gardes n'ayant pas été posés-en-avant :
adeo cuncta erant disjecta	tellement tout était épars
incuria :	par *leur* négligence :
neque timor belli ;	et nulle crainte de guerre n'*était à eux ;*
ac ne pax quidem,	et *ce* n'*était* pas même la paix ;
nisi languida et soluta	sinon *la paix* languissante et désordonnée
inter temulentos.	*qui a lieu* entre *gens* ivres.
LI. Cæsar dispertit	LI. César (Germanicus) partage
legiones avidas	*ses* légions avides
in quatuor cuneos,	en quatre coins (colonnes),
quo populatio foret latior :	afin que le ravage fût plus étendu :
pervastat spatium	il dévaste-complétement un espace
quinquaginta millium	de cinquante milles
ferro flammisque.	avec le fer et la flamme.
Non sexus, non ætas	Ni le sexe, ni l'âge
attulit miserationem ;	n'apporta (inspira) de la pitié ;
profana et sacra simul,	*édifices* profanes et sacrés tout-ensemble,
et templum celeberrimum	et le temple le plus célèbre
illis gentibus,	chez ces nations,
quod vocabant Tanfanæ.	lequel ils appelaient *temple* de Tanfana,
æquantur solo.	sont mis-au-niveau du sol.
Milites sine vulnere,	Les soldats *étaient* sans blessure,
qui ceciderant	*eux* qui avaient égorgé
semisomnos,	des *gens* à-demi-endormis,
inermos aut palantes.	désarmés ou épars.
Ea cædes excivit Bructeros,	Ce carnage excita les Bructères,
Tubantes, Usipetes ;	les Tubantes, les Usipètes ;
insedereque saltus,	et ils se postèrent dans les bois,
per quos	par lesquels *était*

rum duci ; incessitque itineri et prælio. Pars equitum et auxiliariæ cohortes ducebant; mox prima legio ; et, mediis impedimentis , sinistrum latus unaetvicesimani , dextrum quintani clausere; vicesima legio terga firmavit, post ceteri sociorum. Sed hostes, donec agmen per saltus porrigeretur, immoti; dein, latera et frontem modice adsultantes, tota vi novissimos incurrere. Turbabanturque densis Germanorum catervis leves cohortes , quum Cæsar, advectus ad vicesimanos , voce magna, « hoc illud tempus obliterandæ seditionis » clamitabat : « pergerent, properarent culpam in decus vertere. ● Exarsere animis , unoque impetu perruptum hostem redigunt in aperta cæduntque ; simul primi agminis copiæ evasere silvas , castraque communivere. Quietum inde iter; fidefisque recentibus ac priorum oblitus, miles in hibernis locatur.

bois par où l'armée devait repasser. Germanicus, instruit de leur dessein , dispose tout pour la marche et pour le combat. Une partie de la cavalerie et les cohortes auxiliaires formaient l'avant-garde ; ensuite venait la première légion : au centre, il mit les bagages, à l'aile gauche la vingt et unième légion , la cinquième à la droite; la vingtième, avec le reste des alliés , protégeait l'arrière-garde. Les ennemis restèrent immobiles, jusqu'à ce que l'armée fût engagée dans le bois; alors, harcelant légèrement la tête et les ailes , ils tombent avec toutes leurs forces sur l'arrière-garde, où leurs bataillons serrés mirent en désordre nos troupes légères. Mais Germanicus, accourant vers la vingtième légion , lui cria d'une voix forte, « que le temps était venu d'effacer la mémoire de la sédition ; qu'elle marchât donc, et qu'elle se hâtât de changer sa faute en gloire. » Ces mots enflamment les courages : l'ennemi , enfoncé d'un choc, est rejeté dans la plaine et taillé en pièces. En même temps, la tête de l'armée, déjà sortie du bois, commençait à se retrancher. Dès lors la marche fut tranquille, et le soldat, rassuré par ce qu'il venait de faire, oubliant le passé, reprend ses quartiers d'hiver.

regressus exercitui :	le retour à l'armée ;
quod gnarum duci ;	ce qui *fut* connu du général ;
incessitque itineri	et il s'avança pour la marche
et prælio.	et pour le combat.
Pars equitum	Une partie des cavaliers
et cohortes auxiliariæ	et les cohortes auxiliaires
ducebant ;	menaient *la marche ;*
mox prima legio ;	puis *venait* la première légion ;
et, impedimentis mediis,	et, les bagages *étant* au-milieu,
unaetvicesimani	ceux-de-la-vingt-et-unième
clausere latus sinistrum,	fermèrent le flanc gauche,
quintani dextrum ;	ceux-de-la-cinquième le *flanc* droit ;
vicesima legio	la vingtième légion
firmavit terga,	fortifia les derrières,
post ceteri sociorum.	après *elle venait* le reste des alliés.
Sed hostes immoti,	Mais les ennemis *furent* immobiles,
donec agmen	jusqu'à ce que l'armée
porrigeretur per saltus ;	se déployât à travers les bois ;
dein, adsultantes modice	puis, assaillant légèrement
latera et frontem,	*ses* flancs et *son* front,
incurrere tota vi	ils coururent de toute *leur* force
novissimos.	sur les derniers.
Cohortesque leves	Et les cohortes légères
turbabantur	étaient mises-en-désordre
densis catervis	par les épais bataillons
Germanorum,	des Germains,
quum Cæsar, advectus	quand César (Germanicus), s'étant porté
ad vicesimanos,	vers ceux-de-la-vingtième,
clamitabat voce magna :	s'écriait-vivement d'une voix forte :
« Hoc tempus illud	« Ce moment *être* celui
seditionis obliterandæ :	de la sédition devant être effacée :
pergerent,	qu'ils continuassent,
properarent	qu'ils se hâtassent
vertere culpam in decus. »	de tourner *leur* faute en gloire. »
Exarsere animis,	*Ceux*-ci s'enflammèrent de courage,
rediguntque in aperta	et ils rejettent dans les *lieux* découverts
cæduntque hostem	et ils taillent-en-pièces l'ennemi
perruptum uno impetu ;	rompu d'un seul choc ;
copiæ primi agminis	les troupes du premier corps
evasere silvas	sortirent des forêts
simul,	en même temps,
communivereque castra.	et fortifièrent un camp.
Inde iter quietum ;	De là la route *fut* tranquille ;
milesque,	et le soldat,
fidens recentibus	confiant par les *faits* récents
ac oblitus priorum,	et ayant oublié les *faits* antérieurs,
locatur in hibernis.	s'établit dans *ses* quartiers-d'hiver.

LII. Nuntiata ea Tiberium lætitia curaque affecere : gaudebat oppressam seditionem; sed, quod largiendis pecuniis et
missione festinata favorem militum quæsivisset, bellica quoque
Germanici gloria, angebatur. Retulit tamen ad senatum de
rebus gestis, multaque de virtute ejus memoravit, magis in
speciem verbis adornata, quam ut penitus sentire crederetur.
Paucioribus Drusum et finem Illyrici motus laudavit; sed intentior, et fida oratione · cunctaque quæ Germanicus indulserat servavit, etiam apud pannonicos exercitus.

LIII. Eodem anno Julia supremum diem obiit, ob impudicitiam olim a patre Augusto Pandateria insula ¹, mox oppido
Rheginorum, qui Siculum fretum accolunt, clausa. Fuerat in
matrimonio Tiberii, florentibus Caio et Lucio Cæsaribus, spreveratque ut imparem; nec alia tam intima Tiberio causa, cur

LII. Ces nouvelles donnèrent à Tibère de la joie et de l'inquiétude.
Il voyait avec plaisir la sédition apaisée , mais avec peine les gratifications et les congés anticipés, qui avaient acquis à Germanicus la faveur des soldats. La gloire militaire du jeune César le
troublait aussi. Cependant il rendit compte au sénat de ses services,
et fit de son courage beaucoup d'éloges, mais en termes trop ma-
gnifiques pour qu'ils parussent l'expression d'un sentiment vrai. Il
loua Drusus, le pacificateur de l'Illyrie , en moins de mots, mais
mieux , d'une manière plus franche, et il étendit aux légions de
Pannonie les concessions de Germanicus.

LIII. Cette même année mourut Julie, fille d'Auguste, que son
pere avait enfermée jadis pour ses débauches, d'abord dans l'île de
Pandatère, et ensuite à Rhégium, sur les bords du détroit de Sicile. Dans le temps où florissaient les Césars Lucius et Caius, on
lui avait fait épouser Tibère , qu'elle méprisait comme indigne de
son rang; et ce fut même la vraie raison qui le décida pour lors à

LII. Ea nuntiata
affecere Tiberium
lætitia curaque :
gaudebat seditionem
oppressam ;
sed angebatur,
quod quæsivisset
favorem militum
largiendis pecuniis
et missione festinata ,
quoque gloria bellica
Germanici.
Tamen retulit ad senatum
de rebus gestis,
memoravitque
de virtute ejus
multa,
magis adornata verbis
in speciem ,
quam ut crederetur
sentire penitus.
Laudavit paucioribus
Drusum et finem
motus Illyrici ;
sed intentior,
et oratione fida :
servavitque cuncta
quæ Germanicus
indulserat,
etiam apud exercitus
pannonicos.
LIII. Eodem anno Julia
obiit supremum diem ,
clausa olim
a patre Augusto
ob impudicitiam
insula Pandateria ,
mox oppido Rheginorum ,
qui accolunt
fretum Siculum.
Fuerat
in matrimonio Tiberii,
Caio et Lucio Cæsaribus
florentibus,
spreveratque ut imparem ;
nec alia causa tam intima
Tiberio,

LII. Ces choses annoncées
comblèrent Tibère
de joie et d'inquiétude :
il se réjouissait la sédition
avoir été étouffée ;
mais il était tourmenté,
de ce qu'il avait recherché
la faveur des soldats
en donnant de l'argent
et par le congé avancé,
et aussi par la gloire guerrière
de Germanicus.
Cependant il fit-un-rapport au sénat
sur les choses faites ,
et il rappela
sur le courage de lui
beaucoup de choses,
plus ornées de mots
pour l'apparence,
qu'*il n'eût fallu* pour qu'il fût cru
penser *ainsi* intérieurement.
Il loua en moins de *termes*
Drusus et la fin
du trouble d'-Illyrie;
mais avec-plus-d'énergie,
et par un discours franc :
et il maintint toutes les choses
que Germanicus
avait accordées,
même dans les armées
de-Pannonie.
LIII. La même année Julie
passa *son* dernier jour,
elle qui avait été enfermée autrefois
par *son* père Auguste
pour impudicité
dans l'île *de* Pandatère,
puis dans la ville des Rhéginiens,
qui habitent-auprès
du détroit de-Sicile.
Elle avait été *unie*
en mariage de (à) Tibère,
Caius *César* et Lucius César
étant florissants,
et elle *l'*avait méprisé comme inégal *à elle*;
et *il* n'y *eut* pas d'autre cause si vraie
pour Tibère,

Rhodum abscederet : imperium adeptus, extorrem, infamem, et, post interfectum Postumum Agrippam, omnis spei egenam, inopia ac tabe longa peremit, obscuram fore necem longinquitate exsilii ratus. Par causa sævitiæ in Sempronium Gracchum, qui familia nobili, solers ingenio, et prave facundus, eamdem Juliam in matrimonio M. Agrippæ temeraverat. Nec is libidini finis : traditam Tiberio, pervicax adulter contumacia et odiis in maritum accendebat; litteræque, quas Julia patri Augusto cum insectatione Tiberii scripsit, a Graccho compositæ credebantur. Igitur amotus Cercinam ¹, Africi maris insulam, quatuordecim annis exsilium toleravit. Tunc milites ad cædem missi invenere in prominenti littoris, nihil lætum opperientem : quorum adventu breve tempus petivit, ut suprema mandata uxori Alliariæ per litteras daret; cervicemque percussoribus obtulit, constantia mortis haud indignus Sem-

se retirer à Rhodes. Depuis, Tibère parvint à l'empire, et Julie fut bannie, déshonorée; la mort de son fils Postume Agrippa lui enlevait ses dernières espérances ; enfin Tibère la fit périr lentement de misère et de faim, se flattant qu'à la suite d'un si long exil sa mort ne serait point remarquée. De semblables motifs armèrent sa cruauté contre Sempronius Gracchus. Cet homme, d'un grand nom, d'un esprit délié, doué d'une éloquence dont il usait pour le mal, avait souillé le premier mariage de cette même Julie avec M. Agrippa. L'adultère ne cessa pas avec cette union ; son amour opiniâtre la suivit dans la maison de Tibère, et il aigrissait contre ce nouvel époux son orgueil et sa haine. Il passa même pour l'auteur d'une lettre emportée que Julie écrivit à Auguste contre Tibère ; ce qui fit reléguer Sempronius dans l'île de Cercine, sur les côtes d'Afrique. Là, depuis quatorze ans, il souffrait les rigueurs de l'exil. Il vit, d'une pointe de l'île, arriver les soldats qu'on envoyait pour le tuer; il pressentit son malheur, demanda un moment pour écrire ses dernières volontés à sa femme Alliaria, puis il offrit sa tête aux

our abscederetRhodum : | pourquoi il se retirât à Rhodes :
adeptus imperium, | ayant obtenu l'empire ;
peremit inopia | il fit-périr de misère
ac longa tabe | et de lente langueur
extorrem, infamem, | *elle* bannie, déshonorée,
et egenam omnis spei, | et dénuée de toute espérance,
post Postumum Agrippam | après Postumus Agrippa
interfectum, | mis-à-mort,
ratus necem fore obscuram | persuadé *sa* mort devoir être obscure
longinquitate exsilii. | par la longueur de *son* exil.
Par causa sævitiæ | Semblable *fut* le motif de *sa* cruauté
in Sempronium Gracchum, | envers Sempronius Gracchus,
qui familia nobili, | qui d'une famille noble,
solers ingenio, | subtil d'esprit,
et facundus prave, | et éloquent avec-dépravation,
temeraverat | avait souillé
eamdem Juliam | *cette* même Julie
in matrimonio M. Agrippæ. | *unie* en mariage à M. Agrippa.
Nec is finis | Et ce ne *fut* pas la fin
libidini : | à (de) *leur* passion-criminelle :
adulter pervicax, | adultère opiniâtre,
accendebat in maritum | il enflammait contre *son* mari
contumacia et odiis | par l'orgueil et la haine
traditam Tiberio; | *elle* livrée (mariée) à Tibère ;
litteræque, | et les lettres,
quas Julia scripsit | que Julie écrivit
patri Augusto | à *son* père Auguste
cum insectatione Tiberii, | avec médisance de (contre) Tibère,
credebantur compositæ | étaient crues *avoir été* composées
a Graccho. | par Gracchus.
Igitur amotus Cercinam, | Donc relégué à Cercine,
insulam maris Africi, | île de la mer d'-Afrique,
toleravit exsilium | il supporta l'exil
quatuordecim annis. | pendant quatorze ans.
Tunc milites | Alors les soldats
missi ad cædem | envoyés pour le meurtre
invenere | trouvèrent
in prominenti littoris, | sur la *partie* proéminente du rivage,
opperientem nihil lætum : | *lui* qui n'attendait rien d'agréable :
adventu quorum petivit | à l'arrivée desquels il demanda
tempus breve, | un temps court,
ut daret per litteras | pour qu'il donnât par lettres
suprema mandata | *ses* dernières volontés
uxori Alliariæ; | à *son* épouse Alliaria ;
obtulitque cervicem | et il tendit le cou
percussoribus, | aux meurtriers,
haud indignus | non indigne.

pronio nomine : vita degeneraverat. Quidam non Roma eos
milites, sed ab L. Asprenate, proconsule Africæ, missos tradidere, auctore Tiberio, qui famam cædis posse in Asprenatem verti frustra speraverat.

LIV. Idem annus novas cærimonias accepit, addito sodalium
Augustalium sacerdotio; ut quondam T. Tatius, retinendis
Sabinorum sacris, sodales Titios instituerat. Sorte ducti e primoribus civitatis unus et viginti : Tiberius Drususque, et
Claudius et Germanicus adjiciuntur. Ludos Augustales tunc
primum cœpta turbavit discordia, ex certamine histrionum.
Indulserat ei ludicro Augustus, dum Mæcenati obtemperat,
effuso in amorem Bathylli; neque ipse abhorrebat talibus studiis,
et civile rebatur misceri voluptatibus vulgi. Alia Tiberio morum
via; sed populum, per tot annos molliter habitum, nondum
audebat ad duriora vertere.

meurtriers, assez digne, par la fermeté de sa mort, du nom de
Sempronius, que démentit toute sa vie. Quelques-uns rapportent
que les soldats ne vinrent point de Rome, que ce fut L. Asprénas,
proconsul d'Afrique, qui les envoya par l'ordre de Tibère, lequel
s'était en vain flatté de détourner les soupçons sur le proconsul.

LIV. On créa la même année une nouvelle institution religieuse,
le collége des prêtres d'Auguste, comme jadis Titus Tatius, pour
conserver le culte des Sabins, avait créé les prêtres Titiens. On
tira au sort parmi les grands de Rome vingt et un pontifes, auxquels on adjoignit Tibère, Drusus, Claude et Germanicus. Les jeux
Augustaux furent troublés par le premier désordre auquel aient
donné lieu les rivalités des histrions. Auguste avait toléré ce genre
de spectacle, par complaisance pour Mécène, épris d'un violent
amour pour Bathylle. D'ailleurs il ne haïssait pas lui-même ces
sortes d'amusements, et il croyait qu'il était de sa politique de se
mêler souvent aux plaisirs du peuple. Telle n'était point celle de
Tibère; mais il n'osait pas encore effaroucher par des rigueurs un
peuple longtemps accoutumé à un régime plus doux.

nomine Sempronio
constantia mortis :
degeneraverat vita.
Quidam tradidere
eos milites missos
non Roma,
sed ab L. Asprenate,
proconsule Africæ,
Tiberio auctore,
qui speraverat frustra
famam cædis
posse verti
in Asprenatem.

du nom de Sempronius
par la fermeté de *sa* mort :
il avait dégénéré par *sa* vie.
Quelques-uns ont rapporté
ces soldats *avoir été* envoyés
non de Rome,
mais par L. Asprénas,
proconsul d'Afrique,
Tibère *étant* l'auteur *de l'ordre*,
lui qui avait espéré en vain
la renommée du meurtre
pouvoir être détournée
sur Asprénas.

LIV. Idem annus
accepit novas cærimonias,
sacerdotio
sodalium Augustalium
addito ;
ut quondam T. Tatius
instituerat sodales Titios,
retinendis
sacris Sabinorum.
Viginti et unus
e primoribus civitatis
ducti sorte :
Tiberius Drususque,
et Claudius et Germanicus
adjiciuntur.
Discordia cœpta
tunc primum
turbavit ludos Augustales,
ex certamine histrionum.
Augustus indulserat
ei ludicro,
dum obtemperat Mæcenati,
effuso in amorem Bathylli ;
neque ipse abhorrebat
talibus studiis,
et rebatur civile
misceri voluptatibus vulgi.
Alia via morum
Tiberio ;
sed audebat nondum
vertere ad duriora
populum,
habitum molliter
per tot annos.

LIV. La même année
reçut de nouvelles cérémonies,
le sacerdoce
des confrères Augustaux
ayant été ajouté ;
comme autrefois T. Tatius
avait institué des confrères Titiens,
pour conserver
les *rites* sacrés des Sabins.
Vingt et un
des premiers *citoyens* de la ville
furent tirés au sort :
Tibère et Drusus,
et Claude et Germanicus
sont ajoutés.
Une dissension commencée
alors pour-la-première-fois
troubla les jeux Augustaux,
par suite d'une rivalité d'histrions.
Auguste avait toléré
ce divertissement,
pendant qu'il cédait à Mécène,
éperdu d'amour de (pour) Bathylle :
et lui-même ne répugnait pas
à de tels goûts,
et jugeait politique
de se mêler aux plaisirs de la foule.
Un autre système de morale
était à Tibère ;
mais il n'osait pas encore
tourner vers des *habitudes* plus sévères
un peuple,
gouverné doucement
pendant tant d'années.

LV. Druso Cæsare, C. Norbano consulibus, decernitur Germanico triumphus, manente bello; quod, quanquam in æstatem summa ope parabat, initio veris et repentino in Cattos excursu præcepit. Nam spes incesserat dissidere hostem in Arminium ac Segestem, insignem utrumque perfidia in nos aut fide. Arminius turbator Germaniæ, Segestes parari rebellionem sæpe alias, et supremo convivio, post quod in arma itum, aperuit; suasitque Varo « ut se et Arminium et ceteros proceres vinciret; nihil ausuram plebem, principibus amotis; atque ipsi tempus fore quo crimina et innoxios discerneret. » Sed Varus fato et vi Arminii cecidit. Segestes, quanquam consensu gentis in bellum tractus, discors manebat, auctis privatim odiis, quod Arminius filiam ejus, alii pactam, rapuerat; gener invisus inimici soceri;

LV. Sous le consulat de Drusus César et de C. Norbanus, on décerna le triomphe à Germanicus, quoique la guerre ne fût pas terminée. Il se disposait à la pousser vigoureusement pendant l'été, ce qui ne l'empêcha pas de faire par avance, dès les premiers jours du printemps, une soudaine incursion chez les Cattes. Il fondait de grandes espérances sur les querelles de Ségeste et d'Arminius, qui partageaient la Germanie. Ces deux hommes avaient signalé, l'un sa fidélité envers nous, l'autre sa perfidie. Arminius avait soulevé les Germains; Ségeste, au contraire, nous avertit souvent de la révolte qu'on tramait, et notamment au dernier festin qui précéda les hostilités. Il avait même conseillé à Varus de le faire arrêter, lui, Arminius et les principaux capitaines. La nation n'eût rien entrepris, ayant perdu ses chefs, et Varus eût ensuite à loisir discerné les amis et les traîtres; mais sa destinée et l'ascendant d'Arminius poussèrent Varus à sa perte. Ségeste, entraîné à la guerre par l'impulsion générale, n'en resta pas moins l'ennemi d'Arminius. Des haines personnelles l'aigrissaient encore contre cet homme, qui lui avait enlevé sa fille, promise à un autre. Gendre et beau-père, ils ne s'en détestaient que plus; et ce qui resserre l'union,

LV. Druso Cæsare,
C. Norbano consulibus,
triumphus decernitur
Germanico,
bello manente;
quod præcepit
initio veris
et excursu repentino
in Cattos,
quanquam parabat
in æstatem
summa ope.
Nam spes incesserat,
hostem dissidere
in Arminium
ac Segestem,
utrumque insignem
perfidia aut fide in nos.
Arminius
turbator Germaniæ,
Segestes aperuit
rebellionem parari
sæpe alias,
et supremo convivio,
post quod itum in arma;
suasitque Varo
« ut vinciret se
et Arminium
et ceteros proceres;
plebem ausuram nihil,
principibus amotis:
atque ipsi tempus fore
quo discerneret
crimina et innoxios. »
Sed Varus cecidit
fato et vi Arminii.
Segestes,
quanquam tractus
in bellum
consensu gentis,
manebat discors,
odiis auctis privatim,
quod Arminius
rapuerat filiam ejus,
pactam alii,
gener invisus
soceri inimici;

LV. Drusus César,
et C. Norbanus *étant* consuls,
le triomphe est décerné
à Germanicus,
la guerre durant *encore*;
laquelle il anticipa
au commencement du printemps
et par une excursion soudaine
chez les Cattes,
quoiqu'il *la* préparât
pour l'été
avec les plus grandes ressources.
Car l'espoir *lui* était venu
l'ennemi être-partagé
entre Arminius
et Ségeste,
l'un-et-l'autre signalé
par *sa* perfidie ou *sa* fidélité envers nous.
Arminius
était l'agitateur de la Germanie,
Ségeste *nous* découvrit
une révolte se préparer
souvent d'autres-fois,
et dans le dernier festin,
après lequel on alla (on courut) aux armes;
et il conseilla à Varus
« qu'il enchaînât lui
et Arminius
et les autres grands:
la multitude ne devoir oser rien,
une fois les chefs écartés
et à lui-même (Varus) le temps devoir venir
où il discernerait
les griefs et les innocents. »
Mais Varus tomba
par le destin et la force d'Arminius.
Ségeste,
quoique entraîné
à la guerre
par l'unanimité de la nation,
restait en-dissentiment,
sa haine étant augmentée en-particulier,
parce que Arminius
avait enlevé la fille de lui,
promise à un autre,
gendre odieux
d'un beau-père ennemi;

6.

quæque apud concordes vincula caritatis, incitamenta irarum apud infensos erant.

LVI. Igitur Germanicus quatuor legiones, quinque auxiliarium millia, et tumultuarias catervas Germanorum cis Rhenum colentium Cæcinæ tradit: totidem legiones, duplicem sociorum numerum ipse ducit; positoque castello super vestigia paterni præsidii in monte Tauno, expeditum exercitum in Cattos rapit, L. Apronio ad munitiones viarum et fluminum relicto. Nam, rarum illi cœlo, siccitate et amnibus modicis inoffensum iter properaverat; imbresque et fluminum auctus regredienti metuebantur [1]. Sed Cattis adeo improvisus advenit, ut, quod imbecillum ætate ac sexu, statim captum aut trucidatum sit. Juventus flumen Adranam nando tramiserat [2], Romanosque pontem cœptantes arcebant: dein tormentis sagittisque pulsi, tentatis frustra conditionibus pacis, quum quidam ad Germani-

quand on s'aime, n'était pour ces cœurs divisés par la haine qu'un aiguillon de colère.

LVI. Germanicus donne donc à Cécina quatre légions, cinq mille auxiliaires, et les milices Germaines levées à la hâte en deçà du Rhin. Il prend pour lui le même nombre de légions et le double d'alliés, relève un ancien fort que son père avait bâti sur le mont Taunus, et avec ses troupes les plus lestes, fond sur les Cattes. Il avait laissé L. Apronius pour travailler aux digues et aux chemins. Le printemps étant sec et les rivières basses, ce qui est rare en ce climat, rien n'avait arrêté sa marche; mais il craignait au retour les pluies et les débordements. Les Cattes ne s'attendaient nullement à cette irruption. Tous ceux que leur sexe ou leur âge laissait sans défense furent pris aussitôt, ou massacrés. Les jeunes guerriers avaient passé l'Eder à la nage, et ils voulaient empêcher les Romains d'y jeter un pont. Repoussés par nos machines et nos flèches, ils entament sans fruit une négociation; quelques-uns se rendent à

quæque vincula caritatis	et ce qui *est* un lien d'amitié
apud concordes,	pour des *cœurs* unis,
erant incitamenta irarum	était un aiguillon de colère
apud infensos.	pour des *cœurs* hostiles.
LVI. Igitur Germanicus	LVI. Donc Germanicus
tradit Cæcinæ	remet à Cécina
quatuor legiones,	quatre légions,
quinque millia	cinq mille *hommes*
auxiliarium,	de *troupes* auxiliaires,
et catervas tumultuarias	et les bandes levées-à-la-hâte
Germanorum colentium	des Germains qui habitent
cis Rhenum :	en-deçà du Rhin :
ipse ducit totidem legiones,	lui-même conduit tout-autant de légions,
numerum	un nombre
duplicem sociorum :	double d'alliés :
castelloque posito	et un fort ayant été élevé
super vestigia	sur les traces
præsidii paterni	d'un poste de-son-père
in monte Tauno,	sur le mont Taunus,
rapit in Cattos	il entraîne contre les Cattes
exercitum expeditum,	*son* armée sans-bagages,
L. Apronio relicto	L. Apronius ayant été laissé
ad munitiones	pour les travaux
viarum et fluminum.	des routes et des fleuves.
Nam, rarum illi cœlo,	Car, chose rare pour ce climat,
properaverat	il avait accéléré
iter inoffensum	*sa* marche non-gênée
siccitate	grâce à la sécheresse
et amnibus modicis ;	et aux rivières basses ;
imbresque	et les pluies
et auctus fluminum	et les crues des fleuves
metuebantur regredienti.	étaient-à-craindre pour *lui* revenant.
Sed advenit	Mais il arriva
adeo improvisus Cattis,	tellement inattendu pour les Cattes,
ut, quod imbecillum	que *tout* ce qui *était* faible
ætate ac sexu,	d'âge et de sexe,
sit statim captum	fut aussitôt pris
aut trucidatum.	ou massacré.
Juventus tramiserat nando	La jeunesse avait traversé en nageant
flumen Adranam,	le fleuve *de* l'Éder,
arcebantque Romanos	et ils écartaient les Romains
cœptantes pontem :	qui commençaient un pont :
dein pulsi tormentis	ensuite repoussés par *nos* machines
sagittisque,	et par *nos* flèches,
conditionibus pacis	des conditions de paix
tentatis frustra,	ayant été tentées en vain,
quum quidam perfugissent	lorsque quelques-uns se furent réfugiés

cum perfugissent, reliqui, omissis pagis vicisque, in silvas disperguntur. Cæsar, incenso Mattio (id genti caput), aperta populatus, vertit ad Rhenum : non auso hoste terga abeuntium lacessere , quod illi moris, quoties astu magis quam per formidinem cessit. Fuerat animus Cheruscis juvare Cattos ; sed exterruit Cæcina huc illuc ferens arma ; et Marsos, congredi ausos, prospero prælio cohibuit.

LVII. Neque multo post legati a Segeste venerunt, auxilium orantes adversus vim popularium, a quis circumsedebatur; validiore apud eos Arminio, quando bellum suadebat : nam barbaris, quanto quis audacia promptus, tanto magis fidus; rebusque motis potior habetur. Addiderat Segestes legatis filium, nomine Segimundum; sed juvenis conscientia cunctabatur : quippe, anno quo Germaniæ descivere , sacerdos apud Aram. Ubiorum creatus, ruperat vittas, profugus ad rebelles. Addu-

Germanicus ; le reste, abandonnant leurs bourgades et leurs villages, se disperse dans les bois. César, après avoir brûlé Mattium, capitale de ces peuples, et ravagé le plat pays, tourna vers le Rhin; l'ennemi intimidé n'osa point inquiéter sa retraite; ce qu'il faisait toutes les fois que sa fuite était un artifice, et non pas, comme alors, l'effet de la peur. Les Chérusques avaient voulu secourir les Cattes ; mais Cécina, en menaçant plusieurs lieux à la fois , les alarma pour eux-mêmes. Les Marses osèrent l'attaquer; une victoire les réprima.

LVII. Bientôt après, il arriva des députés de la part de Ségeste pour implorer notre secours contre la violence de ses propres concitoyens qui le tenaient assiégé. Arminius avait pris l'ascendant, parce qu'il conseillait la guerre; car, chez les Barbares , plus on a d'audace et de résolution, plus on obtient de confiance ; et ceux qui bouleversent tout, sont préférés. Ségeste avait adjoint aux députés Ségimond , son fils; mais une conscience inquiète arrêtait ce jeune homme : l'année où les Germains se révoltèrent, nommé prêtre à l'Autel des Ubiens, il avait rompu ses bandelettes sacrées pour aller se joindre aux rebelles. Toutefois, enhardi par l'espoir de la clé-

ad Germanicum,	auprès de Germanicus,
reliqui,	le reste,
pagis vicisque omissis,	bourgs et villages étant abandonnés,
disperguntur in silvas.	se disperse dans les forêts.
Cæsar,	César (Germanicus),
Mattio incenso	Mattium ayant été incendié
(id caput genti),	(c'*était* la capitale à (de) *cette* nation),
populatus aperta,	ayant ravagé les *lieux* découverts,
vertit ad Rhenum :	tourna vers le Rhin :
hoste non auso lacessere	l'ennemi n'ayant pas osé attaquer
terga abeuntium,	les derrières d'*eux* se retirant,
quod moris illi,	ce qui *est* d'habitude à lui,
quoties cessit astu	toutes les fois qu'il s'est retiré par ruse
magis quam	plus que
per formidinem.	par crainte.
Animus fuerat Cheruscis	L'intention avait été aux Chérusques
juvare Cattos;	d'aider les Cattes;
sed Cæcina exterruit	mais Cécina *les* effraya
ferens arma huc illuc;	portant *ses* armes çà et là;
et prælio prospero	et par un combat heureux
cohibuit Marsos,	il contint les Marses,
ausos congredi.	qui avaient osé en-venir-aux-mains.
LVII. Neque multo post	LVII. Et non beaucoup après
legati venerunt a Segeste,	des députés vinrent de la part de Ségeste,
orantes auxilium	implorant du secours
adversus vim popularium,	contre la violence de *ses* compatriotes
a quis circumsedebatur;	par lesquels il était assiégé;
Arminio validiore apud eos,	Arminius *étant* plus puissant auprès d'eux,
quando suadebat bellum :	puisqu'il conseillait la guerre :
nam barbaris,	car chez les barbares,
tanto magis fidus,	on *est* d'autant plus digne-de-confiance,
quanto quis promptus	qu'on *est plus* prompt
audacia;	par l'audace;
habeturque potior	et on passe-pour préférable
rebus motis.	les affaires étant bouleversées.
Segestes addiderat legatis	Ségeste avait joint aux députés
filium,	*son* fils,
nomine Segimundum ;	de nom Ségimond ;
sed juvenis cunctabatur	mais le jeune-homme hésitait
conscientia :	par remords :
quippe, anno quo	en effet, l'année où
Germaniæ descivere,	les Germanies se révoltèrent,
creatus sacerdos	créé prêtre
apud Aram Ubiorum,	à l'Autel des Ubiens,
ruperat vittas,	il avait rompu *ses* bandelettes,
profugus ad rebelles.	fuyant vers les rebelles.
Tamen adductus in spem	Cependant amené à l'espoir

ctus tamen in spem clementiæ romanæ, pertulit patris mandata,
benigneque exceptus, cum præsidio gallicam in ripam missus
est. Germanico pretium fuit convertere agmen; pugnatumque
in obsidentes, et ereptus Segestes magna cum propinquorum
et clientium manu. Inerant feminæ nobiles; inter quas uxor
Arminii, eademque filia Segestis, mariti magis quam parentis
animo, neque victa in lacrimas, neque voce supplex, compressis
intra sinum manibus, gravidum uterum intuens. Ferebantur et
spolia Varianæ cladis, plerisque eorum qui tum in deditionem
veniebant prædæ data. Simul Segestes ipse, ingens visu, et memoria bonæ societatis impavidus. Verba ejus in hunc modum fuere :

LVIII. « Non hic mihi primus erga populum romanum fidei
et constantiæ dies. Ex quo a divo Augusto civitate donatus
sum, amicos inimicosque ex vestris utilitatibus delegi; neque
odio patriæ (quippe proditores, etiam iis quos anteponunt,

mence des Romains, il ne refusa point le message de son père. On
l'accueillit favorablement, et on l'envoya, avec une escorte, de l'autre côté du Rhin. Germanicus sentit l'importance de revenir sur ses
pas : on combattit les assiégeants, on délivra Ségeste avec une troupe
nombreuse de ses parents et de ses clients. Il s'y trouvait des femmes
de la plus haute naissance, entre autres, l'épouse d'Arminius. Quoique fille de Ségeste, elle avait l'esprit de son époux bien plus que
celui de son père; elle marchait sans verser une larme, sans se per-
mettre une prière, les mains jointes sur son sein, les yeux fixés sur
le fruit qu'elle portait. Venaient ensuite les dépouilles de l'armée de
Varus, échues dans le partage du butin à la plupart de ceux qui se
livraient alors à nous. Au milieu d'eux, on distinguait Ségeste à sa
taille gigantesque et à l'air d'assurance que lui donnait le souvenir
de sa fidèle amitié. Il parla en ces termes :

LVIII « Ce n'est point d'aujourd'hui que j'ai manifesté mon atta
chement et ma fidélité au peuple romain : depuis qu'Auguste m'a
mis au nombre de vos citoyens, je n'ai connu d'amis et d'ennemis
que ceux de Rome. Et ce n'est point par haine contre ma patrie, car
les traîtres sont odieux à ceux mêmes qu'ils servent ; mais les intérêts

clementiæ romanæ,
pertulit mandata patris,
exceptusque benigne,
est missus cum præsidio
in ripam Gallicam.
Fuit pretium Germanico
convertere agmen ;
pugnatumque
in obsidentes,
et Segestes ereptus
cum magna manu
propinquorum
et clientium.
Feminæ nobiles inerant ;
inter quas uxor Arminii,
eademque filia Segestis,
animo mariti
magis quam parentis,
neque victa in lacrimas,
neque supplex voce,
manibus compressis
intra sinum,
intuens uterum gravidum.
Ferebantur et spolia
cladis Varianæ,
data prædæ
plerisque eorum
qui veniebant tum
in deditionem.
Simul Segestes ipse,
ingens visu,
et impavidus
memoria bonæ societatis.
Verba ejus
fuere in hunc modum :
  LVIII. « Hic dies
non mihi primus
fidei et constantiæ
erga populum romanum.
Ex quo sum donatus
civitate a divo Augusto,
delegi amicos inimicosque
ex vestris utilitatibus ;
neque odio patriæ
(quippe proditores
sunt invisi, iis etiam
quos anteponunt),

de la clémence romaine,
il supporta les commissions de *son* père,
et reçu avec-bonté,
il fut envoyé avec une escorte
sur la rive gauloise *du Rhin*.
Il y eut de l'importance pour Germanicus
à changer *sa* marche ;
et on combattit
contre les assiégeants,
et Ségeste *fut* enlevé
avec une grande troupe
de *ses* proches
et de *ses* clients.
Des femmes nobles s'y-trouvaient ;
parmi lesquelles l'épouse d'Arminius,
et la même fille de Ségeste,
animées du cœur de *son* mari
plus que *de celui* de *son* père ;
ni vaincue jusqu'aux larmes,
ni suppliante de voix,
les mains serrées
sur *son* sein,
regardant *son* ventre gros.
Etaient portées aussi les dépouilles
de la défaite de-Varus,
données en proie
à la plupart de ceux
qui venaient alors
à soumission.
En même temps Ségeste lui-même,
grand d'aspect,
et sans-peur
par le souvenir d'une bonne alliance.
Les paroles de lui
furent de cette sorte :
  LVIII. « Ce jour
n'*est* pas pour moi le premier
de fidélité et de constance
envers le peuple romain.
Depuis que je fus gratifié
du droit-de-cité par le divin Auguste,
j'ai choisi amis et ennemis
d'après vos intérêts ;
et non par haine de *ma* patrie
(car les traîtres
sont odieux, à ceux même
qu'ils préfèrent),

invisi sunt), verum quia Romanis Germanisque idem condu-
cere, et pacem quam bellum probabam [1]. Ergo raptorem filiæ
meæ, violatorem fœderis vestri Arminium, apud Varum, qui
tum exercitui præsidebat, reum feci. Dilatus segnitia ducis,
quia parum præsidii in legibus erat, ut me et Arminium et
conscios vinciret flagitavi : testis illa nox [2], mihi utinam potius
novissima ! Quæ secuta sunt, defleri magis quam defendi pos-
sunt : ceterum et injeci catenas Arminio, et a factione ejus
injectas perpessus sum. Atque, ubi primum tui copia, vetera
novis, et quieta turbidis antehabeo : neque ob præmium, sed
ut me perfidia exsolvam ; simul genti Germanorum idoneus
conciliator, si pœnitentiam quam perniciem maluerit. Pro ju-
venta et errore filii veniam precor ; filiam necessitate huc ad-
ductam fateor : tuum erit consultare, utrum prævaleat, quod
ex Arminio concepit, an quod ex me genita est. » Cæsar clementi responso liberis propinquisque ejus incolumitatem, ipsi

---

de Rome et ceux de la Germanie m'ont paru inséparables, et la paix
préférable à la guerre. Aussi, le ravisseur de ma fille, l'infracteur
de vos traités, Arminius fut-il dénoncé par moi-même à ce Varus
qui commandait alors votre armée. Rebuté des lenteurs de votre chef,
et n'espérant rien de la faiblesse des lois, je le pressai de nous en-
chaîner tous, Arminius, ses complices et moi-même. J'en atteste
cette nuit fatale, et plût aux dieux qu'elle eût été la dernière de ma
vie! Ce qui s'est passé depuis, je le déplore plus que je ne le justifie.
Toutefois, j'ai donné des fers à Arminius, et sa faction m'en a donné
à son tour. Enfin, dès qu'il m'a été donné de vous voir, j'ai préféré
l'ancien état de choses au nouveau, la tranquillité au trouble; non
en vue d'aucune récompense, mais afin de me laver du soupçon de
perfidie, et en même temps pour ménager une médiation aux Germains, s'ils veulent prévenir leur perte par le repentir. Je demande
grâce pour la jeunesse et l'erreur de mon fils. Je conviens que la nécessité seule amène ici ma fille : c'est à vous de juger si vous devez
voir en elle la femme d'Arminius plutôt que la fille de Ségeste. »
Germanicus lui répondit avec douceur, promit toute sûreté à ses enfants et à ses proches, et à lui-même un établissement dans une de

verum quia probabam	mais parce que je reconnaissais
idem conducere	la même chose convenir
Romanis Germanisque,	aux Romains et aux Germains,
et pacem quam bellum.	et la paix *valoir mieux* que la guerre.
Ergo feci reum Arminium	Donc je fis accusé Arminius
raptorem meæ filiæ,	ravisseur de ma fille,
violatorem vestri fœderis,	infracteur de votre traité,
apud Varum,	auprès de Varus,
qui tum præerat exercitui.	qui alors commandait *votre* armée.
Dilatus segnitia ducis,	Retardé par la lenteur de *ce* chef,
quia parum præsidii	parce que peu d'appui
erat in legibus,	était dans les lois,
flagitavi ut vinciret me	je *le* suppliai qu'il enchaînât moi
et Arminium et conscios :	et Arminius et *ses* complices :
illa nox testis,	cette nuit *est* témoin,
utinam potius	plût-aux-dieux-que plutôt
novissima mihi !	*elle eût été* la dernière pour moi !
Quæ secuta sunt,	Les choses qui suivirent
possunt defleri	peuvent être déplorées
magis quam defendi :	plus qu'être défendues :
ceterum et injeci	d'ailleurs et j'ai mis
catenas Arminio,	des fers à Arminius,
et perpessus sum injectas	et j'*en* ai enduré mis-sur *moi*
a factione ejus.	par la faction de lui.
Atque antehabeo,	Et je préfère,
ubi primum copia tui,	dès que liberté de *voir* toi *est à moi*,
vetera novis,	les choses anciennes aux nouvelles,
et quieta turbidis :	et le repos au trouble ;
neque ob præmium,	et non pour une récompense,
sed ut exsolvam me	mais pour que j'absolve moi
perfidia ;	*du reproche* de perfidie ;
simul conciliator idoneus	et aussi *pour être* un médiateur utile
genti Germanorum,	à la nation des Germains,
si maluerit pœnitentiam	si elle aime-mieux le repentir
quam perniciem.	que la ruine.
Precor veniam	Je *te* prie *d'accorder* grâce
pro juventa et errore filii ;	pour la jeunesse et l'erreur de *mon* fils ;
fateor filiam	j'avoue *ma* fille
adductam huc necessitate :	*avoir été* conduite ici par la nécessité :
erit tuum consultare,	*ce* sera à-toi de délibérer
utrum prævaleat,	lequel-des-deux doit prévaloir,
quod concepit ex Arminio,	qu'elle a conçu *du fait* d'Arminius,
an quod est genita ex me. »	ou qu'elle est née de moi. »
Cæsar responso clementi	César (Germanicus) par une réponse douce
pollicetur incolumitatem	promet sûreté
liberis propinquisque ejus,	aux enfants et aux proches de lui,
ipsi sedem	à lui-même un établissement

sedem vetere in provincia [1] pollicetur. Exercitum reduxit,
nomenque imperatoris, auctore Tiberio, accepit. Arminii uxor
virilis sexus stirpem edidit : educatus Ravennæ puer, quo mox
ludibrio conflictatus sit, in tempore memorabo [2].

LIX. Fama dediti benigneque excepti Segestis vulgata, ut
quibusque bellum invitis [3] aut cupientibus erat, spe vel dolore
accipitur. Arminium, super insitam violentiam, rapta uxor,
subjectus servitio uxoris uterus, vecordem agebant : volitabatque per Cheruscos, arma in Segestem, arma in Cæsarem poscens ; heque probris temperabat : «Egregium patrem ! magnum
imperatorem ! fortem exercitum ! quorum tot manus unam mulierculam avexerint. Sibi tres legiones, totidem legatos procubuisse. Non enim se proditione, neque adversus feminas gravidas, sed palam, adversus armatos bellum tractare : cerni
adhuc Germanorum in lucis signa romana, quæ diis patriis

nos anciennes provinces. Il ramena son armée, et reçut, par ordre
de Tibère, le titre d'*imperator*. La femme d'Arminius mit au monde
un fils, qui fut élevé à Ravenne. Je dirai en son temps comment la
fortune se joua de la destinée de cet enfant.

LIX. La nouvelle de la soumission de Ségeste et du favorable ac-
cueil qui lui avait été fait, se répand bientôt chez les Barbares, et,
suivant qu'ils redoutaient ou désiraient la guerre, elle excita l'espoir
ou l'indignation. Arminius surtout, naturellement violent, furieux
de l'enlèvement de sa femme et de l'esclavage anticipé de son enfant,
se livre aux plus terribles emportements. Il vole chez les Chérusques,
il demande de tous côtés des secours contre Ségeste, et n'épargne pas
les invectives : « Le tendre père ! dit-il, le grand général ! l'intrépide armée ! tant de bras réunis pour enlever une faible femme ! Lui,
du moins, il a fait mordre la poussière à trois légions, à trois généraux. Ses armes n'étaient point la trahison, ses ennemis des femmes
enceintes : il ne faisait la guerre qu'à des guerriers, et ouvertement.
On voit encore dans les forêts de la Germanie les enseignes romaines

in vetere provincia.
Reduxit exercitum,
accepitque nomen
imperatoris,
Tiberio auctore.
Uxor Arminii
edidit stirpem sexus virilis:
memorabo in tempore,
quo ludibrio mox
sit conflictatus puer
educatus Ravennæ.
LIX. Fama Segestis
dediti exceptique benigne
vulgata
accipitur spe vel dolore,
ut bellum erat quibusque
invitis aut cupientibus.
Arminium,
super violentiam insitam,
uxor rapta,
uterus uxoris
subjectus servitio,
agebant vecordem :
volitabatque per Cheruscos,
poscens arma in Segestem,
arma in Cæsarem;
neque temperabat probris :
« Egregium patrem !
magnum imperatorem !
fortem exercitum !
quorum tot manus
avexerint
unam mulierculam.
Sibi procubuisse
tres legiones,
totidem legatos.
Se enim tractare bellum
non proditione,
neque adversus
feminas gravidas,
sed palam,
adversus armatos :
cerni adhuc
in lucis Germanorum
signa romana,
quæ suspenderit
diis patriis.

dans une ancienne province.
Il ramena *son* armée,
et reçut le nom
d'impérator,
Tibère *étant* auteur *de ce titre.*
L'épouse d'Arminius
mit-au-jour un rejeton du sexe masculin :
je rapporterai en *son* temps,
par quel jeu *du sort* bientôt
fut tourmenté *cet* enfant
élevé à Ravenne.
LIX. La renommée de Ségeste
s'étant rendu et ayant été reçu avec-faveur
s'étant divulguée
est accueillie avec espoir ou douleur,
selon que la guerre était à chacun
y répugnant ou *la* désirant.
Quant à Arminius,
outre *sa* violence naturelle,
son épouse enlevée,
le sein de *son* épouse
soumis à l'esclavage,
*l'*excitaient *comme* un furieux :
et il volait parmi les Chérusques,
demandant des armes contre Ségeste,
des armes contre César (Germanicus);
et il ne ménageait pas les invectives :
« L'excellent père !
le grand général !
la vaillante armée !
desquels tant de mains
ont emmené
une seule faible-femme.
Sous lui (Arminius) être tombées
trois légions,
tout-autant de lieutenants.
Car lui faire la guerre
non par la trahison,
ni contre
des femmes grosses,
mais ouvertement,
contre des *hommes* armés :
se voir encore
dans les bois des Germains
les enseignes romaines
qu'il a suspendues *en offrande*
aux dieux de-la-patrie.

suspenderit. Coleret Segestes victam ripam; redderet filio sacerdotium : homines Germanos nunquam satis excusaturos, quod
inter Albim et Rhenum virgas et secures et togam viderint.
Aliis gentibus, ignorantia imperii Romani, inexperta esse supplicia, nescia tributa [1] : quæ quando exuerint, irritusque di-
scesserit ille inter numina dicatus Augustus, ille delectus Tiberius, ne imperitum adolescentulum, ne seditiosum exercitum
pavescerent. Si patriam, parentes, antiqua mallent, quam
dominos et colonias novas, Arminium potius, gloriæ ac libertatis, quam Segestem, flagitiosæ servitutis ducem, sequerentur.»

LX. Conciti per hæc non modo Cherusci, sed conterminæ
gentes; tractusque in partes Inguiomerus, Arminii patruus,
veteri apud Romanos auctoritate : unde major Cæsari metus.
Et, ne bellum mole una ingrueret, Cæcinam cum quadraginta
cohortibus romanis, distrahendo hosti, per Bructeros ad flu-

qu'il a vouées aux dieux de la patrie. Que Ségeste habite la rive de
l'esclavage, qu'il rende à son fils un vil sacerdoce : jamais des Germains ne lui pardonneront d'avoir vu, entre l'Elbe et le Rhin; les
verges, les haches et la toge. Les autres nations, qui ne connaissent
point la domination romaine, n'endurent ni supplices ni tributs :
pour eux, puisqu'ils s'en sont affranchis, et qu'ils ont su résister à
cet Auguste, devenu dieu, à ce Tibère, élu empereur, que peuvent-
ils craindre d'un enfant sans expérience et d'une armée séditieuse ?
S'ils préfèrent une patrie, une famille, l'antique indépendance à des
maîtres et à des colonies nouvelles, qu'ils suivent Arminius, qui les
mène à la gloire et à la liberté, plutôt que Ségeste, qui les conduit
à une honteuse servitude. »

LX. Il souleva par ces discours, non-seulement les Chérusques,
mais toutes les nations voisines, et entraîna dans la ligue son oncle
Inguiomer, général depuis longtemps en grande réputation chez les
Romains, ce qui redoubla les craintes de Germanicus. Celui-ci,
pour empêcher du moins que tout le poids de la guerre ne tombât
d'un seul côté, et afin de diviser l'ennemi, détache Cécina avec quarante cohortes romaines, et l'envoie par le pays des Bructères, du

Segestes coleret
ripam victam ;
redderet sacerdotium filio :
homines Germanos
nunquam excusaturos satis,
quod viderint
inter Albim et Rhenum
virgas et secures et togam.
Aliis gentibus,
ignorantia imperii romani,
supplicia esse inexperta,
tributa nescia :
quæ quando exuerint,
discesseritque irritus
ille Augustus
dicatus inter numina,
ille Tiberius delectus,
ne pavescerent
adolescentulum
imperitum,
ne
exercitum seditiosum.
Si mallent patriam,
parentes, antiqua,
quam dominos
et colonias novas,
sequerentur Arminium,
ducem gloriæ ac libertatis,
potius quam Segestem,
servitutis flagitiosæ. »

LX. Per hæc conciti
non modo Cherusci,
sed gentes conterminæ ;
tractusque in partes
Inguiomerus,
patruus Arminii,
veteri auctoritate
apud Romanos :
unde metus major Cæsari.
Et, ne bellum
ingrueret una mole,
distrahendo hosti,
mittit Cæcinam
cum quadraginta
cohortibus romanis
per Bructeros
ad flumen Amisiam ;

Que Ségeste habitât
une rive vaincue ;
qu'il rendît le sacerdoce à *son* fils :
des hommes Germains
jamais ne devoir *lui* pardonner assez,
de ce qu'ils ont vu
entre l'Elbe et le Rhin
les verges et les hâches et la toge.
A d'autres nations, ·
par l'ignorance de l'empire romain,
les supplices être inusités,
les tributs inconnus :
lesquels puisqu'ils ont secoués,
et *qu'il* s'est retiré sans-succès
cet Auguste
consacré parmi les divinités,
ce Tibère choisi *après lui*,
qu'ils ne craignissent pas
un tout-jeune-homme
inexpérimenté,
qu'*ils ne craignissent pas*
une armée séditieuse.
S'ils aimaient-mieux une patrie,
des parents, des *coutumes* antiques
que des maîtres ●
et des colonies nouvelles,
qu'ils suivissent Arminius,
guide de gloire et de liberté,
plutôt que Ségeste,
guide d'une servitude ignominieuse. »

LX. Par ces *mots furent* soulevés
non-seulement les Chérusques,
mais *encore* les nations voisines ;
et *fut* entraîné dans la ligue
Inguiomer,
oncle d'Arminius,
jouissant d'une ancienne autorité
auprès des Romains :
d'où crainte plus grande à César.
Et, de peur que la guerre
ne tombât-sur *lui* d'une-seule masse,
pour diviser l'ennemi,
il envoie Cécina
avec quarante
cohortes romaines
à travers les Bructères
vers le fleuve *de* l'Ems ;

men Amisiam mittit; equitem Pedo præfectus finibus Frisio-
rum ducit; ipse impositas navibus quatuor legiones per lacus vexit [1]; simulque pedes, eques, classis, apud prædictum
amnem convenere. Chauci, quum auxilia pollicerentur, in com-
militium adsciti sunt. Bructeros, sua urentes, expedita cum
manu L. Stertinius, missu Germanici, fudit; interque cædem
et prædam reperit undevicesimæ legionis aquilam, cum Varo
amissam. Ductum inde agmen ad ultimos Bructerorum : quantumque Amisiam et Luppiam amnes inter, vastatum; haud
procul Teutoburgiensi saltu [2], in quo reliquiæ Vari legionum-
que insepultæ dicebantur.

LXI. Igitur cupido Cæsarem invadit solvendi suprema militibus ducique; permoto ad miserationem omni qui aderat exercitu, ob propinquos, amicos, denique ob casus bellorum et
sortem hominum. Præmisso Cæcina, ut occulta saltuum scruta-
retur, pontesque et aggeres humido paludum et fallacibus cam-

•

côté de l'Ems. Pédon, préfet de camp, conduisit la cavalerie par les
frontières de la Frise; Germanicus lui-même s'embarqua sur les lacs
avec quatre légions; ainsi l'infanterie, la cavalerie, la flotte se trouvèrent à la fois réunies vers le fleuve indiqué. Les Chauques offrirent
des troupes qui furent acceptées. Les Bructères dévastaient leur propre territoire : Germanicus fit marcher contre eux, avec des troupes
légères, L. Stertinius, qui les mit en fuite. Parmi les dépouilles, on
retrouva l'aigle de la dix-neuvième légion, perdue avec Varus. On
pénétra jusqu'aux extrémités de leur pays, et tout l'espace entre
l'Ems et la Lippe fut ravagé. Non loin de là se trouvaient les bois
de Teutberg, où l'on disait que Varus et ses légions étaient restés
sans sépulture.

LXI. Germanicus se sentit pressé du désir de rendre les derniers
devoirs au chef et aux soldats, et toute l'armée était émue de compassion en songeant à des amis, à des proches, aux hasards de la
guerre et au sort de l'humanité. Cécina fut envoyé devant, pour
sonder les profondeurs des forêts, pour établir des ponts et des chaus-
sées sur les terrains marécageux et mouvants; puis l'on s'enfonça

Pedo præfectus	Pédon préfet de camp
ducit equitem	conduit le cavalier (les cavaliers)
finibus Frisiorum ;	par les frontières des Frisons ;
ipse vexit per lacus	lui-même mena par les lacs
quatuor legiones	quatre légions
impositas navîbus ;	mises-sur des navires ;
pedesque, eques, classis,	et le fantassin , le cavalier, la flotte
convenere simul	se réunirent ensemble
apud amnem prædictum.	vers le fleuve indiqué-d'avance.
Quum pollicerentur	Comme ils promettaient
auxilia,	des secours ,
Chauci sunt adsciti	les Chauques furent admis
in commilitium.	au nombre-de-nos-compagnons-d'armes.
L. Stertinius,	L. Stertinius,
missu Germanici ,	par mission de Germanicus ,
fudit cum manu expedita	mit-en-fuite avec une troupe légère
Bructeros, urentes sua ;	les Bructères, qui brûlaient leur pays ;
interque cædem et prædam	et parmi le carnage et le butin
reperit aquilam	il retrouva l'aigle
undevicesimæ legionis ,	de la dix-neuvième légion ;
amissam cum Varo.	qui avait été perdue avec Varus.
Inde agmen ductum	De là la troupe fut conduite
ad ultimos Bructerorum :	jusqu'aux derniers confins des Bructères :
quantumque	et autant de pays qu'il y en a
inter amnes Amisiam	entre les fleuves de l'Ems
et Luppiam,	et de la Lippe.
vastatum ;	fut ravagé ;
haud procul saltu	non loin du bois
Teutoburgiensi ,	de-Teutberg ,
in quo reliquiæ	dans lequel les débris
Vari legionumque	de Varus et de ses légions
dicebantur insepultæ.	étaient dits être restés sans-sépulture.
LXI. Igitur cupido	LXI. Donc le désir
solvendi suprema	de rendre les derniers devoirs
militibus ducique	aux soldats et au chef
invadit Cæsarem ;	s'empare de César (Germanicus);
omni exercitu qui aderat	toute l'armée qui était-là
permoto ad miserationem	étant émue de compassion
ob propinquos , amicos ,	pour des proches , des amis,
denique ob casus bellorum	enfin pour les hasards des guerres
et sortem hominum.	et le sort des hommes.
Cæcina præmisso ,	Cécina ayant été envoyé-en-avant ,
ut scrutaretur	pour qu'il sondât
occulta saltuum ,	les parties cachées des bois ,
imponeretque	et qu'il établît
pontes et aggeres	des ponts et des chaussées
humido paludum	sur l'humidité des marais

pis imponeret, incedunt mœstos locos, visuque ac memoria
deformes. Prima Vari castra, lato ambitu et dimensis princi-
piis, trium legionum manus ostentabant; dein, semiruto vallo,
humili fossa, accisæ jam reliquiæ consedisse intelligebantur;
medio campi albentia ossa, ut fugerant, ut restiterant, disjecta
vel aggerata. Adjacebant fragmina telorum equorumque artus,
simul truncis arborum antefixa ora; lucis propinquis barbaræ
aræ, apud quas tribunos ac primorum ordinum centuriones
mactaverant. Et cladis ejus superstites, pugnam aut vincula
elapsi, referebant, « hic cecidisse legatos; illic raptas aquilas;
primum ubi vulnus Varo adactum; ubi infelici dextra et suo
ictu mortem invenerit; quo tribunali concionatus Arminius;
quot patibula captivis, quæ scrobes; utque signis et aquilis
per superbiam illuserit. »

dans ces bois sinistres, qui offraient un coup d'œil et des souvenirs
affreux. Le premier camp de Varus, à sa vaste enceinte, aux di-
mensions de sa place d'armes, annonçait le travail des trois légions.
On comprenait, à ses faibles retranchements, à son fossé peu profond, que le second avait servi de retraite à leurs débris. Au milieu
de la plaine, des ossements blanchis, épars ou entassés, selon qu'on
avait fui ou combattu, jonchaient la terre pêle-mêle, avec des
membres de chevaux et des armes brisées : des têtes humaines pen-
daient à des troncs d'arbres; et dans les bois voisins, on voyait les autels barbares sur lesquels furent égorgés les tribuns et les centurions
des premières compagnies. Quelques témoins de cette fatale journée,
échappés au carnage ou aux fers, montraient les lieux où périrent
les lieutenants; ceux où les aigles furent prises; celui où Varus reçut sa première blessure; celui où ce chef infortuné s'acheva de ses
propres mains; le tribunal d'où Arminius harangua; ce qu'il y eut
de gibets, ce qu'il y eut de fosses pour les prisonniers; tous les outrages dont son orgueil accabla les enseignes et les aigles romaines.

et campis fallacibus ,	et sur les plaines trompeuses ,
incedunt locos mœstos ,	ils s'avancent dans *ces* lieux tristes,
deformesque visu	et affreux par la vue
ac memoria.	et par le souvenir.
Prima castra Vari ,	Le premier camp de Varus,
lato ambitu	par *sa* large enceinte
et principiis dimensis ,	et *ses* places-d'armes proportionnées ,
ostentabant manus	indiquaient les mains (l'ouvrage)
trium legionum ;	de trois légions ;
dein ,	puis ,
vallo semiruto ,	par un retranchement à-demi-ruiné ,
humili fossa,	par un humble fossé ,
reliquiæ intelligebantur	*leurs* débris étaient compris
consedisse jam accisæ ;	s'être arrêtés déjà taillés-en-pièces ;
medio campi	au milieu de la plaine
ossa albentia	*étaient* des ossements blanchis
disjecta vel aggerata ,	épars ou amoncelés ,
ut fugerant,	selon qu'ils avaient fui,
ut restiterant.	selon qu'ils avaient résisté.
Adjacebant	Gisaient-auprès
fragmina telorum	des fragments de traits
artusque equorum ,	et des membres de chevaux ,
simul ora	en même temps des têtes
antefixa truncis arborum ;	fixées à des troncs d'arbres ;
lucis propinquis	dans les bois voisins
aræ barbaræ ,	*s'élevaient* les autels barbares,
apud quas mactaverant	vers lesquels ils avaient immolé
tribunos ac centuriones	les tribuns et les centurions
primorum ordinum.	des premières compagnies.
Et superstites ejus cladis ,	Et les survivants de cette défaite ,
elapsi pugnam	échappés au combat
aut vincula,	ou aux fers ,
referebant ,	rapportaient,
« hic cecidisse legatos ;	« ici être tombés les lieutenants ;
illic aquilas raptas ;	là les aigles *avoir été* enlevées ;
ubi primum vulnus	où la première blessure
adactum Varo ;	*fut* portée à Varus ;
ubi invenerit mortem	où il trouva la mort
dextra infelici	d'une *main* droite malheureuse
et suo ictu ;	et par son *propre* coup ;
quo tribunali	de quel tribunal
Arminius concionatus ;	Arminius harangua *les siens* ;
quot patibula captivis ,	combien de gibets pour les captifs ,
quæ scrobes ;	quelles fosses *creusées pour eux* ;
utque illuserit	et comme il insulta
per superbiam	par orgueil
signis et aquilis. »	aux enseignes et aux aigles. »

LXII. Igitur romanus qui aderat exercitus, sextum post cladis annum, trium legionum ossa, nullo noscente alienas re liquias an suorum humo tegeret, omnes ut conjunctos, ut consanguineos, aucta in hostem ira mœsti simul et infensi, condebant: Primum exstruendo tumulo cespitem Cæsar posuit, gratissimo munere in defunctos, et præsentibus doloris socius. Quod Tiberio haud probatum, seu cuncta Germanici in deterius trahenti, sive exercitum imagine cæsorum insepultorumque tardatum ad prælia et formidolosiorem hostium credebat; neque imperatorem, auguratu et vetustissimis cærimoniis præditum, attrectare feralia debuisse.

LXIII. Sed Germanicus, cedentem in avia Arminium secutus, ubi primum copia fuit, evehi equites, campumque quem hostis insederat eripi jubet. Arminius colligi suos, et propinquare silvis monitos, vertit repente; mox signum pro-

LXII. Ainsi donc, six ans après le massacre de trois légions, une autre armée romaine venait donner la sépulture à leurs ossements délaissés. Incertain s'il renfermait dans la terre la dépouille d'un proche ou d'un étranger, chacun s'intéressait à ces tristes restes, comme à ceux d'un parent ou d'un frère, et, sentant redoubler sa rage contre l'ennemi, les ensevelissait avec une douleur mêlée d'indignation. Germanicus posa le premier gazon du tombeau, honorant les morts par ce devoir pieux, et s'associant à l'affliction des vivants. Tout cela fut blâmé par Tibère, soit qu'il ne pût rien approuver dans Germanicus, soit que le spectacle de tant de milliers d'hommes massacrés et sans sépulture lui parût propre à refroidir l'ardeur du soldat pour la guerre, et à lui inspirer la crainte de l'ennemi, soit enfin qu'il crût la dignité de général, la sainteté de l'augurat et des rites les plus antiques, incompatibles avec ces fonctions funéraires.

LXIII. Cependant Germanicus poursuivait Arminius, qui s'enfonçait dans des lieux impraticables. Dès qu'il put le joindre, il fit marcher la cavalerie pour le chasser d'une plaine qu'il occupait. Arminius avait averti les siens de se replier et de se rapprocher des

LXII. Igitur
exercitus romanus
qui aderat,
condebant ossa
trium legionum,
post sextum annum cladis,
nullo noscente
tegeret humo reliquias
alienas an suorum,
omnes ut conjunctos,
ut consanguineos,
ira in hostem aucta,
mœsti simul et infensi.
Cæsar, munere
gratissimo in defunctos,
et socius doloris
præsentibus,
posuit primum cespitem
tumulo exstruendo.
Quod haud
probatum Tiberio,
seu trahenti in deterius
cuncta Germanici,
sive credebat exercitum
tardatum ad prœlia
et formidolosiorem
hostium
imagine cæsorum
insepultorumque ;
neque imperatorem,
præditum auguratu
et cærimoniis
vetustissimis,
debuisse attrectare
feralia.

LXIII. Sed Germanicus,
secutus Arminium
cedentem in avia,
ubi primum copia fuit,
jubet equites evehi,
campumque eripi
quem hostis insederat.
Arminius vertit repente
suos monitos colligi,
et propinquare silvis ;
mox dedit signum
prorumpendi

LXII. Ainsi
l'armée romaine
qui était-là,
couvrait les ossements
de trois légions,
après la sixième année du désastre,
nul ne sachant
s'il couvrait de terre les restes
d'-étrangers ou des siens,
tous comme unis-à *eux*,
comme *étant* de-même-sang,
leur colère contre l'ennemi s'augmentant,
tristes tout-ensemble et indignés.
César (Germanicus), par un devoir
très-honorable envers les morts,
et s'-associant à la douleur
de *ceux* qui-étaient-présents,
posa le premier gazon
sur le tombeau devant être élevé.
Ce qui ne *fut* pas
approuvé par Tibère,
soit tournant à mal
tous les *actes* de Germanicus,
soit qu'il crût l'armée
avoir été retardée pour les combats
et *rendue* plus-accessible-à-la crainte
des ennemis
par l'image d'*hommes* massacrés
et laissés-sans-sépulture ;
et un général,
orné par l'augurat
et par les cérémonies
les plus antiques,
n'avoir pas dû toucher
des *objets* funèbres.

LXIII. Mais Germanicus,
ayant suivi Arminius
fuyant dans des *lieux* impraticables,
aussitôt que possibilité fut *à lui*,
ordonne les cavaliers se-porter-en-avant,
et la plaine être enlevée
laquelle l'ennemi avait occupée.
Arminius fait-retourner tout à coup
les siens avertis de se replier,
et de s'approcher des forêts ;
bientôt il donna le signal
de s'élancer-en-avant

rumpendi, dedit iis quos per saltus occultaverat. Tunc nova
acie turbatus eques, missæque subsidiariæ cohortes, et fugientium agmine impulsæ, auxerant consternationem; trudeban-
turque in paludem gnaram vincentibus, iniquam nesciis, ni
Cæsar productas legiones instruxisset : inde hostibus terror,
fiducia militi ; et manibus æquis abscessum. Mox, reducto ad
Amisiam exercitu, legiones classe, ut advexerat, reportat :
pars equitum littore Oceani petere Rhenum jussa : Cæcina, qui
suum militem ducebat, monitus, quamquam notis itineribus regrederetur, Pontes longos ¹ quam maturrime superare. Angu-
stus is trames, vastas inter paludes, et quondam a L. Domitio ²
aggeratus : cetera limosa, tenacia gravi cœno, aut rivis incerta erant. Circum silvæ paulatim acclives ; quas tum Arminius implevit, compendiis viarum et cito agmine, onustum
sarcinis armisque militem quum antevenisset. Cæcinæ dubi-

forêts. Là il les fait tourner brusquement, et donne le signal de l'at-
taque à ceux qu'il avait cachés dans les bois. La vue d'une nouvelle armée trouble la cavalerie, qui se renverse sur les cohortes
envoyées pour la soutenir, et les entraîne dans sa fuite. Le désordre
devenait général ; ils allaient être poussés dans un marais connu du
vainqueur, dangereux pour des étrangers, lorsque Germanicus fit
avancer les légions en ordre de bataille. Ce mouvement intimide
l'ennemi, rassure nos troupes, et l'on se sépare avec un avantage
égal. Germanicus ramena bientôt ses légions vers l'Ems, et les rem-
barqua sur les vaisseaux qui les avaient apportées. Une partie de la
cavalerie eut ordre de gagner le Rhin, en côtoyant l'Océan. Cécina
conduisit son corps séparément ; et, quoique la route qu'il prit lui fût
connue, on lui recommanda de faire la plus grande diligence pour repasser les longs Ponts : on appelait ainsi une chaussée étroite entre
de vastes marais, anciennement construite par L. Domitius. Des
deux côtés était une fange épaisse, visqueuse ou mouvante par les
sources qui l'entrecoupaient : tout autour s'élevaient des bois en
pente douce. Arminius, avec des troupes plus lestes, avait, par des
chemins plus courts, prévenu nos soldats, chargés d'armes et de
bagages, et s'était posté dans ces bois. Cécina, doutant de pouvoir

iis quos occultaverat per saltus.	à ceux qu'il avait cachés dans les bois.
Tunc eques turbatus nova acie,	Alors le cavalier *est* troublé par *cette* nouvelle armée,
cohortesque missæ subsidiariæ,	et les cohortes *qui avaient été* envoyées *comme* auxiliaires,
et impulsæ agmine fugientium,	et *qui furent* entraînées par la troupe des fuyards,
auxerant consternationem;	avaient augmenté le désordre;
trudebanturque in paludem gnaram vincentibus,	et ils étaient jetés dans un marais connu des vainqueurs,
iniquam nesciis,	défavorable à *eux* ne-*le*-connaissant-pas,
ni Cæsar instruxisset legiones productas :	si César (Germanicus) n'eût rangé les légions amenées-en-avant :
inde terror hostibus,	de là terreur pour les ennemis,
fiducia militi;	confiance pour le soldat;
et abscessum manibus æquis.	et on se sépara à mains égales.
Mox, exercitu reducto ad Amisiam,	Bientôt, l'armée ayant été ramenée vers l'Ems,
reportat legiones classe, ut advexerat :	il rembarque *ses* légions sur la flotte, comme il *les* avait fait-venir :
pars equitum jussa petere Rhenum littore Oceani :	une partie des cavaliers reçut-l'ordre de gagner le Rhin par le rivage de l'Océan :
Cæcina, qui ducebat suum militem,	Cécina, qui conduisait son soldat (ses soldats) *séparément*,
monitus,	*fut* averti,
quanquam regrederetur itineribus notis,	quoiqu'il revînt par des chemins connus,
superare longos Pontes quam maturrime.	de passer les longs Ponts le plus tôt possible.
Is trames angustus, inter vastas paludes,	C'*est* une chaussée étroite, entre de vastes marais,
et aggeratus quondam a L. Domitio :	et construite autrefois par L. Domitius :
cetera erant limosa, tenacia cœno gravi, aut incerta rivis.	les autres *chemins* étaient fangeux, visqueux par une vase épaisse, ou mouvants par des ruisseaux.
Circum silvæ paulatim acclives;	*Tout* autour des forêts insensiblement en-pente;
quas Arminius implevit, tum quum antevenisset,	lesquelles Arminius remplit, alors qu'il avait prévenu,
compendiis viarum et cito agmine,	par des épargnes de chemins et par une prompte marche,
militem onustum sarcinis armisque.	un soldat (des soldats) chargé de bagages et d'armes.

tanti quonam modo ruptos vetustate pontes reponeret, simulque propulsaret hostem, castra metari in loco placuit; ut opus,
et alii prælium inciperent.

LXIV. Barbari perfringere stationes, seque inferre munitoribus nisi, lacessunt, circumgrediuntur, occursant; miscetur operantium bellantiumque clamor : et cuncta pariter Romanis
adversa; locus uligine profunda; idem ad gradum instabilis,
procedentibus lubricus; corpora gravia loricis; neque librare
pila inter undas poterant. Contra Cheruscis sueta apud paludes prælia; procera membra; hastæ ingentes ad vulnera facienda quamvis procul. Nox demum inclinantes tum legiones
adversæ pugnæ exemit. Germani ob prospera indefessi, ne tum
quidem sumpta quiete, quantum aquarum circumsurgentibus
jugis oritur, vertere in subjecta : mersaque humo, et obruto

rétablir les ponts que le temps avait rompus, et repousser en même
temps l'ennemi, jugea convenable de camper dans cet endroit : il
disposa une partie de ses troupes pour l'ouvrage, et l'autre pour le
combat.

LXIV. Les Barbares s'efforcent de rompre les corps avancés, afin
de percer jusqu'aux travailleurs; ils nous harcellent, nous inquiètent
sur les flancs, nous attaquent de front. Le cri des ouvriers se mêle
au cri des combattants. Tous les désavantages étaient pour les Romains, embarrassés dans cette fange profonde, où l'on enfonçait en
s'arrêtant, où l'on glissait en marchant; leurs lourdes cuirasses les
gênaient; ils ne pouvaient ajuster leurs traits au milieu de l'eau;
tandis que tout favorisait les Chérusques, et l'habitude de combattre
dans les marais, et leur haute stature, et leurs longues lances, qui
atteignaient de loin. Nos légions commençaient à plier. Enfin la nuit
les dégagea d'un combat inégal. Les Germains, que le succès rendait
infatigables, loin de prendre du repos, travaillèrent à détourner toutes
les eaux qui coulent des hauteurs environnantes, les versèrent dans
la vallée, qui en fut submergée, et, noyant tous les ouvrages faits,
doublèrent le travail du soldat. C'était la quarantième campagne

Placuit Cæcinæ
dubitanti quonam modo
reponeret pontes
ruptos vetustate,
simulque
propulsaret hostem,
metari castra in loco;
ut inciperent opus,
et alii prælium.

LXIV. Barbari nisi
perfringere stationes,
seque inferre munitoribus,
lacessunt,
circumgrediuntur,
occursant;
clamor operantium
bellantiumque
miscetur :
et cuncta pariter
adversa Romanis;
idem locus
uligine profunda
instabilis ad gradum,
lubricus procedentibus;
corpora
gravia loricis;
neque poterant
librare pila inter undas.
Contra prælia apud paludes
sueta Cheruscis;
membra procera;
hastæ ingentes
ad facienda vulnera
quamvis procul.
Nox demum
exemit pugnæ adversæ
legiones inclinantes tum.
Germani indefessi
ob prospera,
quiete
ne quidem tum sumpta,
vertere in subjecta
quantum oritur aquarum
jugis circumsurgentibus :
humoque mersa,
et quod effectum operis
obruto,

Il plut à Cécina
qui doutait de quelle manière
il rétablirait les ponts
rompus par la vétusté,
et en même temps
repousserait l'ennemi,
de tracer *son* camp dans *ce* lieu ;
pour que *les uns* commençassent le travail,
et les autres le combat.

LXIV. Les barbares s'étant efforcés
de rompre les postes,
et de se porter-contre les travailleurs,
les attaquent,
les entourent,
se-présentent-de-front ;
le cri des travailleurs
et des combattants
se mêle :
et tout également
est désavantageux aux Romains ;
le même lieu
par une humidité profonde
est sans-solidité pour le pas,
glissant pour *ceux* qui s'avancent ;
leurs corps
sont rendus pesants par des cuirasses ;
et ils ne pouvaient
brandir *leurs* traits au milieu des eaux.
Au contraire les combats dans les marais
étaient habituels aux Chérusques ;
leurs membres *étaient* grands ;
leurs lances longues
pour faire des blessures
quoique de loin.
La nuit enfin
arracha à un combat désavantageux
nos légions qui pliaient alors.
Les Germains infatigables
à cause de *leurs* succès,
du repos
pas même alors n'étant pris,
détournèrent sur les *lieux* bas
autant qu'il sort d'eaux
des hauteurs qui-s'élevaient-tout-autour :
et la terre étant submergée,
et ce qui *avait été* fait d'ouvrage
étant englouti,

quod effectum operis, duplicatus militi labor. Quadragesimum id stipendium Cæcina parendi aut imperitandi habebat, secundarum ambiguarumque rerum sciens, eoque interritus. Igitur, futura volvens, non aliud reperit, quam ut hostem silvis coerceret, donec saucii, quantumque gravioris agminis anteirent. Nam medio montium et paludum porrigebatur planities, quæ tenuem aciem pateretur. Deliguntur legiones, quinta dextro lateri, unaetvicesima in lævum, primani ducendum ad agmen, vicesimanus adversum secuturos.

LXV. Nox per diversa inquies : quum barbari festis epulis, læto cantu, aut truci sonore subjecta vallium ac resultantes saltus complerent; apud Romanos invalidi ignes, interruptæ voces, atque ipsi passim adjacerent vallo, oberrarent tentoriis, insomnes magis quam pervigiles. Ducemque terruit dira quies;

que faisait Cécina, soit comme chef, soit comme subalterne. Il connaissait les succès et les disgrâces de la guerre; aussi rien ne l'étonnait. Combinant donc sa position, il ne trouva d'autre expédient que d'occuper une petite plaine qui s'étendait entre les montagnes et les marais, et où l'on pouvait ranger quelques troupes en bataille; de là il contiendrait l'ennemi dans les bois, jusqu'à ce qu'il eût fait passer les blessés avec les gros bagages. Il fait un choix des légions; il place la cinquième à la droite, la dix-neuvième à la gauche; il réserve la première pour conduire la marche, la vingtième pour protéger la retraite.

LXV. La nuit, de part et d'autre, fut sans repos; mais quelle différence dans les deux camps! Chez les Barbares, des festins, des chants d'allégresse, ou des cris menaçants que l'écho des bois renvoyait au fond des vallées; chez les Romains, quelques feux languissants, des mots entrecoupés, un accablement général dans les soldats, étendus le long des palissades, errant autour des tentes, moins éveillés qu'incapables de dormir. Leur chef fut tourmenté d'un songe affreux : il crut voir et entendre Quinctilius Varus, tout

labor duplicatus militi.	le travail *fut* doublé au soldat.
Cæcina habebat	Cécina avait (faisait)
id stipendium	cette campagne
quadragesimum	la quarantième
parendi aut imperitandi,	d'obéissance ou de commandement;
sciens rerum secundarum	connaissant les choses favorables
ambiguarumque,	et les *choses* douteuses,
eoque interritus.	et par là sans-peur.
Igitur, volvens futura,	Roulant donc les *chances* à venir,
non reperit aliud,	il ne trouva pas autre chose,
quam ut coerceret	que de contenir
hostem silvis,	l'ennemi dans les forêts,
donec saucii,	tant que les blessés,
quantumque	et autant qu'il y *avait*
agminis gravioris	de troupes plus pesantes
anteirent.	iraient-en-avant.
Nam medio	Car au milieu (dans l'intervalle)
montium et paludum	des montagnes et des marais
porrigebatur planities,	s'étendait une plaine,
quæ pateretur	qui souffrait (permettait)
tenuem aciem.	une faible armée-en-bataille.
Legiones deliguntur,	Des légions sont choisies,
quinta lateri dextro,	la cinquième pour le flanc droit.
unaetvicesima in lævum,	la vingt-et-unième pour le *flanc* gauche,
primani	ceux-de-la-première
ad ducendum agmen,	pour conduire la marche,
vicesimanus	celui-(ceux)-de-la-vingtième
adversum secuturos.	contre *ceux* qui poursuivraient.
LXV. Nox inquies	LXV. La nuit *fut* sans-repos
per diversa :	par des *causes* diverses :
quum barbari complerent	puisque les barbares remplissaient
subjecta vallium	les *lieux* bas des vallées
ac saltus resultantes	et les bois retentissants
epulis festis, cantu læto,	de repas de-fête, d'un chant joyeux,
aut sonore truci ;	ou d'accents sauvages ;
apud Romanos	*et que* chez les Romains
ignes invalidi,	*c'étaient* des feux languissants,
voces interruptæ,	des voix interrompues,
atque ipsi passim	et qu'eux-mêmes çà et là
adjacerent vallo,	étaient-couchés-auprès du retranchement,
oberrarent tentoriis,	erraient-autour des tentes,
magis insomnes	plutôt sans-sommeil
quam pervigiles.	que veillant.
Quiesque dira	Et un sommeil affreux
terruit ducem ;	effraya le général ;
nam visus est	car il parut (il crut)
cernere et audire	voir et entendre

nam Quinctilium **Varum**, sanguine oblitum et paludibus emer-
sum, cernere et audire visus est, velut vocantem, non tamen
obsecutus, et manum intendentis repulisse. Cœpta luce, missæ
in latera legiones, metu an contumacia, locum deseruere, capto
propere campo, humentia ultra. Neque tamen Arminius, quamquam libero incursu, statim prorupit; sed, ut hæsere cœno fos-
sisque impedimenta, turbati circum milites, incertus signorum
ordo, utque tali in tempore, sibi quisque properus et lentæ adversum imperia aures, irrumpere Germanos jubet, clamitans :
« En Varus ¹, et eodem iterum fato victæ legiones ! » Simul hæc,
et cum delectis scindit agmen, equisque maxime vulnera inge-
rit : illi sanguine suo et lubrico paludum lapsantes, excussis
rectoribus, disjicere obvios , proterere jacentes. Plurimus circa
aquilas labor, quæ neque adversum ferri ingruentia tela, neque
figi limosa humo poterant. Cæcina , dum sustentat aciem,

souillé de sang, qui se levait du fond de ces marais, qui l'appelait,
qui étendait ses mains vers lui pour l'entraîner : il est vrai qu'il re-
fusait de le suivre, et le repoussait. Au point du jour, les légions envoyées sur les ailes, soit frayeur, soit mutinerie, quittèrent leur
place et se postèrent à la hâte dans un champ au delà du marais.
Cependant, libre de fondre sur nous, Arminius ne voulut point encore attaquer; mais, dès qu'il vit nos bagages embarrassés dans la
vase et dans les fossés, tout autour les soldats en désordre, les rangs
mal gardés; alors, profitant de la confusion inséparable de ces moments où chacun, ne songeant qu'à soi, n'écoute plus le commandement, il fait sonner la charge, en criant : « Voilà Varus! voilà
ses légions que le même destin nous livre une seconde fois! » En
même temps, suivi de l'élite des siens, il enfonce nos bataillons, et
s'attache surtout à blesser les chevaux , qui , glissant sur leur sang
et la glaise des marais, renversent leurs cavaliers, dispersent tout
devant eux, écrasent ceux qui sont tombés. Le plus grand désordre
fut autour des aigles, qu'on ne pouvait ni porter à travers une grêle
de traits, ni assujettir dans une terre limoneuse. Cécina , s'efforçant

Quinctilium Varum,	Quinctilius Varus,
oblitum sanguine	tout-couvert de sang
et emersum paludibus,	et se levant des marais,
velut vocantem,	comme *l'*appelant,
non obsecutus tamen,	n'ayant pas obéi cependant,
et repulisse manum	et avoir repoussé la main
intendentis.	*de Varus* qui-tendait-vers *lui* la *sienne*.
Luce cœpta,	La lumière (le jour) commencée,
legiones missæ in latera	les légions envoyées sur les flancs
deseruere locum,	quittèrent *leur* place,
metu an contumacia,	par crainte ou par révolte,
campo capto propere,	une plaine étant prise *par elles* à la hâte
ultra humentia.	au delà des *lieux* humides.
Neque tamen Arminius	Et cependant Arminius
prorupit statim,	ne s'élança point aussitôt,
quanquam incursu	quoique une charge
libero;	*étant* libre *à lui*;
sed, ut impedimenta	mais, comme les bagages
hæsere cœno	s'embarrassèrent dans la boue
fossisque,	et dans les fossés,
milites circum turbati,	*que* les soldats *tout* autour *étaient* troublés,
ordo signorum incertus,	*que* l'ordre des enseignes *était* incertain,
utque in tali tempore,	et comme dans une telle circonstance,
quisque properus sibi	chacun *était* pressé pour soi
et aures lentæ	et *que* les oreilles *étaient* lentes
adversum imperia,	à l'encontre des commandements,
jubet Germanos	il ordonne les Germains
irrumpere,	s'élancer,
clamitans : « En Varus,	s'écriant : « Voici Varus,
et legiones victæ iterum	et les légions vaincues une-seconde-fois
eodem fato ! »	par le même destin ! »
Simul hæc,	En même temps qu'*il dit* ces *mots*,
et scindit agmen	et il perce *notre* troupe
cum delectis,	avec des *hommes* choisis,
ingeritque vulnera	et il porte des blessures
maxime equis :	surtout aux chevaux :
illi lapsantes suo sanguine	ceux-ci s'affaissant sur leur sang
et lubrico paludum,	et sur le *sol* glissant des marais,
rectoribus excussis,	*leurs* cavaliers étant renversés,
disjicere obvios,	*se mettent* à disperser ceux-devant *eux*,
proterere jacentes.	à écraser *ceux* qui-étaient-à-terre.
Plurimus labor	Le plus de peine
circa aquilas,	*fut* autour des aigles,
quæ poterant neque ferri	qui ne pouvaient ni être portées
adversum tela ingruentia,	contre les traits qui pleuvaient,
neque figi humo limosa.	ni être plantées sur une terre fangeuse.
Cæcina	Cécina,

suffosso equo delapsus, circumveniebatur, ni prima legio sese
opposuisset. Juvit hostium aviditas, omissa cæde, prædam
sectantium ; enisæque legiones, vesperascente die, in aperta et
solida. Neque is miseriarum finis : struendum vallum, petendus
agger [1] : amissa magna ex parte per quæ egeritur humus [2] aut
exciditur cespes ; non tentoria manipulis, non fomenta saucjis;
infectos cœno aut cruore cibos dividentes, funestas tenebras,
et tot hominum millibus unum jam reliquum diem, lamentabantur.

LXVI. Forte equus, abruptis vinculis vagus et clamore territus, quosdam occurrentium obturbavit. Tanta inde consternatio irrupisse Germanos credentium, ut cuncti ruerent ad portas,
quarum decumana maxime petebatur [3], aversa hosti et fugientibus tutior. Cæcina, comperto vanam esse formidinem, quum
tamen neque auctoritate, neque precibus, ne manu quidem ob-

de soutenir le choc, eut son cheval tué sous lui ; il tomba, et allait
être enveloppé, sans les efforts de la première légion. L'avidité des
ennemis, plus occupés du butin que du carnage, nous sauva ; et, vers
le soir, les légions parvinrent à gagner un terrain découvert et so-
lide. Mais leurs maux n'étaient point à leur terme. Il fallut construire
un rempart, chercher des matériaux. On avait perdu la plupart des
outils nécessaires pour creuser la terre et couper le gazon. On n'avait
point de tentes pour les soldats, point de médicaments pour les
blessés : en se partageant quelques vivres souillés de boue.et de sang ,
on se lamentait sur cette nuit funeste ot sur le lendemain, qui devait être le dernier de tant de milliers d'hommes.

LXVI. Dans ce moment, un cheval échappé, effrayé par les cris,
renversa quelques hommes sur son passage. Aussitôt ce fut une consternation générale ; on crut que les Germains avaient pénétré dans
le camp. Tous les soldats se précipitent vers les portes ; la plupart
courent à la porte décumane, qui, étant la plus éloignée de l'ennemi,
paraissait plus sûre. Cécina, instruit que c'était une fausse alarme, ne
pouvait retenir les fuyards ni par autorité, ni par prières, ni par

dum sustentat aciem, pendant qu'il soutient l'armée,
delapsus equo tombé de *son* cheval
suffosso, qui *avait été* tué-sous *lui*,
circumveniebatur, était enveloppé,
ni prima legio si la première légion
sese opposuisset. ne se fût mise-devant.
Aviditas hostium L'avidité des ennemis
sectantium prædam, qui recherchaient le butin,
cæde omissa, le carnage étant laissé-de-côté,
juvit; aida *les Romains;*
dieque vesperascente, et le jour inclinant-vers-le-soir,
legiones enisæ les légions parvinrent-péniblement
in aperta et solida. dans des *lieux* découverts et solides.
Neque is finis miseriarum : Et ce ne *fut* pas la fin de *leurs* misères :
struendum vallum, il fallait élever un retranchement,
petendus agger : il fallait chercher des matériaux :
per quæ humus egeritur *les outils* par lesquels la terre se-tire
aut cespes exciditur on le gazon se coupe
amissa ex magna parte ; *avaient été* perdus en grande partie ;
non tentoria manipulis, point de tentes pour les soldats,
non fomenta sauciis ; point de médicaments pour les blessés :
dividentes cibos *se* partageant des vivres
infectos cœno aut cruore, souillés de boue ou de sang,
lamentabantur ils déploraient
tenebras funestas, des ténèbres funestes,
et unum diem et le seul jour
reliquum jam qui-restait enfin
tot millibus hominum. à tant de milliers d'hommes.

LXVI. Forte equus, LXVI. Par hasard un cheval,
vagus vinculis abruptis errant *ses* liens étant rompus
et territus clamore, et effrayé par les cris,
obturbavit quosdam jeta-le-désordre-parmi quelques-uns
occurrentium. de *ceux* qui-se-trouvaient-au-passage.
Inde consternatio tanta De là la consternation *fut* si grande
credentium Germanos d'*eux* qui croyaient les Germains
irrupisse, avoir fait-irruption,
ut cuncti que tous
ruerent ad portas, se précipitaient vers les portes,
quarum decumana desquelles la décumane
petebatur maxime, était gagnée surtout,
aversa hosti étant tournée-du-côté-opposé à l'ennemi
et tutior fugientibus. et plus sûre pour *eux* fuyant.
Cæcina, comperto Cécina, *cela* étant reconnu,
formidinem esse vanam, la terreur être vaine,
quum tamen comme cependant
quiret obsistere, il ne pouvait résister,
aut retinere militem ou (ni) retenir le soldat

sistere, aut retinere militem quiret, projectus in limine portæ, miseratione demum, quia per corpus legati eundum erat, clausit viam ; simul tribuni et centuriones falsum pavorem docuerunt.

LXVII. Tunc, contractos in principia , jussosque dicta cum silentio accipere, temporis ac necessitatis monet : « Unam in armis salutem ; sed ea consilio temperanda , manendumque intra vallum, donec expugnandi hostes spe propius succederent : mox undique erumpendum ; illa eruptione ad Rhenum perveniri ; quod si fugerent, plures silvas , profundas magis paludes , sævitiam hostium superesse ; at victoribus decus , gloriam. » Quæ domi cara, quæ in castris honesta, memorat : reticuit de adversis. Equos dehinc, orsus a suis, legatorum tribunorumque, nulla ambitione , fortissimo cuique bellatori tradit, ut hi, mox pedes, in hostem invaderent.

force. Enfin , il se jette tout étendu sur le seuil de la porte, fermant le passage avec son corps , et les soldats, émus enfin de pitié , eurent honte de fouler aux pieds leur général. En même temps les tribuns et les centurions les détrompèrent sur le sujet de leur frayeur.

LXVII. Alors Cécina les rassemble sur la place d'armes, et , leur ayant recommandé le silence , il leur représente la situation de l'armée : « Qu'ils n'ont de ressource que dans leur courage, mais qu'il faut le tempérer par la prudence ; qu'il faut rester dans les retranchements jusqu'à ce que l'ennemi s'avance dans l'espoir de les forcer ; qu'alors ils sortiront brusquement de tous côtés ; que cette sortie les mène au Rhin ; qu'ils trouveront, s'ils fuient , plus de forêts, des marais plus profonds, des ennemis cruels ; que , vainqueurs , au contraire, l'honneur et les distinctions les attendent. » Il leur rappelle ce qu'ils ont de cher dans leurs foyers, de glorieux dans le camp ; il se tait sur le reste. Puis il fait amener les chevaux des tri · buns et des centurions , en commençant par les siens, et , sans rien consulter que le mérite, il les donne aux plus braves. Ceux-ci devaient charger d'abord, ensuite l'infanterie.

neque auctoritate,	ni par autorité,
neque precibus,	ni par prières,
ne quidem manu,	pas même par la main (par force),
projectus in limine portæ,	s'étant couché sur le seuil de la porte,
clausit viam	ferma le chemin
demum miseratione,	seulement par la pitié,
quia erat eundum	parce qu'il fallait marcher
per corpus legati;	sur le corps du lieutenant;
simul tribuni	en même temps les tribuns
et centuriones	et les centurions
docuerunt pavorem falsum.	montrèrent la terreur *être* fausse.
LXVII. Tunc monet	**LXVII.** Alors il instruit
temporis ac necessitatis,	du temps et de la nécessité,
contractos in principia,	*eux* rassemblés sur la place-d'armes,
jussosque accipere dicta	et commandés de recevoir *ses* paroles
cum silentio :	en silence :
« Unam salutem in armis ;	« L'unique salut *être* dans les armes ;
sed ea temperanda	mais elles devoir être réglées
consilio,	par la prudence,
manendumque	et falloir rester
intra vallum,	dans le retranchement,
donec hostes	jusqu'à ce que les ennemis
succederent propius	s'avançassent plus près
spe expugnandi :	dans l'espoir de *le* forcer :
mox erumpendum	bientôt (alors) falloir sortir
undique;	de tous côtés;
illa eruptione	par cette sortie-*là*
perveniri ad Rhenum ;	*être possible de* parvenir jusqu'au Rhin ;
quod si fugerent,	que s'ils fuyaient,
plures silvas,	plus de forêts,
paludes magis profundas,	des marais plus profonds,
sævitiam hostium	la cruauté des ennemis
superesse ;	rester (les attendre);
at victoribus	mais à *eux* vainqueurs
decus, gloriam. »	l'honneur, la gloire. »
Memorat	Il *leur* rappelle
quæ cara domi,	ce qu'*ils ont* de cher dans la famille,
quæ honesta in castris :	ce qu'*ils ont* de glorieux dans le camp :
reticuit de adversis.	il se tut sur les revers.
Dehinc tradit equos	Ensuite il remet les chevaux
legatorum tribunorumque,	des lieutenants et des tribuns,
orsus a suis,	ayant commencé par les siens,
cuique	à chaque
fortissimo bellatori,	plus vaillant guerrier,
nulla ambitione,	sans aucune brigue (distinction),
ut hi, mox pedes,	afin que ceux-ci *d'abord*, puis le fantassin,
invaderent in hostem.	chargeassent l'ennemi.

LXVIII. Haud minus inquies Germanus spe, cupidine, et diversis ducum sententiis agebat : Arminio, « sinerent egredi, egressosque rursum per humida et impedita circumvenirent, » suadente : atrociora Inguiomero, et læta barbaris, ut vallum armis ambirent; « promptam expugnationem, plures captivos, incorruptam prædam fore. » Igitur, orta die, proruunt fossas [1], injiciunt crates, summa valli prensant, raro super milite et quasi ob metum defixo. Postquam hæsere munimentis, datur cohortibus signum, cornuaque ac tubæ concinuere : exin clamore et impetu tergis Germanorum circumfunduntur, exprobrantes, « non hic silvas, nec paludes, sed æquis locis æquos deos. » Hosti, facile excidium et paucos ac semiermos cogitanti, sonus tubarum, fulgor armorum, quanto inopina, tanto

LXVIII. L'espérance, l'avidité du pillage, la lutte des opinions entre les chefs ne tenaient pas les Germains moins éveillés. Arminius conseillait de laisser décamper les Romains, pour les envelopper de nouveau, lorsqu'ils seraient engagés dans des lieux humides et difficiles. Inguiomer voulait, au contraire, qu'on attaquât les retranchements, promettant un prompt succès, plus de prisonniers, un meilleur butin. Cet avis plus hardi plut aux Barbares. Dès le matin, ils remplissent les fossés, jettent des claies, cherchent à saisir le haut des palissades. Nos soldats se montrent sur le rempart, clair semés et comme transis de frayeur. Dès que Cécina voit les Germains embarrassés dans les retranchements, il donne le signal à ses troupes ; tous les clairons, toutes les trompettes sonnent à la fois ; les Romains sortent brusquement, enveloppent les Barbares de leurs cris et de leurs armes, leur reprochant leur lâcheté : « Ce ne sont point ici des forêts, des marais ; mais un terrain égal et des dieux équitables. » L'ennemi comptait sur une destruction facile ; il nous croyait en petit nombre et mal armés. Le bruit des trompettes et l'éclat des armes venant à le saisir tout à coup, la surprise ajoute encore à son effroi :

LXVIII. Germanus	**LXVIII.** Le Germain
agebat	demeurait
haud minus inquies	non moins agité
spe, cupidine,	par l'espoir, l'avidité,
et diversis sententiis	et les différents avis
ducum :	des chefs :
Arminio suadente,	Arminius conseillant,
« sinerent egredi,	« qu'ils laissassent sortir *les Romains*,
rursumque	et que de nouveau
circumvenirent egressos	ils enveloppassent *eux* sortis
per humida et impedita :	à travers des *lieux* humides et difficiles : »
Inguiomero	Inguiomer *conseillant*
atrociora,	des choses plus violentes
et læta barbaris,	et agréables aux barbares, *savoir*,
ut ambirent armis	qu'ils assiégeassent en armes
vallum ;	le retranchement ;
« expugnationem	« la prise-d'assaut
fore promptam,	devoir être prompte,
captivos plures,	les prisonniers plus nombreux,
prædam incorruptam. »	le butin entier. »
Igitur, die orta,	Donc, le jour étant levé,
proruunt fossas,	ils comblent les fossés,
injiciunt crates,	jettent-dessus des claies,
prensant summa valli,	saisissent le haut du retranchement
milite raro super	le soldat *étant* rare dessus
et quasi defixo ob metum.	et comme immobile de frayeur.
Postquam hæsere	Lorsqu'ils s'accrochèrent
munimentis,	aux remparts,
signum datur cohortibus,	le signal est donné aux cohortes,
cornuaque ac tubæ	et les clairons et les trompettes
concinuere :	sonnèrent-ensemble :
exin clamore et impetu	puis avec un cri et un élan
circumfunduntur	*les Romains* enveloppent
tergis Germanorum,	les derrières des Germains,
exprobrantes,	en *les* invectivant,
« non hic silvas,	« n'y *avoir* point ici de forêts,
nec paludes,	ni de marais,
sed locis æquis	mais dans les lieux égaux (unis)
deos æquos. »	des dieux égaux (impartiaux). »
Sonus tubarum,	Le son des trompettes,
fulgor armorum	l'éclat des armes
offunduntur tanto majora,	frappent avec-d'autant-plus-de force
quanto inopina,	qu'*ils étaient* inattendus,
hosti cogitanti	l'ennemi qui rêvait
excidium facile	une ruine facile
et paucos	et des *gens* peu-nombreux
ac semiermos ;	et à-demi-armés ;

majora offunduntur; cadebantque, ut rebus secundis avidi, ita
adversis incauti. Arminius integer, Inguiomerus post grave
vulnus, pugnam deseruere : vulgus trucidatum est, donec ira
et dies permansit. Nocte demum reversæ legiones, quamvis
plus vulnerum, eadem ciborum egestas fatigaret, vim, sanitatem, copias, cuncta in victoria habuere.

LXIX. Pervaserat interim circumventi exercitus fama, et infesto Germanorum agmine Gallias peti : ac, ni Agrippina impositum Rheno pontem solvi prohibuisset, erant qui id flagitium formidine auderent. Sed femina, ingens animi, munia
ducis per eos dies induit, militibusque, ut quis inops aut saucius, vestem et fomenta dilargita est. Tradit C. Plinius [1], germanicorum bellorum scriptor, stetisse apud principium pontis,
laudes et grates reversis legionibus habentem. Id Tiberii animum altius penetravit : « Non enim simplices eas curas, nec
adversus externos militem quæri : nihil relictum imperatori-

il se laisse tuer, aussi déconcerté dans le malheur que présomptueux
dans le succès. Arminius et Inguiomer quittent le combat, l'un sain
et sauf, l'autre grièvement blessé. La multitude est massacrée, tant
que dure le jour et la colère du soldat. La nuit enfin ramena les légions
avec plus de blessures et la même disette de vivres, mais elles retrou-
vèrent tout, la force, la santé, l'abondance dans la victoire.

LXIX. Cependant le bruit s'était répandu que les Germains avaient
enveloppé l'armée, et que leurs troupes victorieuses menaçaient les
Gaules : et si Agrippine n'eût empêché de rompre le pont jeté sur le
Rhin, il y en avait que la terreur eût portés à cette lâcheté. Cette
femme magnanime fit alors les fonctions de général, et elle distribua
des habits, des secours et des médicaments à tous les soldats pauvres
ou blessés. L'historien des guerres de Germanie, Pline, rapporte
qu'elle se tint à la tête du pont, complimentant à leur passage et
remerciant les légions. Cette action s'imprima profondément dans
l'âme de Tibère. « De tels soins, selon lui, cachaient des vues secrètes, et ce n'était pas contre l'étranger qu'on cherchait à gagner
le soldat. Il ne restait plus rien à faire aux empereurs, dès qu'une

cadebantque,
ita incauti rebus adversis,
ut avidi secundis.
Arminius integer,
Inguiomerus
post vulnus grave,
deseruere pugnam :
vulgus est trucidatum,
donec ira et dies permansit.
Nocte demum
legiones reversæ,
quamvis plus vulnerum,
eadem egestas ciborum
fatigaret,
habuere cuncta in victoria,
vim, sanitatem, copias.
LXIX. Interim fama
exercitus circumventi
pervaserat,
et Gallias peti
agmine infesto
Germanorum :
ac, ni Agrippina
prohibuisset pontem
impositum Rheno
solvi,
erant qui formidine
auderent id flagitium.
Sed femina, ingens animi,
induit per eos dies
munia ducis,
dilargitaque est militibus
vestem et fomenta,
ut quis inops aut saucius.
C. Plinius, scriptor
bellorum Germanicorum,
tradit stetisse
apud principium pontis,
habentem laudes et grates
legionibus reversis.
Id penetravit altius
animum Tiberii :
« Eas enim curas
non simplices,
nec militem quæri
adversus externos :
nihil relictum

et ils tombaient,
ainsi déconcertés par le malheur,
comme *naguère* avides dans le succès.
Arminius non-blessé,
Inguiomer
après une blessure grave,
quittèrent le combat :
la multitude fut massacrée,
tant que la colère et le jour durèrent.
A la nuit seulement
les légions revenues,
quoique plus de blessures,
et la même disette de vivres
les fatigua,
eurent (trouvèrent) tout dans la victoire,
force, santé, abondance.
LXIX. Cependant la renommée
de l'armée enveloppée
s'était répandue,
et les Gaules être menacées
par les troupes hostiles
des Germains :
et, si Agrippine
n'eût empêché le pont
placé-sur le Rhin
être rompu,
il y avait *des soldats* qui par frayeur
oseraient (eussent osé) cette infamie.
Mais *cette* femme, grande d'âme,
revêtit pendant ces jours-*là*
les fonctions du général,
et distribua aux soldats
habits et médicaments,
selon que chacun *était* pauvre ou blessé.
C. Pline, écrivain
des guerres de-Germanie,
rapporte *elle* s'être tenue
à la tête du pont,
ayant des louanges et des remercîments
pour les légions revenues.
Cela pénétra plus profondément
le cœur de Tibère :
« Car ces soins-*là*
n'*être* pas naturels,
et le soldat n'être pas recherché
contre les étrangers :
rien n'*être* laissé

bus, ubi femina manipulos intervisat, signa adeat, largitionem
tentet ; tanquam parum ambitiose filium ducis gregali habitu
circumferat , Cæsaremque Caligulam appellari velit. Potiorem
jam apud exercitus Agrippinam, quam legatos , quam duces :
compressam a muliere seditionem, cui nomen principis obsistere non quiverit. » Accendebat hæc onerabatque Sejanus,
peritia morum Tiberii .odia in longum jaciens, quæ reconderet,
auctaque promeret.   •

LXX. At Germanicus legionum, quas navibus vexerat, secundam et quartamdecimam itinere terrestri P. Vitellio du-
cendas tradit, quo levior classis vadoso mari innaret, vel reci-
proco sideret. Vitellius primum iter sicca humo, aut modice
allabente æstu , quietum habuit : mox, impulsu aquilonis, simul sidere æquinoctii quo maxime tumescit Oceanus, rapi agique
agmen : et opplebantur terræ : eadem freto, littori, campis facies ; neque discerni poterant incerta ab solidis, brevia a pro-

femme passait en revue les centuries, se mêlait au milieu des enseignes , essayait les largesses : comme si c'était montrer peu d'ambition que de promener partout, en habit de soldat, le fils d'un général, de donner à un César le nom de Caligula. Agrippine déjà
l'emportait à l'armée sur les lieutenants, sur les généraux. Une
femme avait étouffé une sédition que le nom du prince n'avait pu arrêter. » Séjan envenimait encore et aggravait ces soupçons : connaissant le cœur de Tibère, il y semait de bonne heure des haines qui,
nourries en silence, devaient éclater un jour plus terribles.

LXX. Cependant Germanicus, pour alléger ses vaisseaux sur une
mer pleine de bas-fonds , ou pour s'échouer plus doucement à l'instant du reflux, détache deux de ses légions, la seconde et la quatorzième, et charge Vitellius de les conduire par terre. La marche
d'abord fut heureuse, sur un terrain sec, ou que le flux mouillait
faiblement. Bientôt le vent du nord se joignant aux grandes marées
de l'équinoxe, refoula les vagues sur nos bataillons : les eaux couvraient la terre. Déjà l'on ne distinguait plus la mer, le rivage , les
campagnes, les fonds solides ou mouvants, les gués ou les préci-

imperatoribus,	aux empereurs,
ubi femina	*là* où une femme
intervisat manipulos,	visite les troupes,
adeat signa,	approche des enseignes,
tentet largitionem ;	essaye les largesses;
tanquam circumferat	comme si elle promenait
parum ambitiose	peu ambitieusement
filium ducis	le fils du général
habitu gregali,	en habit de-simple-soldat.
velitque Cæsarem	et voulait un César
appellari Caligulam.	être appelé Caligula.
Agrippinam jam potiorem	Agrippine déjà *être* plus puissante
apud exercitus,	auprès des armées,
quam legatos,	que des lieutenants,
quam duces :	que des généraux :
seditionem,	une sédition,
cui nomen principis	à laquelle le nom du prince
non quiverit obsistere,	n'a pu s'opposer,
compressam a muliere. »	*avoir été* étouffée par une femme. ».
Sejanus accendebat	Séjan irritait
onerabatque hæc,	et aggravait ces *soupçons*,
jaciens in longum	jetant pour un long *temps*
peritia morum Tiberii	par expérience du caractère de Tibère
odia, quæ reconderet,	des haines, que *celui-ci* cachait,
promeretque aucta.	et faisait-éclater *une fois* augmentées.
LXX. At Germanicus	LXX. Mais Germanicus
tradit P. Vitellio	remet à P. Vitellius
ducendas itinere terrestri	pour être conduites par la route de-terre
secundam legionum	la seconde des légions
et quartamdecimam,	et la quatorzième,
quas vexerat navibus,	qu'il avait amenées sur des navires,
quo classis levior	afin que la flotte plus légère
innaret mari vadoso,	voguât sur une mer pleine-de-bas-fonds,
vel sideret reciproco.	ou s'échouât au reflux.
Vitellius habuit primum	Vitellius eut d'abord
iter quietum humo sicca,	un chemin paisible sur un terrain sec,
aut æstu allabente modice :	ou le flux y venant à peine :
mox, impulsu aquilonis,	bientôt, par l'impulsion de l'aquilon,
simul sidere æquinoctii	*et* aussi par l'influence de l'équinoxe,
quo Oceanus	par laquelle l'Océan
tumescit maxime,	s'enfle le plus,
agmen rapi agique :	la troupe d'être entraînée et emportée :
et terræ opplebantur :	et les terres se couvraient:
eadem facies	le même aspect *était*
freto, littori, campis ;	à la mer, au rivage, aux campagnes;
neque incerta poterant	et les *terrains* mouvants ne pouvaient
discerni ab solidis,	être distingués des solides,

fundis : sternuntur fluctibus, hauriuntur gurgitibus; jumenta, sarcinæ, corpora exanima, interfluunt, occursant : permiscentur inter se manipuli, modo pectore, modo ore tenus exstantes, aliquando, subtracto solo, disjecti aut obruti. Non vox et mutui hortatus juvabant, adversante unda : nihil strenuus ab ignavo, sapiens ab imprudenti, consilia a casu differre : cuncta pari violentia involvebantur. Tandem Vitellius, in editiora enisus, eodem agmen subduxit. Pernoctavere sine ustensilibus, sine igne, magna pars nudo aut mulcato corpore, haud minus miserabiles quam quos hostis circumsidet; quippe illis etiam honestæ mortis usus, his inglorium exitium. Lux reddidit terram; penetratumque ad amnem Unsingin [1], quo Cæsar classe contenderat. Impositæ deinde legiones, vagante fama submersas; nec fides salutis, antequam Cæsarem exercitumque reducem videre.

pices. Culbutés par les flots, submergés dans les abîmes, les Romains étaient encore embarrassés par le choc continuel des chevaux, des bagages, des corps morts flottant de tous côtés. Les compagnies se confondent; les soldats sont dans l'eau, tantôt jusqu'à la poitrine, tantôt jusqu'au visage; quelquefois la terre leur manque, ils disparaissent. Ni la voix du chef, ni leurs exhortations mutuelles ne pouvaient rien contre l'impétuosité des vagues; le brave n'avait aucun avantage sur le lâche, le prudent sur le téméraire, la réflexion sur le hasard : tous étaient également emportés par la violence des eaux. Enfin Vitellius parvient à gagner une hauteur : il y retire son armée. Ils passèrent la nuit sans feu, sans provisions, la plupart nus ou meurtris de coups, non moins à plaindre que ceux que l'ennemi tient assiégés de toutes parts : au moins un trépas honorable s'offre à ceuxci; eux, ils n'attendaient qu'une mort sans gloire. Heureusement la terre reparut avec le jour, et l'on atteignit les bords de l'Hunsing, où Germanicus avait conduit sa flotte. Les légions y furent rembarquées. Le bruit courut qu'elles avaient été submergées, et l'on ne fut détrompé sur leur sort qu'en revoyant Germanicus et son armée de retour.

brevia a profundis :
les gués des abîmes ;

sternuntur fluctibus ,
les soldats sont renversés par les flots ,

hauriuntur gurgitibus ;
sont engloutis dans les gouffres ;

jumenta , sarcinæ ,
chevaux, bagages,

corpora exanima,
corps privés-de-vie,

interfluunt, occursant :
flottent-entre *les rangs*, se heurtent :

manipuli
les manipules

permiscentur inter se,
se confondent entre eux,

exstantes
s'élevant-hors *de l'eau*

modo pectore tenus ,
tantôt jusqu'à la poitrine ,

modo ore,
tantôt *jusqu'à* la figure ,

aliquando disjecti
quelquefois dispersés

aut obruti ;
ou engloutis,

solo subtracto.
le sol se-dérobant-sous *eux*.

Vox et hortatus mutui
La voix et les encouragements mutuels

non juvabant ,
ne *les* aidaient pas,

unda adversante :
l'onde luttant-contre *eux :*

strenuus differre nihil
le brave ne différer *en* rien

ab ignavo,
du lâche,

sapiens ab imprudenti ,
le sage de l'imprudent,

consilia a casu :
le conseil du hasard :

cuncta involvebantur
tout était entraîné

pari violentia.
avec une égale violence.

Tandem Vitellius ,
Enfin Vitellius ,

enisus in editiora,
parvenu-avec-effort à des *lieux* plus hauts,

subduxit agmen eodem.
amena l'armée au même endroit.

Pernoctavere
Ils y passèrent-toute-la-nuit

sine ustensilibus, sine igne,
sans usténsiles , sans feu ,

magna pars
une grande partie

corpore nudo aut mulcato,
le corps nu ou meurtri ,

haud minus miserabiles
non moins dignes-de-pitié

quam quos
que *ceux* que

hostis circumsidet ;
l'ennemi entoure ;

quippe illis etiam
car à ceux-là encore

usus mortis honestæ,
est la ressource d'une mort honorable,

his exitium inglorium.
mais à ceux-ci le trépas *est* sans-gloire.

Lux reddidit terram ;
Le jour *leur* rendit la terre ;

penetratumque
et on pénétra

ad amnem Unsingin ,
vers le fleuve Hunsing ,

quo Cæsar
où César (Germanicus)

contenderat classe.
s'était dirigé avec *sa* flotte.

Deinde legiones impositæ,
Ensuite les légions *furent* embarquées,

fama vagante submersas ;
le bruit se répandant *elles* submergées ;

nec fides salutis,
et la croyance à *leur* salut ne *s'établit* pas,

antequam videre
avant qu'on eût vu

Cæsarem exercitumque
César (Germanicus) et *son* armée

reducem.
de-retour.

LXXI. Jam Stertinius, ad accipiendum in deditionem Segimerum, fratrem Segestis, præmissus, ipsum et filium ejus in
civitatem Ubiorum perduxerat. Data utrique venia, facile Segimero, cunctantius filio; quia Quinctilii Vari corpus illusisse
dicebatur. Ceterum, ad supplenda exercitus damna certavere
Galliæ, Hispaniæ, Italia, quod cuique promptum, arma, equos,
aurum offerentes. Quorum laudato studio Germanicus, armis
modo et equis ad bellum sumptis, propria pecunia militem juvit;
utque cladis memoriam etiam comitate leniret, circumire saucios, facta singulorum extollere : vulnera intuens, alium spe,
alium gloria, cunctos alloquio et cura, sibique et prælio firmabat.

LXXII. Decreta eo anno triumphalia insignia [1] A. Cæcinæ,
L. Apronio, C. Silio, ob res cum Germanico gestas. Nomen
Patris patriæ Tiberius, a populo sæpius ingestum, repudiavit:
neque in acta sua jurari [2], quanquam censente senatu, per-

LXXI. Déjà Stertinius, détaché pour recevoir à discrétion Ségimer, frère de Ségeste, l'avait amené, lui et son fils, dans la cité
des Ubiens. On pardonna facilement au père, plus difficilement au
fils, qu'on disait avoir insulté le cadavre de Varus. Les Gaules, les
Espagnes, l'Italie rivalisèrent de zèle pour réparer les pertes de l'armée; chacun offrit ce qu'il avait, des chevaux, des armes ou de
l'or. Germanicus loua leur empressement, et n'accepta que des armes
et des chevaux pour la guerre : il secourut les soldats de sa bourse,
et, par des soins plus touchants encore, cherchant à leur faire oublier leurs maux, il visitait les blessés, vantait leurs belles actions,
examinait leurs plaies. Enfin, encourageant les uns par l'espérance,
les autres par la gloire, parlant à tous, s'intéressant à tous, il les
attachait à la guerre et à sa personne.

LXXII. On décerna cette année les ornements du triomphe à Cécina, à L. Apronius et à C. Silius, pour la part qu'ils avaient eue
aux succès de Germanicus. Tibère refusa le nom de Père de la patrie, malgré les instances réitérées du peuple; et, quoique le sénat
l'eût décrété, il ne voulut point souffrir qu'on jurât sur ses actes,

LXXI. Jam Stertinius
præmissus
ad Segimerum ,
fratrem Segestis,
accipiendum in deditionem,
perduxerat ipsum
et filium ejus
in civitatem Ubiorum.
Venia data utrique ,
facile Segimero ,
cunctantius filio ;
qui dicebatur illusisse
corpus Quinctilii Vari.
Ceterum Galliæ,
Hispaniæ , Italia certavere
ad supplenda
damna exercitus,
offerentes
quod promptum cuique ,
arma, equos, aurum.
Quorum studio laudato,
armis modo et equis
sumptis ad bellum ,
Germanicus juvit militem
propria pecunia ;
utque leniret
etiam comitate
memoriam cladis,
circumire saucios,
extollere facta singulorum:
intuens vulnera,
firmabat sibique et prælio
alium spe , alium gloria,
cunctos alloquio et cura.

LXXII. Eo anno
insignia triumphalia
decreta A. Cæcinæ,
L. Apronio, C. Silio ,
ob res gestas
cum Germanico.
Tiberius repudiavit
nomen Patris patriæ ,
ingestum sæpius a populo:
neque permisit jurari
in sua acta,
quanquam senatu censente,
dictitans, « incerta

LXXI. Déjà Stertinius
envoyé-en-avant
pour Ségimer,
frère de Ségeste,
devant être reçu à merci
l'avait amené lui-même
et le fils de lui
dans la cité des Ubiens.
Grâce *fut* accordée à l'un-et-à-l'autre
facilement à Ségimer,
avec-plus-d'hésitation à *son* fils ;
parce qu'il était dit avoir insulté
le corps de Quinctilius Varus.
Au reste les Gaules ,
les Espagnes , l'Italie rivalisèrent
pour réparer
les pertes de l'armée,
offrant
ce qui *était* à-la-disposition à chacun ,
des armes, des chevaux, de l'or.
Desquels le zèle étant loué ,
des armes seulement et des chevaux
ayant été pris pour la guerre ,
Germanicus aida le soldat
de *son* propre argent ;
et afin qu'il adoucît
encore par *son* affabilité
le souvenir du désastre,
il se mit à visiter les blessés ,
à exalter les faits de chacun :
regardant les blessures,
il affermissait et pour lui et pour le combat
l'un par l'espérance, l'autre par la gloire,
tous par une allocution et par du soin.

LXXII. Cette année
les ornements triomphaux
furent décernés à A. Cécina ,
à L. Apronius, à C. Silius ,
à cause des choses faites
avec Germanicus.
Tibère refusa
le nom de Père de la patrie ,
qui lui fut offert souvent par le peuple :
et il ne permit pas être juré
sur ses actes,
quoique le sénat *en* étant-d'avis,
répétant, « *être* incertaines

misit, « cuncta mortalium incerta, quantoque plus adeptus foret,
tanto se magis in lubrico » dictitans. Non tamen ideo faciebat
fidem civilis animi, nam legem majestatis reduxerat ; cui nomen
apud veteres idem , sed alia in judicium veniebant : si quis
proditione exercitum, aut plebem seditionibus , denique male
gesta republica majestatem populi romani minuisset. Facta
arguebantur, dicta impune erant : primus Augustus cognitio-
nem de famosis libellis, specie legis ejus tractavit, commotus
Cassii Severi libidine, qua viros feminasque illustres procaci-
bus scriptis diffamaverat. Mox Tiberius, consultante Pompeio
Macro, prætore, an judicia majestatis redderentur, exercendas
leges esse respondit. Hunc quoque asperavere carmina, incertis
auctoribus, vulgata ', in sævitiam superbiamque ejus, et discor-
dem cum matre animum.

LXXIII. Haud pigebit referre in Falanio et Rubrio, modicis
equitibus romanis, prætentata crimina ; ut quibus initiis, quanta

répétant sans cesse « que rien n'était stable ici-bas, et qu'avec plus
de pouvoir il serait moins affermi. » Toutefois on était loin de lui
croire l'esprit républicain ; car il venait de renouveler la loi de majesté ; loi qui, chez les anciens, avec le même nom, embrassait des
objets tout différents, trahisons à l'armée, séditions dans Rome ,
toute atteinte en un mot portée par un magistrat prévaricateur à la
majesté du peuple romain. Elle punissait les actions , jamais les
paroles. Auguste, outré de la licence de Cassius Sévérus, qui, dans
des écrits insolents, avait diffamé ce que Rome renfermait de plus
illustre dans les deux sexes, appliqua le premier cette loi aux libelles injurieux. Depuis, Tibère, consulté par le préteur Pompéius
Macer, si l'on recevrait les accusations de lèse-majesté, répondit que
les lois étaient faites pour être exécutées. Ce qui l'aigrit encore , ce
furent des vers anonymes qui coururent alors sur sa cruauté, son
orgueil et ses querelles avec sa mère.

LXXIII. Il ne sera pas inutile de rapporter comment on essaya
d'abord ces sortes d'accusations sur deux simples chevaliers romains, Falanius et Rubrius. On connaîtra par là la marche de

cuncta mortalium,	toutes les choses des mortels,
seque	et lui *être*
tanto magis in lubrico,	d'autant plus sur un *terrain* glissant,
quanto adeptus foret plus. »	qu'il avait obtenu plus. »
Tamen ideo	Cependant pour cela
non faciebat fidem	il ne faisait pas foi (croire)
animi civilis,	de (à) *son* esprit populaire,
nam reduxerat	car il avait ressuscité
legem majestatis;	la loi de majesté;
cui nomen idem	à laquelle le nom *était* le même
apud veteres,	chez les anciens,
sed alia	mais d'autres *actes*
veniebant in judicium :	venaient en jugement :
si quis minuisset	si quelqu'un avait porté-atteinte
exercitum proditione,	à l'armée par trahison,
aut plebem seditionibus,	ou au peuple par des séditions,
denique majestatem	enfin à la majesté
populi romani	du peuple romain
republica male gesta.	par la république mal administrée.
Facta arguebantur,	Les actes étaient incriminés,
dicta erant impune :	les paroles étaient *dites* impunément :
Augustus primus,	Auguste le premier,
specie ejus legis,	sous prétexte d'*observer* cette loi,
tractavit cognitionem	fit-faire une instruction
de libellis famosis,	sur les libelles scandaleux,
commotus libidine	excité par le déréglement
Cassii Severi,	de Cassius Sévérus,
qua diffamaverat	par lequel *celui-ci* avait diffamé
scriptis procacibus	dans des écrits insolents
viros feminasque illustres.	des hommes et des femmes illustres.
Mox Tiberius,	Bientôt Tibère,
Pompeio Macro, prætore,	Pompéius Macer, préteur,
consultante,	*le* consultant *pour savoir,*
an judicia majestatis	si des jugements de *lèse*-majesté
redderentur,	seraient rendus,
respondit leges	répondit les lois
esse exercendas.	devoir être exécutées.
Asperavere hunc quoque	Exaspérèrent lui aussi
carmina vulgata,	des vers publiés ;
auctoribus incertis,	les auteurs *en restant* incertains,
in sævitiam superbiamque,	contre la cruauté et l'orgueil,
et animum ejus	et l'esprit de lui
discordem cum matre.	en-mésintelligence avec *sa* mère.
LXXIII. Haud pigebit	LXXIII. Je ne *me* repentirai pas
referre	de rapporter
crimina prætentata	les accusations essayées-d'abord
in Falanio et Rubrio,	sur Falanius et Rubrius,

Tiberii arte, gravissimum exitium irrepserit, dein repressum
sit, postremo arserit cunctaque corripuerit, noscatur. Falanio
objiciebat accusator, quod inter cultores Augusti[1], qui per
omnes domos in modum collegiorum habebantur, Cassium
quemdam, mimum, corpore infamem, adscivisset; quodque,
venditis hortis, statuam Augusti simul mancipasset. Rubrio
crimini dabatur violatum perjurio nomen Augusti[2]. Quæ ubi
Tiberio notuere, scripsit consulibus : « Non ideo decretum patri suo cœlum, ut in perniciem civium iis honor verteretur. Cassium histrionem solitum, inter alios ejusdem artis, interesse
ludis quos mater sua in memoriam Augusti sacrasset. Nec
contra religiones fieri, quod effigies ejus, ut alia numinum simulacra, venditionibus hortorum et domúum accedant. Jusju-
randum perinde æstimandum, quam si Jovem fefellisset : deorum injurias diis curæ. »

Tibère, avec quel art il introduisit les premiers germes de ce mal
exécrable qui, arrêté un moment, s'est rannmé depuis avec plus
de fureur, pour tout dévorer. L'accusateur reprochait à Falanius
d'avoir admis un pantomime de mœurs infâmes, nommé Cassius,
dans une de ces confréries qui alors étaient établies dans toutes les
maisons en l'honneur d'Auguste; et ensuite d'avoir vendu avec ses
jardins une statue d'Auguste. Pour Rubrius, on lui faisait un crime
d'avoir profané le nom d'Auguste par un faux serment. Dès que
Tibère fut instruit de ces accusations, il écrivit aux consuls « qu'on
n'avait point placé son père au rang des dieux pour que cet honneur
causât la perte des citoyens : que l'histrion Cassius, et d'autres de
sa profession, avaient assisté souvent aux jeux que Livie célébrait
en mémoire d'Auguste; que la statue de ce prince, ainsi que celles
des autres dieux, pouvait, sans que la religion en fût blessée, être
comprise dans la vente d'une maison ou d'un jardin; qu'à l'égard
du parjure, il fallait le juger comme adressé à Jupiter, mais que
c'était aux dieux à venger leurs injures. »

modicis equitibus romanis;	modestes chevaliers romains;
ut noscatur	afin qu'il soit connu
quibus initiis,	par quels commencements,
quanta arte Tiberii,	par quel grand art de Tibère,
exitium gravissimum	le fléau le plus terrible
irrepserit,	se glissa *dans l'empire*,
dein sit repressum,	puis fut réprimé,
postremo arserit	enfin se ranima
corripueritque cuncta.	et saisit tout.
Accusator objiciebat	L'accusateur reprochait
Falanio,	à Falanius,
quod adscivisset	qu'il avait admis
quemdam Cassium,	un certain Cassius,
mimum, infamem corpore,	mime, infâme de corps,
inter cultores Augusti,	parmi les adorateurs d'Auguste,
qui habebantur	qui étaient établis
per omnes domos	dans toutes les maisons
in modum collegiorum;	en espèce de collèges;
quodque, hortis venditis,	et que, des jardins étant vendus,
mancipasset simul	il avait aliéné en même temps
statuam Augusti.	une statue d'Auguste.
Nomen Augusti	Le nom d'Auguste
violatum perjurio	profané par un parjure
dabatur crimini Rubrio.	était imputé à crime à Rubrius.
Quæ ubi	Dès que ces choses
notuere Tiberio,	furent connues de Tibère,
scripsit consulibus:	il écrivit aux consuls:
« Cœlum non decretum	«Le ciel n'*avoir* pas *été* décerné
suo patri ideo,	à son père pour cela,
ut is honor verteretur	pour que cet honneur fût tourné
in perniciem civium.	à la perte des citoyens.
Histrionem Cassium,	L'histrion Cassius
inter alios ejusdem artis,	parmi d'autres de la même profession,
solitum interesse ludis	avoir eu coutume d'assister aux jeux
quos sua mater sacrasset	que sa mère avait consacrés
in memoriam Augusti.	en mémoire d'Auguste.
Nec fieri contra religiones,	Et *cela* ne pas se faire contre la religion,
quod effigies ejus,	que l'image de lui,
ut alia simulacra	comme d'autres simulacres
numinum,	de divinités,
accedant venditionibus	s'ajoutent à des ventes
hortorum et domuum.	de jardins et de maisons.
Jusjurandum æstimandum	Le serment devoir être apprécié
perinde, quam si	de même, que si
fefellisset Jovem:	il eût trompé Jupiter:
injurias deorum	les injures des dieux
curæ diis. »	*être* à soin aux dieux. »

LXXIV. Nec multo-post, Granium Marcellum, prætorem
Bithyniæ, quæstor ipsius, Cæpio Crispinus, majestatis postulavit, subscribente Romano Hispone : qui formam vitæ iniit [1]
quam postea celebrem miseriæ temporum et audaciæ hominum
fecerunt. Nam egens, ignotus, inquies, dum occultis libellis
sævitiæ principis adrepit, mox clarissimo cuique periculum
facessit, potentiam apud unum, odium apud omnes adeptus,
dedit exemplum quod secuti, ex pauperibus divites, ex contemptis metuendi, perniciem aliis ac postremum sibi invenere.
Sed Marcellum insimulabat sinistros de Tiberio sermones
habuisse : inevitabile crimen, quum ex moribus principis
fœdissima quæque deligeret accusator objectaretque reo; nam,
quia vera erant, etiam dicta credebantur. Addidit Hispo,
« statuam Marcelli altius quam Cæsarum sitam ; et, alia in
statua, amputato capite Augusti, effigiem Tiberii inditam. »

LXXIV. Peu de temps après, Granius Marcellus, gouverneur de
Bithynie, fut recherché pour ce même crime de lèse-majesté par son
questeur Cépio Crispinus, auquel se joignit Romanus Hispo. Ce
Crispinus créa une profession que, depuis, le malheur des temps et
l'effronterie des hommes n'ont rendue que trop commune. Né pauvre, obscur, ennemi du repos, il s'éleva à force d'intrigues et de
souplesse, servant la cruauté du prince, d'abord par des mémoires
secrets, bientôt par des délations publiques, inquiétant les plus
illustres citoyens, bravant l'exécration de tous pour gagner la faveur d'un seul; il laissa après lui une foule d'imitateurs, qui d'in-
digents devenus riches, de méprisés, redoutables, causèrent la perte
des autres et finirent par se perdre eux-mêmes. Crispinus accusait
Marcellus d'avoir tenu sur Tibère des propos injurieux; accusation
impossible à combattre, alors que le délateur choisissait les traits
les plus infâmes de la vie de Tibère pour les mettre dans la bouche de
l'accusé; car la vérité des faits rendait les discours vraisemblables.
Hispo ajoutait, « que Marcellus avait une statue plus élevée que
celles des Césars, et qu'à une autre il avait ôté la tête d'Auguste,
pour y substituer celle de Tibère. » A ce récit, Tibère rompt le

LXXIV. Nec multo post, Cæpio Crispinus, quæstor ipsius, postulavit majestatis Granium Marcellum, prætorem Bithyniæ, Romano Hispone subscribente : qui iniit formam vitæ quam postea miseriæ temporum et audaciæ hominum fecerunt celebrem. Nam egens, ignotus, inquies, dum libellis occultis adrepit sævitiæ principis, facessit mox periculum cuique clarissimo, adeptus potentiam apud unum, odium apud omnes, dedit exemplum quod secuti, divites ex pauperibus, metuendi ex contemptis, invenere perniciem aliis ac postremum sibi. Sed insimulabat Marcellum habuisse sermones sinistros de Tiberio : crimen inevitabile, quum accusator deligeret quæque fœdissima ex moribus principis objectaretque reo ; nam, quia erant vera, credebantur etiam dicta. Hispo addidit : « Statuam Marcelli sitam altius quam Cæsarum ; et, in alia statua, capite Augusti amputato, effigiem Tiberii inditam. » Ad quod exarsit adeo

LXXIV. Et non beaucoup après, Cépio Crispinus, questeur de *Granius* lui-même, rechercha *pour crime* de *lèse*-majesté Granius Marcellus, préteur de Bithynie, Romanus Hispo y souscrivant : lequel *Crispinus* commença un genre de vie que dans la suite les misères des temps et l'audace des hommes rendirent commun. En effet pauvre, obscur, intrigant, pendant que par des libelles secrets il s'insinue dans la cruauté du prince, il suscite bientôt du danger à chaque plus illustre *citoyen*, *et* ayant acquis de la puissance auprès d'un-seul, de la haine auprès de tous, il donna un exemple qu'ayant suivi, *des hommes devenus* riches de pauvres, redoutables de méprisés, causèrent la perte à d'autres et enfin à eux-mêmes. Mais il accusait Marcellus d'avoir tenu des propos funestes sur Tibère : accusation inévitable, puisque l'accusateur choisissait tout ce qu'*il y avait* de plus honteux dans les mœurs du prince et *le* mettait-dans-la-bouche de l'accusé ; car, parce que les choses étaient vraies, elles étaient crues aussi *avoir été* dites. Hispo ajouta : « La statue de Marcellus *être* placée plus haut que *celles* des Césars ; et, dans une autre statue, la tête d'Auguste étant coupée, l'image de Tibère *être* mise-à-sa-place. » Sur quoi *Tibère* s'enflamme tellement

Ad quod exarsit adeo ut, rupta taciturnitate, proclamaret,
« se quoque in ea causa laturum sententiam, palam et juratum; » quo ceteris eadem necessitas fieret. Manebant etiam
tum vestigia morientis libertatis. Igitur Cn. Piso : « Quo,
inquit, loco censebis Cæsar? si primus, habebo quod sequar;
si post omnes, vereor ne imprudens dissentiam. » Permotus
his, quantoque incautius efferverat, pœnitentia patiens, tulit
absolvi reum criminibus majestatis : de pecuniis repetundis ad
reciperatores itum est¹.

LXXV. Nec patrum cognitionibus satiatus, judiciis assidebat
in cornu tribunalis, ne prætorem curuli depelleret; multaque,
eo coram, adversus ambitum et potentium preces constituta :
sed dum veritati consulitur, libertas corrumpebatur. Inter quæ
Pius Aurelius, senator, questus mole ² publicæ viæ ductuque
aquarum labefactas ædes suas, auxilium patrum invocabat.
Resistentibus ærarii prætoribus, subvenit Cæsar, pretiumque

---

silence, il éclate et s'écrie « que dans cette affaire il opinera aussi
lui-même à haute voix, et avec la formule du serment. » C'était
obliger les autres à en faire autant. La liberté mourante jetait encore
quelques lueurs. « Dans quel rang opineras-tu donc, César, lui dit
Cn. Pison? si tu parles le premier, j'aurai un exemple à suivre; si tu
ne parles qu'après nous, je crains, sans le savoir, d'être d'un autre
avis que toi. » Déconcerté par cette question, Tibère, patient à
regret, et d'autant plus qu'il s'était emporté trop imprudemment,
souffrit que l'accusé fût absous du crime de lèse-majesté. Quant à
celui de concussion, il fut renvoyé aux récipérateurs.

LXXV. Non content d'épier les jugements du sénat, Tibère assistait à ceux du préteur; mais dans un coin de son tribunal, pour
ne point le déplacer de sa chaise curule; et la présence du prince
arrêta souvent la brigue et les sollicitations des grands; mais, en
soutenant la justice, il détruisait la liberté. Un sénateur, Pius Aurélius, s'était plaint que la construction d'un grand chemin et celle d'un
aqueduc avaient fait écrouler sa maison; il demandait au sénat une
indemnité que les préteurs de l'épargne lui refusaient. Tibère vint à

ut, taciturnitate rupta,
proclamaret, « se quoque
in ea causa
laturum sententiam,
palam et juratum ; »
quo eadem necessitas
fieret ceteris.
Etiam tum manebant
vestigia
libertatis morientis.
Igitur Cn. Piso :
« Quo loco, inquit, Cæsar,
censebis ?
si primus,
habebo quod sequar ;
si post omnes,
vereor ne imprudens
dissentiam. »
Permotus his,
patiensque pœnitentia,
quanto efferverat
incautius,
tulit reum absolvi
criminibus majestatis :
itum est ad reciperatores
de pecuniis repetundis.
   LXXV. Nec satiatus
cognitionibus patrum,
assidebat judiciis
in cornu tribunalis,
ne depelleret prætorem
curuli ;
multaque constituta,
coram eo,
adversus ambitum
et preces potentium :
sed dum consulitur veritati,
libertas corrumpebatur.
Inter quæ Pius Aurelius,
senator, questus
suas ædes labefactas
mole viæ publicæ
ductuque aquarum,
invocabat auxilium
patrum.
Prætoribus ærarii
resistentibus,

que, le silence étant rompu,
il s'écria, à lui aussi
dans cette cause
devoir donner *son* avis,
ouvertement et ayant juré ; »
afin que la même nécessité
fût aux autres.
Encore alors subsistaient
des vestiges
de la liberté mourante.
Donc Cn. Pison :
« A quelle place, dit-il, César,
opineras-tu ?
si *tu opines* le premier,
j'aurai *un exemple* que je puisse suivre ;
si après tous,
je crains que sans-*le*-savoir
je ne diffère-d'avis *avec toi*. »
Ebranlé par ces *mots*,
et patient par repentir,
d'autant plus qu'il s'était échauffé
plus imprudemment,
il souffrit l'accusé être absous
des accusations de *lèse*-majesté :
on alla vers les récipérateurs
pour l'argent à-réclamer (de concussion).
   LXXV. Et n'étant pas rassasié
des procédures des sénateurs,
il assistait aux jugements
dans un coin du tribunal,
de peur qu'il ne chassât le préteur
de *sa chaise* curule ;
et beaucoup de *règles furent* établies,
en présence de lui,
contre la brigue
et les prières des puissants :
mais tandis qu'on pourvoit à la vérité,
la liberté était altérée.
Sur ces *entrefaites* Pius Aurélius,
sénateur, s'étant plaint
sa maison *avoir été* ébranlée
par la construction d'un chemin public
et par une conduite d'eau (un aqueduc),
invoquait le secours
des sénateurs.
Les préteurs du trésor
s'opposant,

ædium Aurelio tribuit, erogandæ per honesta pecuniæ cupiens ;
quam virtutem diu retinuit, quum ceteras exueret. Propertio
Celeri, prætorio, veniam ordinis ob paupertatem petenti,
decies sestertium [1] largitus est, satis comperto paternas ei
angustias esse. Tentantes eadem alios, probare causam senatui
jussit, cupidine severitatis, in his etiam quæ rite faceret, acer-
bus ; unde ceteri silentium et paupertatem confessioni et bene-
ficio præposuere.

LXXVI. Eodem anno, continuis imbribus auctus, Tiberis
plana Urbis stagnaverat : relabentem secuta est ædificiorum et
hominum strages. Igitur censuit Asinius Gallus ut libri sibyl-
lini adirentur. Renuit Tiberius, perinde divina humanaque
obtegens. Sed remedium coercendi fluminis Ateio Capitoni et
L. Arruntio mandatum. Achaiam ac Macedoniam, onera depre-
cantes, levari in præsens proconsulari imperio tradique Cæsari [2]

son secours, et lui fit payer le prix de ses bâtiments, aimant les
libéralités qui avaient un motif honorable ; et, cette vertu, il la con-
serva longtemps, après s'être dépouillé des autres. Propertius Céler,
ancien préteur, demandait à se retirer du sénat à cause de sa pauvreté ; Tibère, instruit qu'il était né sans fortune, lui donna un
million de sesterces. D'autres sollicitèrent la même grâce ; il les
somma de motiver leur pauvreté au sénat, par une affectation de
sévérité qui rendait fâcheuse même sa bienfaisance. Aussi la plupart
préférèrent l'indigence et le secret à un bienfait et à un aveu.

LXXVI. Cette même année le Tibre, grossi par des pluies continuelles, inonda les quartiers les plus bas de Rome ; quand les eaux
se furent retirées, il y eut de grandes pertes en hommes et en édifices.
A cette occasion Asinius Gallus proposa de consulter les livres
sibyllins : Tibère ne le permit point, également mystérieux sur la
religion et sur le gouvernement ; mais il chargea L. Arruntius et
Atéius Capito de chercher un remède contre les débordements du
fleuve. L'Achaïe et la Macédoine se plaignant d'être opprimées, on
prit le parti, pour les soulager, de les rendre momentanément provinces impériales, de proconsulaires qu'elles étaient. Drusus donna,

Cæsar subvenit,	César (Tibère) y pourvut,
tribuitque Aurelio	et accorda à Aurélius
pretium ædium,	le prix de *sa* maison,
cupiens erogandæ pecuniæ	désireux *qu'il était* de distribuer de l'argent
per honesta ;	par des *moyens* honorables ;
quam virtutem retinuit diu,	laquelle vertu il conserva longtemps,
quum exueret ceteras.	lorsqu'il se dépouillait des autres.
Largitus est	Il donna
decies sestertium	dix-fois-cent-*mille* sesterces
Propertio Celeri, prætorio,	à Propertius Céler, ancien-préteur,
petenti veniam ordinis	demandant congé de (à quitter) *son* rang
ob paupertatem,	à cause de *sa* pauvreté,
satis comperto	*cela* étant assez reconnu
angustias ei esse paternas.	l'indigence à lui être du-fait-de-*son*-père.
Jussit alios	Il ordonna d'autres
tentantes eadem,	qui essayaient les mêmes *demandes*,
probare causam senatui,	prouver *leur* cause au sénat,
acerbus	*se montrant* amer,
cupidine severitatis,	par désir de sévérité,
in his etiam	dans ces choses même
quæ faceret rite ;	qu'il faisait bien ;
unde ceteri præposuere	d'où (aussi) les autres préférèrent
silentium et paupertatem	le silence et la pauvreté
confessioni et beneficio.	à un aveu et à un bienfait.
LXXVI. Eodem anno,	LXXVI. La même année,
Tiberis,	le Tibre,
auctus imbribus continuis,	accru par des pluies continuelles,
stagnaverat plana Urbis :	avait inondé les *lieux* bas de la ville :
strages ædificiorum	une jonchée d'édifices
et hominum	et d'hommes
secuta est relabentem.	suivit *le fleuve* se retirant.
Igitur Asinius Gallus	C'est pourquoi Asinius Gallus
censuit ut libri sibyllini	fut-d'avis que les livres sibyllins
adirentur.	fussent consultés.
Tiberius renuit,	Tibère refusa,
obtegens perinde	tenant-cachées également
divina humanaque.	les choses divines et humaines.
Sed remedium	Mais le remède
fluminis coercendi	du fleuve à-contenir
mandatum Ateio Capitoni	*fut* confié à Atéius Capito
et L. Arruntio.	et à L. Arruntius.
Placuit	Il plut (on décida)
Achaiam ac Macedoniam,	l'Achaïe et la Macédoine,
deprecantes onera,	qui se plaignaient de *leurs* charges,
levari in præsens	être allégées pour le *moment* présent
imperio proconsulari	du gouvernement proconsulaire
tradique Cæsari.	et être remises à César (à l'empereur).

placuit. Edendis gladiatoribus, quos Germanici fratris ac suo nomine obtulerat, Drusus præsedit, quanquam vili sanguine nimis gaudens; quod in vulgus formidolosum, et pater arguisse dicebatur. Cur abstinuerit spectaculo ipse, varie trahebant : alii tædio cœtus, quidam tristitia ingenii, et metu comparationis, quia Augustus comiter interfuisset. Non crediderim ad osten-tandam sævitiam, movendasque populi offensiones, concessam filio materiem : quanquam id quoque dictum est.

LXXVII. At theatri licentia, proximo priore anno[1] cœpta, gravius tum erupit, occisis non modo e plebe, sed militibus et centurione, vulnerato tribuno prætoriæ cohortis, dum probra in magistratus et dissensionem vulgi prohibent. Actum de ea seditione apud patres; dicebanturque sententiæ, ut prætoribus jus virgarum in histriones esset. Intercessit Haterius Agrippa, tribunus plebei, increpitusque est Asinii Galli oratione, silente

au nom de Germanicus et au sien, des combats de gladiateurs auxquels il présida. Sa joie, à la vue du sang, fut remarquée, et, quoique ce fût un sang vil, le peuple s'en alarma : on dit même que son père lui en fit des reproches. Quant à Tibère lui-même, pourquoi ne parut-il point à ce spectacle? On en donnait diverses interpréta-tions : quelques-uns l'attribuaient à son dégoût pour les assemblées nombreuses; d'autres à la tristesse de son humeur et à la crainte du parallèle, parce qu'Auguste montrait dans ces fêtes beaucoup d'affa-bilité. Je ne saurais croire qu'il eût voulu fournir à Drusus cette occasion de marquer sa cruauté et d'indisposer le peuple; cependant cela fut dit aussi.

LXXVII. Les troubles du théâtre, qui avaient commencé dès l'an-née précédente, éclatèrent alors d'une manière plus grave. Outre des hommes du peuple, un centurion, plusieurs soldats furent tués, et un tribun prétorien blessé, en voulant réprimer les dissensions de la multitude et les invectives contre les magistrats. Un rapport fut fait au sénat sur cette sédition, et l'on proposait de donner aux préteurs le droit de faire battre de verges les histrions. Hatérius, tribun du peuple, s'y opposa et fut vivement combattu par Asinius Gallus

Drusus præsedit
gladiatoribus edendis,
quos obtulerat nomine
fratris Germanici ac suo,
gaudens nimis sanguine
quanquam vili ;
quod formidolosum
in vulgus,
et pater dicebatur
arguisse.
Trahebant varie
cur ipse abstinuerit
spectaculo :
alii tædio cœtus,
quidam tristitia ingenii,
et metu comparationis ,
quia Augustus
interfuisset comiter.
Non crediderim
materiem concessam filio
ad ostentandam sævitiam,
movendasque
offensiones populi :
quanquam id quoque
est dictum.
   LXXVII. At licentia
theatri, cœpta
anno priore proximo,
erupit tum gravius,
non modo e plebe,
sed militibus et centurione
occisis,
tribuno cohortis prætoriæ
vulnerato,
dum prohibent
probra in magistratus
et dissensionem vulgi.
Actum de ea seditione
apud patres ;
sententiæque dicebantur,
ut jus virgarum
esset prætoribus
in histriones.
Haterius Agrippa,
tribunus plebei,
intercessit,
estque increpitus

Drusus présida
à des *combats de* gladiateurs à-donner,
lesquels il avait offerts au nom
de *son* frère Germanicus et au sien,
se réjouissant trop d'un sang *versé*
quoique vil ;
ce qui *fut* alarmant
pour le peuple,
et *son* père était dit
le lui avoir reproché.
On interprétait diversement
pourquoi lui-même s'abstint
de *ce* spectacle :
les uns *disaient* par ennui de la foule,
certains par tristesse de caractère,
et par crainte d'une comparaison,
parce qu'Auguste
avait assisté *à ces jeux* avec-affabilité.
Je ne saurais croire
une occasion *avoir été* donnée à *son* fils
pour montrer *sa* cruauté,
et *pour* exciter
la haine du peuple :
quoique *cela* aussi
ait été dit.
   LXXVII. Mais la licence
du théâtre, ayant commencé
l'année précédente la plus proche,
éclata alors avec-plus-de-gravité,
non-seulement *des gens* du peuple,
mais *encore* des soldats et un centurion
ayant été tués ,
et un tribun de cohorte prétorienne
ayant été blessé,
pendant qu'ils empêchent (empêchaient)
les invectives contre les magistrats
et les dissensions de la multitude.
On s'occupa de cette sédition
devant les sénateurs ;
et des avis étaient émis,
pour que le droit des verges
fût *donné* aux préteurs
contre les histrions.
Hatérius Agrippa,
tribun du peuple,
s'y opposa,
et fut combattu

Tiberio, qui ea simulacra libertatis senatui præbebat. Valuit tamen intercessio, quia divus Augustus immunes verberum histriones quondam responderat, neque fas Tiberio infringere dicta ejus. De modo lucaris [1], et adversus lasciviam fautorum, multa decernuntur : ex quis maxime insignia, ne domos panto-mimorum senator introiret ; ne egredientes in publicum equites romani cingerent, aut alibi quam in theatro spectarentur, et spectantium immodestiam exsilio mulctandi potestas prætoribus fieret.

LXXVIII. Templum ut in colonia Tarraconensi strueretur Augusto, petentibus Hispanis permissum ; datumque in omnes provincias exemplum. Centesimam rerum venalium, post bella civilia institutam, deprecante populo, edixit Tiberius militare ærarium eo subsidio niti ; simul imparem oneri rempublicam, nisi vicesimo militiæ anno veterani dimitterentur. Ita proximæ

Tibère gardait le silence, laissant au sénat ce fantôme de liberté. Cependant l'opposition prévalut, parce qu'une ancienne décision d'Auguste mettait les histrions à l'abri des verges, et que les paroles d'Auguste étaient pour Tibère des lois qu'il ne pouvait enfreindre. On fit plusieurs règlements pour borner le salaire des pantomimes, et pour prévenir la licence de leurs partisans ; les plus remarquables furent ceux-ci : qu'un sénateur n'entrerait jamais dans les maisons des histrions ; que les chevaliers romains ne les accompagneraient point en public ; qu'eux-mêmes ne donneraient point de représentations ailleurs qu'au théâtre ; enfin, que les préteurs auraient le droit de punir de l'exil la turbulence des spectateurs.

LXXVIII. Les Espagnols obtinrent la permission d'élever un temple à Auguste dans la colonie de Tarragone, et bientôt cet exemple fut suivi par toutes les provinces. Le peuple demandait la suppression du centième qu'on levait, depuis les guerres civiles, sur toutes les ventes. Tibère déclara par un édit que le trésor militaire n'avait pas d'autre fonds que cet impôt, lequel même serait insuffisant, si l'on donnait la vétérance avant vingt ans de service. Ainsi les règlements inconsidérés qu'on avait arrachés dans la der-

oratione Asinii Galli,
Tiberio silente,
qui præbebat senatui
ea simulacra libertatis.
Tamen intercessio valuit,
quia divus Augustus
responderat quondam
histriones immunes
verberum,
neque fas Tiberio
infringere dicta ejus.
Multa decernuntur
de modo lucaris
et adversus lasciviam
fautorum :
ex quis maxime insignia,
ne senator introiret
domos pantomimorum;
ne equites romani
cingerent egredientes
in publicum,
aut spectarentur
alibi quam in theatro,
et potestas fieret prætoribus
mulctandi exsilio
immodestiam spectantium.
  LXXVIII. Permissum
Hispanis petentibus,
ut templum strueretur
Augusto
in colonia Tarraconensi;
exemplumque datum
in omnes provincias.
Populo deprecante
centesimam rerum
venalium,
institutam
post bella civilia,
Tiberius edixit
ærarium militare
niti eo subsidio;
simul rempublicam
imparem oneri,
nisi veterani dimitterentur
vicesimo anno militiæ.
Ita abolita in posterum
male consulta

par un discours d'Asinius Gallus,
Tibère se taisant,
lequel offrait au sénat
ces simulacres de liberté.
Cependant l'opposition prévalut,
parce que le divin Auguste
avait répondu autrefois
les histrions *être* exempts
de coups-de-verges,
et *qu'il* n'*était* pas permis à Tibère
d'enfreindre les paroles de lui.
Plusieurs *règlements* sont votés
sur la mesure de la rétribution-des-acteurs
et contre la licence
de *leurs* partisans :
desquels les plus remarquables *furent*,
qu'un sénateur n'entrât point
dans les maisons des pantomimes;
que des chevaliers romains
n'entourassent point *eux* sortant
en public,
ou (ni) *que les acteurs* ne fussent pas vus
ailleurs qu'au théâtre,
et *que* pouvoir fût *donné* aux préteurs
de punir de l'exil
tout excès des spectateurs.
  LXXVIII. *Il fut* permis
aux Espagnols qui *le* demandaient,
qu'un temple fût élevé
à Auguste
dans la colonie de-Tarragone;
et *cet* exemple *fut* donné
à toutes les provinces.
Le peuple demandant-la-suppression
du centième des choses
mises-en-vente,
établi
après les guerres civiles,
Tibère déclara-par-édit
le trésor militaire
s'appuyer sur ce subside;
en même temps l'Etat
être incapable de *porter ce* fardeau,
si les vétérans n'étaient congédiés
seulement à la vingtième année de service.
Ainsi *furent* abolis à l'avenir
les *règlements* mal calculés

seditionis male consulta, quibus sexdecim stipendiorum finem expresserant, abolita in posterum.

LXXIX. Actum deinde in senatu ab Arruntio et Ateio, an, ob moderandas Tiberis exundationes, verterentur flumina et lacus per quos augescit. Auditæque municipiorum et coloniarum legationes : orantibus Florentinis, ne Clanis[1], solito alveo demotus, in amnem Arnum transferretur, idque ipsis perniciem afferret. Congruentia his Interamnates[2] disseruere : « Pessum ituros fecundissimos Italiæ campos, si amnis Nar » (id enim parabatur) « in rivos diductus superstagnavisset. » Nec Reatini[3] silebant Velinum lacum, qua in Narem effunditur, obstrui recusantes ; « quippe in adjacentia erupturum : optime rebus mortalium consuluisse naturam, quæ sua ora fluminibus, suos cursus, utque originem, ita fines dederit : spectandas etiam religiones sociorum, qui sacra et lucos et aras patriis amnibus dicaverint; quin ipsum Tiberim nolle prorsus, accolis fluviis

nière sédition, et qui fixaient à seize ans le congé, furent abolis pour l'avenir.

LXXIX. Le sénat examina ensuite, sur le rapport d'Arruntius et d'Atéius, si, pour diminuer les inondations du Tibre, on détournerait les lacs et les rivières qui le grossissent. On entendit les députés des municipes et des colonies. Les Florentins demandaient qu'on ne détournât pas le cours du Clain pour le rejeter dans l'Arno, ce qui ruinerait leur pays. Les Intéramnates objectaient également « que le projet de couper le Nar en petits ruisseaux changerait en marais stagnants les plus fertiles plaines de l'Italie. » Les Réatins ne se taisaient pas de leur côté sur le danger d'ôter au lac Vélin sa communication avec le Nar ; « car il se déborderait sur les terres voisines. La nature, en fixant aux fleuves leurs routes et leurs embouchures, le commencement et la fin de leurs cours, avait ménagé sagement les intérêts des mortels. Il fallait aussi respecter la religion des alliés, qui avaient consacré des fêtes, des bois et des autels aux fleuves de leur patrie. Enfin le Tibre lui-même ne voulait point se priver du

proximæ seditionis,
quibus expresserant finem
sexdecim stipendiorum.

LXXIX. Deinde actum
in senatu
ab Arruntio et Ateio,
un, ob moderandas
exundationes Tiberis,
flumina et lacus
per quos augescit
verterentur.
Legationesque
municipiorum
et coloniarum auditæ :
Florentinis orantibus,
ne Clanis transferretur,
demotus alveo solito,
in amnem Arnum,
idque afferret ipsis
perniciem.
Interamnates disseruere
congruentia his :
« Fecundissimos campos
Italiæ pessum ituros,
si amnis Nar
diductus in rivos »
(id enim parabatur)
« superstagnavisset. »
Nec Reatini silebant
recusantes lacum Velinum
obstrui, qua
effunditur in Narem ;
« quippe erupturum
in adjacentia :
naturam
consuluisse optime
rebus mortalium,
quæ dederit fluminibus
sua ora, suos cursus,
utque originem,
ita finem :
religiones sociorum
spectandas etiam,
qui dicaverint
amnibus patriis
sacra et lucos et aras ;
quin Tiberim ipsum

de la dernière sédition,
par lesquels on avait extorqué le terme
de seize années-de-service.

LXXIX. Ensuite *ceci fut* traité
dans le sénat
par Arruntius et Atéius,
si, pour modérer
les inondations du Tibre,
les fleuves et les lacs
par lesquels il grossit
seraient détournés.
Et des députations
de municipes
et de colonies *furent* entendues :
les Florentins suppliant,
que le Clain ne fût pas transféré,
détourné de *son* lit accoutumé,
dans le fleuve *de* l'Arno,
et *que* cela n'apportât pas à eux-mêmes
la ruine.
Les Intéramnates exposèrent
des *idées* semblables à celles-là .
« Les plus fécondes plaines
de l'Italie devoir être-ruinées,
si la rivière *du* Nar
coupée en ruisseaux »
(car cela se préparait)
« *les* couvrait-d'eaux-stagnantes. »
Et les Réatins ne se taisaient pas
refusant le lac Vélin
être obstrué, *à l'endroit* par où
il se répand dans le Nar ;
« en effet *ce lac* devoir déborder
sur les *terres* voisines :
la nature
avoir pourvu le mieux *possible*.
aux choses des mortels,
elle qui a donné aux fleuves
leurs embouchures, leurs cours,
et comme *leur* origine,
ainsi *leur* terme :
la religion des alliés
devoir être considérée aussi,
lesquels ont consacré
aux fleuves de-*leur*-patrie
des fêtes et des bois et des autels ;
enfin le Tibre lui-même

orbatum, minore gloria fluere. » Seu preces coloniarum, seu
difficultas operum, sive superstitio, valuit, ut in sententiam
Pisonis concederetur, qui nil mutandum censuerat.

LXXX. Prorogatur Poppæo Sabino ¹ provincia Mœsia, additis Achaia ac Macedonia. Id quoque morum Tiberii fuit,
continuare imperia, ac plerosque ad finem vitæ in iisdem
exercitibus aut jurisdictionibus habere. Causæ variæ traduntur :
alii, tædio novæ curæ, semel placita pro æternis servavisse;
quidam invidia, ne plures fruerentur. Sunt qui existiment, ut
callidum ejus ingenium, ita anxium judicium. Neque enim eminentes virtutes sectabatur, et rursum vitia oderat; ex optimis
periculum sibi, a pessimis dedecus publicum metuebat. Qua
hæsitatione postremo eo provectus est, ut mandaverit quibusdam provincias, quos egredi Urbe non erat passurus.

LXXXI. De comitiis consularibus, quæ tum primum illo

tribut des rivières voisines, et couler avec moins de gloire. » Soit
égard aux représentations des colonies, soit difficulté de l'entreprise,
soit superstition, on suivit l'avis de Pison, qui avait conseillé de ne
rien changer.

LXXX. Poppéus Sabinus fut continué dans le gouvernement de la
Mésie, auquel on joignit l'Achaïe et la Macédoine. Il entrait dans la
politique de Tibère de laisser jusqu'à la mort dans leurs emplois la
plupart des généraux et des gouverneurs. On varie sur ses motifs.
Les uns pensent qu'il perpétua ses premiers choix par paresse, pour
s'en épargner de nouveaux ; d'autres, par envie, pour ne point multiplier les heureux ; plusieurs l'attribuent à la finesse de son esprit,
qui causait les perplexités de son jugement. En effet il ne recherchait
pas les vertus éminentes, et il haïssait le vice ; il redoutait les bons
pour sa tranquillité, et les méchants pour la gloire de l'État. Ces
irrésolutions de son esprit allèrent enfin si loin, qu'il nomma quelquefois des gouverneurs de provinces, auxquels il ne permettait pas
de sortir de Rome.

LXXXI. Il tint alors pour la première fois les comices consulaires.

nolle prorsus
fluere minore gloria,
orbatum fluviis accolis. »
Seu preces coloniarum,
seu difficultas operum,
sive superstitio,
valuit, ut concederetur
in sententiam Pisonis,
qui censuerat
nil mutandum.

LXXX. Provincia
Moesia prorogatur
Poppæo Sabino,
Achaia ac Macedonia
additis.
Id quoque fuit
morum Tiberii,
continuare imperia,
ac habere plerosque
ad finem vitæ
in iisdem exercitibus
aut jurisdictionibus.
Causæ variæ traduntur :
alii servavisse
pro æternis
placita semel,
tædio novæ curæ ;
quidam invidia,
ne plures fruerentur.
Sunt qui existiment
judicium ejus ita anxium,
ut ingenium callidum.
Neque enim sectabatur
virtutes eminentes,
et rursum oderat vitia;
metuebat ex optimis
periculum sibi,
a pessimis
dedecus publicum.
Qua hæsitatione
postremo est provectus eo,
ut mandaverit provincias
quibusdam,
quos non erat passurus
egredi Urbe.

LXXXI. De comitiis
consularibus

ne-vouloir-pas absolument
couler avec une moindre gloire,
privé des fleuves voisins. »
Soit prières des colonies,
soit difficulté des travaux,
soit superstition,
il prévalut, que l'on se rangerait
à l'avis de Pison,
qui avait opiné
rien ne devoir être changé.

LXXX. La province
de Mésie est prorogée
à Poppéus Sabinus,
l'Achaïe et la Macédoine
y étant ajoutées.
Cela aussi fut *le propre*
du caractère de Tibère,
de continuer les commandements
et de maintenir la plupart *des gens*
jusqu'à la fin de *leur* vie
dans les mêmes armées
ou *dans les mêmes* juridictions.
Des motifs différents *en* sont donnés :
les uns *pensent lui* avoir maintenu
comme éternelles
les choses qui *lui* avaient plu une-fois,
par ennui d'un nouveau soin ;
certains *pensent que c'est* par envie,
de peur que trop *de gens* ne jouissent.
Il *en* est qui pensent
le jugement de lui *avoir été* ainsi perplexe,
comme *son* esprit *était* fin.
En effet d'une part il ne recherchait point
les vertus éminentes,
et d'autre part il haïssait les vices ;
il craignait *de la part* des meilleurs
du danger pour lui-même,
de la part des plus mauvais
de la honte pour-l'État.
Par laquelle hésitation
à la fin il fut poussé si loin,
qu'il confia des provinces
à certains,
qu'il ne devait pas laisser
sortir de la ville (de Rome).

LXXXI. Sur les comices
consulaires,

principe ac deinceps fuere, vix quidquam firmare ausim ; adeo
diversa non modo apud auctores, sed in ipsius orationibus re-
periuntur. Modo, subtractis candidatorum nominibus, originem
cujusque et vitam et stipendia descripsit, ut qui forent intelli-
geretur ; aliquando, ea quoque significatione subtracta, candidatos hortatus ne ambitu comitia turbarent, suam ad id
curam pollicitus est. Plerumque eos tantum apud se professos
disseruit, quorum nomina consulibus edidisset ; posse et alios
profiteri, si gratiæ aut meritis confiderent : speciosa verbis, re
inania aut subdola ; quantoque majore libertatis imagine tege-
bantur, tanto eruptura ad infensius servitium.

Je n'oserais rien affirmer sur la forme qu'on y observa et dans ce
moment, et dans la suite de son principat, tant je trouve de varia-
tions dans les historiens et jusque dans les discours qui nous sont
restés de lui. Tantôt, sans dire le nom des candidats, il les dési-
gnait par leur naissance, par des traits de leur vie, par le nombre de
leurs campagnes, de façon à les faire reconnaître ; quelquefois, sup-
primant toute indication, il exhortait les candidats à ne point troubler
l'élection par des brigues, et leur promettait de solliciter pour eux ;
le plus souvent il déclara qu'il ne s'était présenté à lui de candidats
que ceux dont il avait remis les noms aux consuls ; mais que d'autres
pouvaient se présenter encore, s'ils comptaient sur leur crédit ou sur
leurs services : spécieuses paroles, qui restaient sans effet, ou qui
couvraient un piége ; et plus elles faisaient reluire aux yeux des
Romains l'image de la liberté, plus elles leur préparaient un dangereux esclavage.

quæ fuere illo principe	qui eurent-lieu sous ce prince
tum primum ac deinceps,	alors pour-la-première-fois et désormais,
ausim vix	j'oserais à peine
firmare quidquam;	affirmer quelque chose;
adeo diversa reperiuntur	des choses si diverses se trouvent
non modo apud auctores,	non-seulement chez les auteurs,
sed in orationibus ipsius.	mais dans les discours de lui-même.
Modo descripsit,	Tantôt il décrivit,
nominibus candidatorum	les noms des candidats
subtractis,	étant supprimés,
originem et vitam	l'origine et la vie
et stipendia cujusque,	et les campagnes de chacun,
ut intelligeretur	de manière à ce qu'on reconnût
qui forent;	*ceux* qui étaient *candidats;*
aliquando,	quelquefois,
ea significatione quoque	cette désignation même
subtracta,	étant supprimée,
hortatus candidatos	ayant exhorté les candidats
ne turbarent comitia	à ce qu'ils ne troublassent pas les comices
ambitu,	par des brigues,
pollicitus est	il promit
suam curam ad id.	ses soins pour cela.
Plerumque disseruit	Le plus souvent il exposa
eos tantum	ceux-là seulement
professos apud se,	avoir fait-une-déclaration auprès de lui,
quorum edidisset nomina	desquels il avait donné les noms
consulibus;	aux consuls;
et alios posse profiteri,	d'autres aussi pouvoir se déclarer,
si confiderent gratiæ	s'ils avaient-confiance en *leur* crédit,
aut meritis :	ou en *leurs* services :
speciosa verbis,	*promesses* spécieuses par les mots,
inania aut subdola re;	vaines ou trompeuses par le fait;
erupturaque ad servitium	et devant aboutir à une servitude
tanto infensius,	d'autant plus violente,
quanto tegebantur	qu'elles se cachaient
majore imagine libertatis.	sous une plus grande image de liberté.

NOTES.

Page 2 : 1. *Ad tempus*. La durée légale de cette magistrature fut d'abord de six mois ; mais les circonstances exigèrent souvent que ce terme fût dépassé.

— 2. *Ultra biennium*. Il est question ici de l'autorité légale des décemvirs. Ce fut sans aucun droit qu'ils la conservèrent une partie de la troisième année.

— 3. *Nomine principis*. *Princeps*, expression abrégée pour *princeps senatus*. Dion dit positivement la même chose : Πρόκριτος τῆς γερουσίας ὥσπερ ἐν τῇ ἀκριβεῖ δημοκρατίᾳ ἐνενόμιστο (LII, 42). De là le mot *principatus* dont Tacite se sert pour caractériser la nouvelle constitution de Rome à partir d'Auguste.

Page 4 : 1. *Detererentur* au lieu de *deterrerentur*. Dureau de Lamalle suit cette dernière leçon ; nous avons préféré la première avec M. Burnouf.

— 2. *Et cetera*. C'est-à-dire les règnes de Caligula, de Claude et de Néron.

— 3. *Pompeius apud Siciliam oppressus*. « Sextus Pompée tenait la Sicile et la Sardaigne ; il était maître de la mer, et il avait avec lui une infinité de fugitifs et de proscrits qui combattaient pour leurs dernières espérances. Octave lui fit deux guerres très-laborieuses ; et, après bien des mauvais succès, il le vainquit par l'habileté d'Agrippa. » (Montesquieu, *Gr. et Décad. des Romains*, ch. XIII.)

— 4. *Exutoque Lepido*. Octave, après avoir gagné les soldats de Lépide, le réduisit à la condition privée. Il lui laissa cependant la dignité de grand pontife, qui était inamovible.

— 5. *Interfecto Antonio*. Suétone (*Aug.*, XVII) est encore plus explicite : *Et Antonium quidem, seras conditiones pacis tentantem, ad mortem adegit*. Voy. Plutarque, *Vie d'Antoine*, et Dion, LI, VIII sqq.

— 6. *Tribunitio jure contentum*. Ce droit tribunitien, devenu, depuis Auguste, inséparable de la puissance impériale, n'était point temporaire comme le pouvoir des tribuns ordinaires. Du reste, Auguste laissa nommer des tribuns du peuple, pendant tout son règne, comme au temps de la république. Suétone (*Aug.*, XXVII) : *Tribunitiam potestatem perpetuam recepit; in qua semel atque iterum per singula lustra collegam sibi cooptavit.* Voy. Dion, LI, 19, et LIII, 17.

Page 6 : 1. *Claudium Marcellum.* C'est ce Marcellus illustré à jamais par les vers de Virgile. (*Énéide*, VI, 860 sqq.)

— 2. *Generum sumpsit.* Agrippa avait été marié deux fois ; d'abord à Attica, fille de Pomponius Atticus, puis à Marcella, l'une des filles d'Octavie. Il eut de son mariage avec Julie, Agrippine, femme de Germanicus, la seconde Julie, les Césars Caius et Lucius, et enfin Postumus, qui naquit après la mort de son père.

— 3. *Principes juventutis.* Les princes de la jeunesse marchaient en tête de l'ordre équestre le jour que les chevaliers romains passaient leur revue. Depuis Auguste, ce titre devint une des décorations de ceux qu'on destinait à l'empire..

Page 8 : 1. *Ut Agrippa vita concessit.* Il mourut en 742, dans la Campanie, à l'âge de cinquante et un ans.

— 2. *L. Cæsarem.... abstulit.* Ces deux jeunes princes moururent dans l'espace de dix-huit mois. Lucius, le premier, à Marseille, après une courte maladie ; Caius, en Lycie, des suites d'une blessure reçue dans une conférence avec le commandant d'une ville ennemie.

— 3. *Drusoque pridem exstincto.* En 745, au retour d'une expédition sur les bords de l'Elbe.

— 4. *Filius.... adsumitur.* Tibère était déjà gendre d'Auguste, ayant épousé Julie, veuve de Marcellus et d'Agrippa. L'adoption se fit au Forum par une loi curiate.

— 5. *In insulam Planasiam.* Petite île de la mer Tyrrhénienne, aujourd'hui *Pianosa*.

Page 10 : 1. *Ob amissum cum Quinctilio Varo exercitum.* En 762 de Rome, 9 de J. C., cinq ans avant la mort d'Auguste.

Page 12 : 1. *Exsulem egerit.* Cet exil dura sept ans. Voy., pour les motifs, Dion, LV, 9, et Crevier, *Hist. des Emp.*, liv. II, § 2.

— 2. *Scelus uxoris suspectabant.* Dion rapporte que Livie empoisonna des figues sur l'arbre même où Auguste se faisait un plaisir de les aller cueillir. Ce crime n'est pas invraisemblable ; cependant, comme Auguste mourut à soixante-seize ans, on n'est pas obligé, pour expliquer cette mort, de recourir à des causes extraordinaires.

Page 14 : 1. *Quod Maximum*, etc. Voyez le même fait dans Plutarque, περὶ Ἀδολεσχίας.

Page 16 : 1. *Sallustius Crispus*. Neveu et fils adoptif de l'historien Salluste. *Ratio constet*. Expression familière empruntée à la tenue des livres de compte.

Page 18 : 1. *In verba.... juravere*. On prêtait, sous la république, un pareil serment aux généraux. La seule différence qu'il y eût, c'est que, sous la république, le nom du sénat et du peuple était énoncé formellement ainsi que celui du général ; tandis que, sous l'empire, il n'y avait plus que le nom de l'empereur. Il ne faut pas confondre ce serment *in verba* avec le serment *in acta*. Le premier regardait ce que faisaient les empereurs comme généralissimes : le second, ce qu'ils faisaient en vertu de leurs autres pouvoirs. (*Mémoires de l'Académie des Inscriptions*, tome XXXI, in-12.).

— 2. *Seius Strabo*. Père de Séjan.

Page 22 : 1● *Cujus testamentum*. Suétone (*Aug.*, CI ; *Tib.*, XXIII) et Dion (LVI, XXXII) s'expriment sur ce testament d'une manière un peu différente.

— 2. *Nepotes pronepotesque*. Ce sont d'abord Drusus, fils de Tibère, et Germanicus, ensuite les trois fils de ce dernier.

— 3. *Populo et plebi quadringenties tricies quinquies*. Les mêmes sommes sont énoncées, mais séparément, par Suétone : *Legavit populo romano* CCCC, *tribubus* XXXV *sestertium*. A l'époque d'Auguste, quatre sesterces, ou un denier, valaient 79 centimes et une fraction ; quarante millions de sesterces, 7,951,910 fr. Voy. le mémoire de M. Letronne sur les Monnaies grecques et romaines. Paris, 1817.

Page 24 : 1. *Remisit*. Même sens que *permisit*.

Page 26 : 1. *Aliaque honorum.... nova*. Il faut entendre par là la surveillance des mœurs, qui équivalait à la censure, le pouvoir consulaire à vie, le nom de Père de la patrie, et beaucoup d'autres distinctions. Voy. Suétone, *Aug.*, LVII sqq.

Page 28 : 1. *Corruptas consulis legiones*. Les légions de Brutus, qu'Octave gagna et fit passer dans son camp au siége de Modène.

— 2. *Sive hostis illos*, etc. Voy. Suétone, *Aug.*, XI, pour plus de détails.

Page 30 : 1. *Brutorum exitus*. Les deux Brutus, Décimus et Marcus. Le premier, abandonné de ses troupes, fut livré par un chef gaulois à un officier d'Antoine, qui le fit assassiner. Le second se tua l'année suivante, après la bataille de Philippes.

— 2. *Tarentino Brundisinoque fœdere.* Le traité de Brindes est de l'an de Rome 714 ; celui de Tarente, de 717.

— 3 *Lollianas Varianasque clades.* Lollius fut défait par les Sicambres, l'an de Rome 736. Il y eut dans cette affaire plus d'ignominie que de perte. L'aigle de la cinquième légion tomba au pouvoir de l'ennemi. Le désastre de Varus eut lieu vingt-quatre ans plus tard. Voy. la note Page 10 : 1.

— 4. *Varrones, Egnatios, Iulos.* Il est question ici de Varro Muréna, d'Égnatius Rufus et de Iulus Antonius. Les deux premiers périrent pour crime de conspiration contre la vie d'Auguste ; le dernier, fils du triumvir Antoine et de Fulvie, comme complice des débordements de Julie, pendant qu'elle était femme de Tibère.

— 5. *Q. Tedii et Vedii Pollionis luxus.* Il n'est fait nulle part aucune autre mention de ce Q. Tédius. Quant à Védius Pollion, c'est cet affranchi, devenu chevalier romain, qui, pour la plus légère faute, faisait jeter ses esclaves dans ses viviers. C'est de lui que Sénèque a dit (*de Ira,* III, XL) qu'il engraissait ses murènes avec du sang humain.

Page 32 : 1. *Comparatione deterrima sibi gloriam quæsivisse.* Ce passage a fait accuser Tacite de voir partout le mal, et de calomnier la nature humaine. Mais Suétone (*Tib.,* XXI) et Dion (LVI, XLV) disent précisément la même chose.

— 2. *De habitu cultuque.* Suétone (*Tib.,* LXVIII) : *Incedebat cervice rigida et obstipa : adducto fere vultu, plerumque tacitus.... Quæ omnia ingrata, atque arrogantiæ plena, et animadvertit Augustus in eo, et excusare tentavit sæpe apud senatum ac populum.*

— 3. *Sua modestia.* Ici, « médiocrité, insuffisance. » Muret explique ainsi : *Modestiam dicit non virtutem animi nihil de se, nisi moderatum, sentientis ; sed modicas et exiguas vires suas, oppoturque hoc sensu modestia magnitudini.* Ernesti l'entend de la même manière. Selon Dion (LVII, 11), Tibère allégua aussi son âge et la faiblesse de sa vue.

Page 34 : 1. *Proferri libellum.* Ce *libellus,* dont parle Tacite, est appelé, dans Suétone, *breviarium totius imperii,* ou *rationarium imperii.*

— 2. *Incertum metu, an per invidiam.* « Comme, du temps de la république, on eut pour principe de faire continuellement la guerre ; ainsi, sous les empereurs, la maxime fut d'entretenir la paix : les victoires ne furent regardées que comme des sujets d'inquiétude, avec des armées qui pouvaient mettre leurs services à trop haut prix. » (Montesquieu , *Gr. et Décad.*, XIII.)

Page 38 : 1. *M. Lepidum.* Le même dont Tacite fait l'éloge, *Ann.*, IV, XX, et dont il raconte la mort, *Ann.*, VI, XXIX.

— 2. *Cn. Pisonem.* Celui qu'on accusa d'avoir empoisonné Germanicus.

— 3. *Circumventi sunt.* Tacite parle de la mort de ces trois personnes, *Ann.*, III, XV ; VI, XXIII, XLVIII.

— 4. *Q. Haterius.* Voy. Tacite, *Ann.*, III, LVII.

Page 40 : 1. *Alii Parentem, etc.* Il fallait qu'il y eût entre ces deux expressions une nuance délicate que nous ne pouvons plus apprécier. Suétone (*Tib.*, L) ne se sert que de l'un des deux noms : *Quare non Parentem patriæ appellari.... passus est.* Dion (LVII, XII) calque Tacite : Πολλοὶ μὲν μητέρα αὐτὴν τῆς πατρίδος, πολλοὶ δὲ καὶ γονέα προσαγορεύεσθαι γνώμην ἔδωκαν.

Page 42 : 1. *E Campo comitia ad patres translata sunt.* Voy. à ce sujet Montesquieu, *Gr. et Décad.*, XIV.

Page 44 : 1. *Ludos, qui.... Augustales vocarentur.* Ces fêtes avaient été instituées, dès l'an de Rome 735, pour célébrer le jour où Auguste était revenu d'un grand voyage en Orient.

Page 46 : 1. *Dux olim theatralium operarum.* Selon les uns, chef des cabales du théâtre ; selon d'autres, chef des acteurs, celui qui venait sur la scène réciter un prologue ; enfin, selon Muret, un de ces hommes qui dirigeaient dans le théâtre les travaux des ouvriers qu'on louait pour la représentation des pièces. C'est ce dernier sens que nous avons adopté.

Page 48 : 1. *Denis in diem assibus.* C'est-à-dire les cinq huitièmes du denier d'argent. Percennius demande le denier complet. Voy. le Mémoire de M. Letronne sur les monnaies grecques et romaines. (Paris, 1817), p. 27 et 28.

— 2. *Sextus decimus stipendii annus finem afferret.* L'an de Rome 741, Auguste avait fixé le service des prétoriens à douze ans, celui des légionnaires à seize. En 758 , quand il eut affermi son pouvoir, il étendit à seize ans le service des prétoriens, à vingt celui des légionnaires.

Page 50 : 1. *Acciperent.* Correction, au lieu d'*acceperint*.

Page 54 : 1. *Nauportum.* Oberlaybach (?), dans la Carniole, à quelques lieues de Laybach.

— 2. *Præfectum castrorum.* « Le préfet de camp choisissait la position des camps, faisait élever le rempart et creuser le fossé. Les tentes ou les cabanes du soldat étaient confiées à ses soins avec tous les bagages, il surveillait les chambrées des malades, les médecins qui les soignaient, les voitures de transport, les bêtes de somme, et tous les instruments dont on faisait usage. Il veillait à ce que toutes les machines de guerre fussent en bon état. » (Végèce, II, x.)

Page 58 : 1. *Per gladiatores suos.* Voy. *Ann.*, XIII, xxxi.

— 2. *Ne hostes quidem sepulturæ invident.* D'autres lisent *sepultura*, d'après le manuscrit, et cet ablatif ne serait pas sans exemple. *Incidet igne rogi miseris.* (Lucain, VII, 798.) L'accusatif n'est pas moins latin. *Honorem jure mihi invideat quivis.* (Horace, *Sat.* I, vi. 49.) Ernesti adopte *sepulturam.* Nous avons suivi le plus grand nombre des éditions.

Page 60 : 1. *Fracta vite in tergo militis.* Le cep de vigne était la marque distinctive des centurions, et l'on n'en frappait que le soldat romain ; on frappait d'un simple bâton les auxiliaires. Voy. Pline, XIV, 3 ; Suétone, *Cés.*, LXXXVI ; *Aug.*, XLIX ; Dion, LVI, XXIII.

— 2. *Sirpicum.* De *sirpus* ou *scirpus*, jonc.

— 3. *Duabusque prætoriis cohortibus.* Souvent, sous la république, les généraux se composaient, pour la décoration de leur place et la sûreté de leur personne, une troupe choisie, absolument distincte des cohortes légionnaires, et qu'on appelait la *cohorte prétorienne.* C'est sur ce modèle qu'Auguste forma dix cohortes de ce nom : elles étaient de mille hommes chacune.

Page 62 : 1. *Qui tum custodes imperatori.* Cette institution d'une garde étrangère remontait à Jules César. Auguste avait eu dans sa garde des Espagnols et des Germains, ces derniers jusqu'au désastre de Varus, après lequel il les renvoya. Tibère en appela de nouveaux.

Page 68 : 1. *Pergerent.* Au pluriel par syllepse, *miles* désignant la totalité des soldats.

— 2. *Igitur æris sono*, etc. « Les peuples imputaient autrefois à des enchantements les éclipses de la lune, et venaient à son secours en faisant un bruit discordant. » (Pline, II, IX, 12.)

Page 72 : 1. *Primi ordinis centurio. Ordo* est ici synonyme de *centuria.* « La légion, composée de six mille hommes depuis Marius jusqu'à Adrien, était partagée en dix cohortes de six cents hommes chacune ; la cohorte était subdivisée en six centuries. La distinction des centurions se tirait du **rang de la cohorte** dans la légion, et du rang de la centurie dans la cohorte. La première cohorte et la première centurie étaient les plus honorables. » (Mémoires de Le Beau sur la légion romaine.)

Page 76 : 1. *Vernacula multitudo.* C'est ce que Dion appelle ἀστικὸς ὄχλος. — *Vernacula* est ici synonyme de *domestica.* Voy. Suétone, *Aug.*, **xxv**; Dion, **LVI**, **xxiii**.

— 2. *Implere ceterorum rudes animos.* D'autres lisent *impellere* mal à propos. Silius Italicus emploie le verbe *implere* dans le même sens :

> *Attollitque animos hortando et talibus implet.*
>   (*Punic.* I, 105.)
> *Nunc hos, nunc illos adit, atque hortatibus implet.*
>   (*Ibid.* V, 150.)
> *Affatur voce et blandis hortatibus implet.*
>   (*Ibid.* VIII, 29.)

Page 80 : 1. *Tum adolescens.* Il pouvait avoir un peu plus de trente ans.

— 2. *Neque disjecti, nec paucorum instinctu. Nec*, conjecture de Grotius, généralement adoptée. D'autres lisent *vel*, également clair. Le manuscrit donne *nil*, qu'il est difficile de justifier.

— 3. *Acriores, quia iniquæ*, etc. Sénèque, *de Ira*, III, 29 : *Pertinaciores nos facit iniquitas iræ.*

Page 82 : 1. *Sequanos.... et Belgarum civitates.* La capitale des Séquanes était *Vesontio* (Besançon). — La Belgique atteignait alors d'un côté la Marne et la Seine, et de l'autre la Moselle, qu'elle dépassait même, puisqu'elle comprenait les Trévères.

— 2. *Osculandi.* Le manuscrit porte *exosculandi.*

Page 84 : 1. *Vexilla præferri.* *Vexillum*, enseigne de la cohorte ; *aquila*, enseigne de la légion.

Page 86 : 1. *Promptos ostentarere.* Ellipse de *se*, très-fréquente dans Tacite.

Page 88 : 1. *Ubiorum oppidum.* Cologne (*Colonia Agrippinæ*).

— 2. *Concederentur.* D'autres *concedentur*, qui peut se justifier.

Page 90 : 1. *Vexillarii discordium legionum.* Qu'était-ce que les vexillaires ? Autant de savants, autant d'opinions différentes. Selon Juste Lipse, c'étaient les vétérans qui, après le congé, restaient sous le drapeau ; suivant Ernesti, les nouvelles recrues, *tirones*, suivant l'abbé Brotier, les uns et les autres. D'autres ont prétendu que c'étaient simplement des détachements de la légion. M. Dureau de

Lamalle applique ce nom aux soldats de la première centurie de chaque cohorte, au milieu desquels était placé le *vexillum*, et qui étaient à peu près ce que sont chez nous les grenadiers.

Page 92 : 1. *Aram Ubiorum.* Bonn, ou Cologne, ou un lieu voisin. Gotsberg, d'après d'Anville (*Not. de la Gaule*).

Page 94 : 1. *Recipitque.* D'autres *recepit* d'après le manuscrit.

Page 98 : 1. *Infans in castris genitus.* Caius Caligula, né le 31 août 765. Voy. Suétone, *Calig.*, VIII.

— 2. *Eo tegmine pedum.* Cette chaussure s'appelait *caliga.*

Page 100 : 1. *Quod nomen huic cœtui dabo?* Imitation du discours de Scipion à ses soldats séditieux. Voy. Tite Live, XXVIII, XXVII.

— 2. *Verbo uno compescuit.* Voy. Plutarque, *Vie de César*, LI ; Dion, XLII, LIII ; Suétone, *Cés.*, LXX ; enfin Lucain, v. 357 :

> . . . . *Discedite castris ;*
> *Tradite nostra viris, ignavi, signa, Quirites.*

Page 104 : 1. *Ut Belgarum. etc.* César appelle les Belges *omnium Gallorum fortissimi*, et Tacite, dans ses *Histoires* (IV, LXXVI), *Gallorum robur.*

Page 106 : 1. *Legatum legionis primæ.* Auguste avait établi dix *legati*, lieutenants, par légion. On les prenait ordinairement parmi les ex-préteurs : de là leur nom de lieutenants prétoriens. Il y avait aussi des lieutenants-consulaires, mais ceux-ci commandaient toute l'année.

— 2. *Centurionatum.* Ce mot ne se trouve dans aucun autre auteur latin.

Page 114 : 1. *Contubernia.* Chambrée de dix hommes, sous le commandement d'un *decanus.*

Page 116 : 1. *Silvam Cæsiam.* La forêt qu'on appelle aujourd'hui *Hesenwald*, dans le duché de Clèves, selon Juste Lipse, qui était tenté de lire *Hesiam* au lieu de *Cæsiam.*

— 2. *Limitemque a Tiberio cœptum.* Tout le long des frontières des Barbares, lorsque les Romains n'avaient pas de fortifications naturelles, ils y suppléaient par des pieux énormes, bien serrés, bien enfoncés, bien entrelacés, dont ils formaient une sorte de mur appelé *limes.*

Page 118 : 1. *Templum quod Tanfanæ vocabant.* Ce mot *templum* semble au premier abord en contradiction avec ce que dit Tacite dans la *Germanie* (IX). Toutefois *templum*, ayant une signification fort étendue, pourrait désigner ici le bois où l'on révérait la divinité nommée Tunfana. Sur Tanfāna , voy. la note de M. Burnouf (t. I, p. 432). •

— 2. *Bructeros*, *Tubantes*, *Usipetes*. Voy. pour les premiers,
Germ., XXXIII ; pour les seconds, *Ann.*, XIII, LV sqq. Quant aux derniers, Tacite les nomme ailleurs *Usipii*.

Page 122 : 1. *Pandateria insula*. Ailleurs *Pandataria* (*Ann.*, XIV,
LXIII ; et dans Pline, III , XII, 6). Ile voisine de la Campanie.

Page 124 : 1. *Amotus Cercinam*. Ile voisine de la petite Syrte ; aujourd'hui Kerkeni.

Page 130 : 1. *Metuebantur*. D'autres, *metuebatur*.

— 2. *Tramiserat*. Les plus anciennes éditions donnent *tramiserit*,
que l'on fait dépendre de *ut*.

Page 136 : 1. *Pacem quam bellum probabam*. Sous-entendu *magis*.

— 2. *Testis illa nox*. La nuit du festin dont il est parlé au ch. LV.

Page 138 : 1. *Vetere in provincia*. Peut-être par opposition à la
partie de la Germanie qui n'était pas encore soumise. Le manuscrit
porte, dit-on, *vaera*, dont on a fait d'abord *veterem*, puis *Vetera*,
nom d'un camp mentionné au ch. XLV.

— 2. *In tempore memorabo*. On ne possède pas la partie des *Annales* où Tacite parlait du fils d'Arminius. Cet enfant, au dire de
Strabon (VII, 1, § 4), s'appelait Thumélicus, et sa mère Thusnelda.

— 3. *Ut quibusque bellum invitis*, etc. C'est-à-dire, *prout quisque
bellum aut nolebat aut cupiebat*. Hellénisme qu'on retrouve dans Tacite (*Hist.*, III, XLIII, et *Agr.*, XVIII).

Page 140 : 1. *Nescia tributa*. *Nescia* est pris passivement pour *ignota*.
Tacite a déjà dit (*Ann.*, I, V) *gnarum* pour *cognitum*. Voy. d'autres
exemples (*Ann.*, II, VIII, III, LXIX).

Page 142 : 1. *Per lacus vexit*. La réunion de ces lacs a formé le Zuiderzée.

— 2. *Teutoburgiensi saltu*. Dans le voisinage de la petite ville de
Horn , en Westphalie. Aujourd'hui *der Lippische Wald*, la forêt de la
Lippe.

Page 148 : 1. *Pontes longos*. Selon les uns, entre les villes de Lingen, sur l'Emps, et de Cœwerden, province de Drenthe ; selon
d'autres, sur le chemin d'Aliso à Herford.

— 2. *A L. Domitio*. L'aïeul de Néron.

Page 154 : 1. *En Varus*, etc., au lieu de : *En Varus, et eodemque iterum fato vinctæ legiones* , que porte le manuscrit.

Page 156 : 1. *Petendus agger. Agger* comprend ici tous les matériaux qui entrent dans la construction d'une chaussée.

— 2. *Per quæ egeritur humus.* D'autres *per quæ geritur.*

— 3. *Quarum decumana maxime petebatur.* Il y avait quatre portes dans un camp romain, une à chaque face du carré. La porte en tête, vis-à-vis de la tente du général, s'appelait la porte prétorienne. La décumane était la porte opposée.

Page 160 : 1. *Proruunt fossas.* Comme s'il y avait : *proruunt humum in fossas.*

Page 162 : 1. *C. Plinius.* Pline l'ancien.

Page 166 : 1. *Ad amnem Unsingin.* La Hunse ou Hunsing passe à Groningue. *Visurgin* dans les anciennes éditions, mais à tort.

Page 168 : 1. *Triumphalia insignia.* Voy. Montesquieu, *Gr. et Décad.*, ch. XIII.

— 2. *In acta sua jurari.* Voy. page 18, note 1.

Page 170 : 1. *Carmina, incertis auctoribus, vulgata.* Voici ces vers, conservés par Suétone (*Tib.* LIX) :

Asper et immitis, breviter vis omnia dicam ?
Dispeream , si te mater amare potest.
Non es eques. Quare? non sunt tibi millia centum :
Omnia si quæras, et Rhodos exsilium est.
Aurea mutasti Saturni secula, Cæsar :
Incolumi nam te ferrea semper erunt.
Fastidit vinum, quia jam sitit iste cruorem :
Tam bibit hunc avide, quam bibit ante merum
Aspice felicem sibi, non tibi, Romule, Sullam .
Et Marium, si vis, aspice, sed reducem
Nec non Antoni, civilia bella morentis,
Nec semel infectas aspice cæde manus :
Et dic, Roma perit : regnabit sanguine multo ,
Ad regnum quisquis venit ab exsilio.

Page 172 : 1. *Cultores Augusti.* Ne pas confondre ces adorateurs d'Auguste avec les *sodales Augustales* du ch. LIV.

— 2. *Violatum perjurio nomen Augusti.* D'autres lisent *numen* au lieu de *nomen.*

Page 174 : 1. *Qui formam vitæ iniit.* Il s'agit ici du métier de délateur. Ce Crispinus est cité comme un délateur fameux : *Ecce iterum Crispinus, etc.* (Sat. IV, 13).

Page 176 : 1. *Ad reciperatores itum est.* Commissaires donnés aux

parties par le préteur ou par le sénat pour estimer en argent une *ré-*
paration d'injure ou une restitution de deniers.

— 2. *Mole.* Même sens que *molitione.*

Page 178 : 1. *Decies sestertium.* Quand on trouve devant *sestertium*
un adverbe de nombre, comme *decies*, *vicies*, *centies*, ou autres de
même espèce, il faut sous-entendre *centena millia nummum sestertium*
Ici donc c'est un million de sesterces, ce qui équivaut à 198,798 fr.
de notre monnaie.

— 2. *Levari... proconsulari imperio tradique Cæsari.* Auguste avait
partagé toutes les provinces de l'empire entre le sénat et lui, abandonnant au sénat les riches et paisibles provinces de l'intérieur, qui
étaient dégarnies de troupes, et se réservant les provinces frontières,
où étaient les armées. Voici la liste des unes et des autres : *Pro-*
vinces sénatoriales : l'Afrique et la Numidie, l'Asie, l'Achaïe,
l'Épire, la Dalmatie, la Macédoine, la Sicile, la Crète et la Lybie
Cyrénaïque, la Bithynie et le Pont, la Sardaigne, la Bétique. —
Provinces impériales : l'Espagne Tarraconaise et la Lusitanie, la Gaule
et les deux Germanies, la Célésyrie, la Phénicie, la Cilicie, Chypre,
l'Égypte, la Mésie, la Pannonie, etc.

Page 180 : 1. *Proximo priore anno.* L'année qui précédait immé-
diatement.

Page 182 : 1. *De modo lucaris.* Le salaire des comédiens était pris
sur le produit des bois sacrés, lequel était appelé *lucar.* Voy. Plutarque, *Quæst. rom.*

Page 184 : 1. *Clanis.* Le Clain, ou la Chiana, rivière de Tuscane,
qui se jette dans le Tibre. — *Arnum.* L'Arno, fleuve du même pays,
qui a son embouchure dans la mer.

— 2. *Interamnates.* Terni, dans l'Ombrie, sur le Nar, aujour-
d'hui la Néra.

— 3. *Reatini.* Rieti, au pays des Sabins, près du *lacus Velinus.*

Page 186 : 1. *Poppæo Sabino.* Aïeul maternel de la fameuse Poppée,
qui devint la femme de Néron.

LIBRAIRIE DE L. HACHETTE ET Cie.

TRADUCTIONS JUXTALINÉAIRES

DES

PRINCIPAUX AUTEURS CLASSIQUES LATINS.

FORMAT IN-12.

-->>>O$D<<<--

Cette collection comprendra les principaux auteurs qu'on explique dans les classes.

EN VENTE AU 1er MAI 1846 :

CICÉRON : Discours contre Verrès sur les Supplices. Prix. 4 fr. » c.
—   Plaidoyer pour Milon. Prix.................... 2 fr. 50 c.
—   Songe de Scipion. Prix, broché................ » fr. 75 c.
HORACE : Art poétique. Prix........................... » fr. 90 c.
PHÈDRE : Fables. Prix............................... 3 fr. » c.
TACITE : Vie d'Agricola. Prix...................... 1 fr. 75 c.
TÉRENCE : Andrienne. Prix........................... 2 fr. 50 c.
VIRGILE : Bucoliques. Prix......................... 1 fr. 50 c.
—   Énéide :
      Livres I, II, III réunis en un volume. Prix.. 4 fr » c.
      Livres IV, V, VI réunis en un volume. Prix. 4 fr. » c.
      Livres VII, VIII, IX réunis en un volume. Prix. 4 fr. » c.
      Livres X, XI, XII réunis en un volume. Prix... 4 fr. » c.
      Chaque livre séparément. Prix............... 1 fr. 50 c.
—   Géorgiques (les quatre livres). 1 volume. Prix... 3 fr. » c.
      Chaque livre séparément. Prix............... » fr. 90 c.

SOUS PRESSE :

CICÉRON : Discours contre Verrès sur les Statues.
—   Discours pour le poëte Archias.
HORACE : Épîtres.
—   Odes.
—   Satires.
OVIDE : Métamorphoses, livre Ier.
TACITE : Annales, livre Ier.

◆────◆

À la même Librairie :

TRADUCTIONS JUXTALINÉAIRES

DES PRINCIPAUX AUTEURS GRECS,

à l'usage

des classes et des aspirants au baccalauréat ès lettres.

DE L'IMPRIMERIE DE CRAPELET, RUE DE VAUGIRARD, N° 9.